ars vivendi

TESSA KORBER · ELMAR TANNERT

TRUE CRIME FRANKEN

WAHRE KRIMINALFÄLLE VON 1208 BIS 1972

Merry Christmas, ihr Lieben!

[illegible] + Elmar

ars vivendi

Originalausgabe

1. Auflage Juni 2021

www.arsvivendi.com

Druck: Pustet, Regensburg
Gedruckt auf holzfreiem Werkdruckpapier
der Papierfabrik Arctic Paper

MIX
Papier aus verantwortungsvollen Quellen
FSC® C014889
FSC
www.fsc.org

Printed in Germany

ISBN 978-3-7472-0227-2

TRUE CRIME FRANKEN

INHALT

BLUTSPUREN LÜGEN NICHT

EINE REVOLUTIONÄRE ERMITTLUNGSMETHODE, REICHELSHOFEN 1962

»Froberger mein Name. Vinzenz Froberger, Kriminalpolizei Ansbach. Herr Lindhöfer?«

Heinrich Lindhöfer, ein schmächtiger Mann Ende fünfzig, starrte den Beamten in Zivil erschreckt an und wischte mit fahrigen Bewegungen mehrmals seine Hände an der ledernen Arbeitsschürze ab.

»Herr Lindhöfer, ich suche Sie auf, weil es neue Erkenntnisse gibt im Fall Ihrer vermissten Schwester. Eine neue Spur, sozusagen.«

Froberger machte wiederum eine Pause, ließ seinen Blick über das Gesicht des Büttnermeisters wandern und weiter in den Hausflur hinein. Er kannte Lindhöfer, seine Familie und sein Anwesen, jedoch nur als Buchstaben auf Papier, Millionen getippter Buchstaben auf Stapeln von A4-Papier, sorgsam verwahrt in Aktenordnern, dazu eine Handvoll Fotografien: die beiden Zimmer, die Magda Lindhöfer bewohnt hatte, die Treppe, die zu ihnen hinaufführte, der Dachboden mit einer schier unglaublichen Ansammlung aus Truhen, Kisten, Koffern, Schachteln. Nur diesen Geruch, dachte Froberger, hat niemand festgehalten, diesen sauberen Geruch nach Bohnerwachs und Scheuerpulver, der selbst den Dunst von Kraut und aufgewärmtem Sonntagsbraten überlagerte und so eigenartig mit der Unordnung in diesem überfüllt wirkenden Haushalt kontrastierte, der doch nur aus sechs Personen bestand; allein die Jacken, Arbeitskittel, Schürzen, Mützen in mehreren Schichten auf der Garderobe, als habe das Möbelstück im vergangenen langen Winter wahllos nach allem gegriffen, was zur Verfügung stand, um wärmende Schichten um sich zu legen, nicht anders, als es die Menschen getan hatten, die sich dick vermummt durch den Winter bewegt hatten, den sibirischen, elend langen Winter, der selbst den Hungerwinter 1947 noch übertroffen hatte und bei den Kriegsveteranen Erinnerungen an die Ostfront wachrief.

Lindhöfer blinzelte in die Vormittagssonne, die erstmals an jenem Tag die Wolkenschleier durchbrach. Die Ankündigung des Wetterberichts, dass ein heiterer Frühlingstag zu erwarten sei, schien sich zu erfüllen.

Wie ein Murmeltier sieht er aus, dachte Froberger, das nach dem Winterschlaf erstmals aus seinem Bau aufgescheucht wird, und er fand, dass Lindhöfer nun endgültig die Gelegenheit verpasst hatte, eine Frage zu stellen. »Es gibt was Neues von Magda? Eine neue Spur?« hätte er zum Beispiel sagen können, vielleicht sogar mit hoffnungsvoller Miene. Nicht, weil er ein herzliches Verhältnis zu seiner Schwester gehabt hätte, sondern weil er selbst ins Visier der Ermittler geraten war und nun vielleicht endgültig entlastet würde.

»Darf ich kurz hereinkommen?«, fragte nun Froberger, und ob er sich ein wenig umsehen dürfe. Genau genommen lauteten seine Worte: »Derf i mi a bissl umschaung bei Eahna?« Der junge Kriminalinspektor Vinzenz Froberger war durchaus des Hochdeutschen mächtig, hielt aber aus verschiedenen Gründen zäh an seinem Dialekt fest. Als er vor einem guten Vierteljahr, zum 1. Januar 1963, seinen Dienst bei der Kriminalaußenstelle Ansbach angetreten hatte, war er seinerseits auf die spröde fränkische Dialektbarriere der hiesigen Kollegen gestoßen, mit der sie ihn spüren ließen, dass ihnen der junge Hupfer und frischgebackene Inspektor, von den bayerischen Besatzern mutmaßlich aus München hierhergeschickt, um die Ermittlungsarbeit in der Provinz auf Vordermann zu bringen, gerade noch gefehlt hatte. Zum anderen hatte Froberger festgestellt, dass ihm sein Dialekt, zusammen mit seinem jugendlichen Fuchsgesicht unter dem roten Haarschopf, durchaus auch wieder gewisse Sympathiepunkte verschaffen konnte, und wenn er in bestimmten Situationen den Eindruck eines arglos-naiven Bauernburschen erwecken konnte, den man aus purem Mitleid bei der Polizei aufgenommen hatte, dann umso besser.

»Ja, dann, dann«, stotterte Lindhöfer, »dann kommer S' halt rei. – Aber innera Verddlschdund essmer fei zu Middooch!«

In einer Viertelstunde, dachte Froberger, ist es noch nicht einmal halb zwölf. Er trat ein und erkundigte sich, ob er die Werkstatt sehen dürfe. Er selbst stamme ebenfalls aus einer Handwerkerfamilie, sagte er leutselig, sein Vater sei Korbmacher, sein Onkel wiederum Schreiner, der in Rimsting, unweit von Prien am Chiemsee, auch ein Sägewerk betreibe, und schon von klein auf habe er all die Gerüche in sich aufgesogen, wie unterschiedlich Holz riechen könne, schwärmte er, je nachdem, aus welcher Gegend und von welchem Baum es stamme, und außerdem, fleißig gebastelt und geschnitzt habe er als Bub mit den Holzresten, deshalb sei er wirklich nur ganz privat an der Werkstatt interessiert, mit dem Fall der vermissten Magda habe dies gar nichts zu tun.

Er ließ sich durch die Büttnerwerkstatt führen, nahm dies und jenes Werkzeug in die Hand, ein Rundmesser, einen Streifhobel, und versuchte, möglichst fachmännische Fragen zu stellen, die der Handwerksmeister gehorsam wie ein Schüler, doch mit keinem Wort zu viel beantwortete.

»Herr Lindhöfer«, fragte Froberger schließlich, »wollen Sie denn gar nicht wissen, was für eine neue Spur wir haben?«

*

Das allererste Protokoll in Sachen Magda Lindhöfer lag mittlerweile ein knappes Jahr zurück und war keine Vermisstenmeldung gewesen, sondern eine Anzeige wegen Beleidigung, erstattet am Montag, 21. Mai 1962, von einer gewissen Theresa Eckert aus Reichelshofen beim Polizeiobermeister Bernd Schmiedl von der Dienststelle Rothenburg ob der Tauber gegen den bis dato völlig unbescholtenen Heinrich Lindhöfer.

Froberger erinnerte sich noch gut an den frostigen Januartag, an dem er die Akten erstmals zur Hand genommen und seine Versetzung in dieses Provinzkaff Ansbach verflucht hatte. Wahrscheinlich war es nur deswegen zur Bezirkshauptstadt erklärt worden, damit Mittelfranken nicht von der ehemaligen Stadt der Reichsparteitage aus regiert würde. Der Winter hatte beschlossen, seinen Teil zu Frobergers Elend beizutragen, indem er mit einem Dauerfrost von minus zwanzig Grad, wenn nicht gar darunter, jeglichen Tatendrang lähmte, auch den kriminellen. Blieb ihm also nur, eingehüllt in seinen Dienstmantel am Schreibtisch zu sitzen und sich alten Fällen zu widmen, die irgendwann im Nichts versickert waren – »Ermittlungen eingestellt«. Vermisstenfälle wie diesen gab es Zehntausende in Westdeutschland, und die wenigsten wurden aufgeklärt.

Nun hatte aber die Nachbarin keine Vermisstenmeldung abgegeben, sondern wollte Lindhöfer wegen »Beleidigung« angehen. Sie sei am Freitag, 11. Mai 1962, im Haus Lindhöfer erschienen, um Magda zu besuchen und ihr ein wenig zur Hand zu gehen. Die Tür zu ihren beiden Zimmern sei offen gestanden, Magda sei jedoch nicht da gewesen. Das Türschloss sei beschädigt gewesen, auf dem Tisch sei noch ein Rest vom Mittagessen gestanden, und noch während sie sich verwundert umgesehen habe, sei Heinrich Lindhöfer die Treppe heraufgekommen und habe sie grob angeherrscht, was sie hier zu suchen habe. Daraufhin habe sie das Haus verlassen und sich einer Nachbarin anvertraut, der Magdas Verschwinden ebenfalls merkwürdig vorgekommen sei, und diese habe sich bei Lindhöfer nach Magda erkundigt. Seine Schwester, so er, sei gegen vierzehn Uhr zu einem Fremden ins Auto gestiegen, jeder wisse ja, dass sie immerzu Briefe an Heiratsinserenten schreibe, und das mit dem Türschloss könne nur Theresa Eckert gewesen sein, die er in Magdas Wohnküche angetroffen habe.

Dem Kollegen Schmiedl in Rothenburg waren die Protagonisten allesamt gut bekannt, wie Froberger in einem Telefonat erfahren hatte.

»Die Magda Lindhöfer ist immer wieder bei uns aufgetaucht und hat uns aus ihrem Kalender vorgelesen. Immer wenn ein böses Wort von ihrem Bruder gefallen ist, hat sie's aufgeschrieben und uns alle paar Wochen die Sammlung präsentiert. Also so was wie ›Ich schlag dir noch alle Zähne ein, wenn du nicht die Goschen hältst‹. Und dass der Heinrich sie loswerden will, seit er das Haus von den Eltern geerbt hat.«

»Warum loswerden?«

»Also ganz unter uns gesagt: Die Magda Lindhöfer ist so eine, wenn die einmal tot ist, da musst das Mundwerk extra erschlagen. Das hätte schon gereicht dafür, dass er sie aus dem Haus haben will. Aber der Fakt ist auch der, dass dem Lindhöfer seine Tochter mit Mann und Kind in einem Zimmer hausen muss, weswegen die Magda gemeint hat, ihr Bruder will sie rausekeln, und wir sollen sie beschützen. Natürlich bin ich an dem Tag hingefahren und hab mich umgesehen, aber wir können ja schlecht einen Kollegen im Büttnerhaus einquartieren. Abgesehen davon gibt's in unserm Gäu Familien, wo's noch viel wüster zugeht.«

Was Schmiedl an jenem 21. Mai gemacht hatte, stand in den Akten: Türschloss inspiziert und sich von Lindhöfer erzählen lassen, dass wahrscheinlich ein Heiratsinserent aus *Heim und Welt* auf einen Brief von Magda hereingefallen sei. Das Auto, in das sie eingestiegen sei, könnte ein Opel gewesen sein, vielleicht aber auch ein DKW. Dunkelgrün auf jeden Fall. Zwei Wochen später, an einem Sonntag, erneuter Besuch bei Lindhöfer. Diesmal hatte Schmiedl erstmals einen Blick in Magdas verwaiste Zimmer geworfen und Lindhöfer gebeten, er solle Briefe an alle Verwandten schreiben und sich nach seiner Schwester erkundigen.

Hätte er sich nicht wenigstens umsehen können, ob ein Briefwechsel mit einem heiratswilligen Inserenten existierte? Oder nach etwaigem Barvermögen oder Sparbüchern der Schwester forschen?

Was hier geschehen oder vielmehr nicht geschehen war, konnte man weiß Gott nicht unter professioneller Polizeiarbeit verbuchen, und um dies zu konstatieren, musste man nicht einmal ein Kriminalinspektor aus München sein. Aber was sollte man anderes erwarten? Die meisten Landpolizisten verstanden ihren Dienst als »nach dem Rechten sehen und die Ordnung aufrechterhalten«, aber keineswegs als Ermittlungsarbeit, schon gar nicht gegen Leute, die sie schon jahrzehntelang kannten.

Froberger kämpfte den Drang nieder, seinen Finger in die zahlreichen Ermittlungswunden zu legen, ging in seinem mäßig temperierten Büro auf und ab und trat schließlich an die Landkarte. In Reichelshofen, acht Kilometer nördlich von Rothenburg gelegen, kreuzten sich die Bundesstraßen 25 und 470. Das Büttnerhaus lag direkt in der Nordostecke der Kreuzung. Die B 25 führte nordwärts nach Uffenheim, südwärts nach Insingen; die B 470 wiederum nach Creglingen im Westen und Bad Windsheim im Osten. Man konnte also von Reichelshofen jede Himmelsrichtung einschlagen. Dass Lindhöfer behauptet hatte, der Wagen sei Richtung Oberscheckenbach, also Uffenheim gefahren, besagte nichts, denn der Wagen war auch schon abwechselnd grün oder grau, ein Borgward oder ein Volkswagen gewesen. Hatte man Lindhöfer mit diesen Widersprüchen konfrontiert, so entgegnete er stets, er verstehe eben nichts von Autos. Da allerdings war der Fall bereits von Rothenburg nach München und wieder zurück nach Ansbach gewandert, in die Hände des Oberinspektors Winsheimer. Aber auch der hatte eine ganze Weile gebraucht, um das schlingernde Ermittlungsschiff auf Kurs zu bringen, und hatte es ebenfalls zunächst vermieden, auf direktem Wege Lindhöfer anzusteuern.

Stattdessen hatte er eine deutschlandweite Fahndung eingeleitet und zudem sämtliche Inserenten aus *Heim und Welt* überprüfen lassen, die jemals mit Magda Lindhöfer in Kontakt gestanden waren. Bloß keine Unschuldigen hinter Gitter bringen, lautete die Devise, bloß niemanden vorschnell verdächtigen oder zu Unrecht bezichtigen, die Vergangenheit darf sich nicht wiederholen. Als Winsheimer sich schließlich dazu durchrang, die Wohnräume von Magda Lindhöfer als potenziellen Tatort zu betrachten und sie eingehender zu untersuchen, schrieb man bereits den 21. Juli 1962. Bis dahin hatte er jedes der insgesamt siebzehn Anwesen in Reichelshofen aufgesucht und insgesamt dreiundvierzig erwachsene Personen befragt. Dabei zeigte sich, dass niemand Magdas Abfahrt selbst wahrgenommen hatte; jeder hatte die Geschichte nur vom Büttnermeister gehört. Hauptsächlich seitens der männlichen Befragten fielen nebenbei despektierliche Äußerungen über Magda – »hat offenbar einen gefunden, dem sie das Leben zur Hölle machen kann«, »hat als Schneiderin schon was getaugt, aber nicht einmal ihrem Bruder einen Knopf angenäht«, »man musste halt hingehen, weil es die einzige Schneiderin weit und breit war«, und so weiter. Nebenbei kam auch heraus, dass man Magda für die intrigante Verfasserin anonymer Briefe hielt, mit denen sie Leuten aus der Nachbarschaft außereheliche Liebesaffären andichtete.

Froberger ertappte sich dabei, wie er sehnsüchtig das Protokolldatum anstarrte und nahezu verzweifelt versuchte, sich den dazugehörigen strahlenden Sommertag vorzustellen. Seit Mitte Dezember lag ganz Europa unter einer Schneedecke, und ein Ende der frostigen Wetterlage war nicht abzusehen. Aber immerhin, dem Aktenstudium war die Kälte dienlich – wer weiß, ob es ihm bei Freibadwetter gelungen wäre, sich mit solcher Gründlichkeit durch die Akte Lindhöfer zu ackern. Am 21. Juli also, zwei Monate und zehn Tage nach Magdas Verschwinden, hatte Oberinspektor Winsheimer begonnen, begleitet von den Kollegen Klein und Bünger nach Blutspuren oder anderweitigen Anzeichen eines Kampfes zu suchen. Dabei war er sich nicht zu schade gewesen, den Misthaufen hinter dem Anbau abzutragen, der neben der Büttnerwerkstatt auch einen Schweinestall beherbergte. Nichts. Aus Magdas Wohnküche wurde der Linoleumbelag entfernt und zur Untersuchung ans Landeskriminalamt München gesandt. Kein Befund.

Allerdings fand sich die Notiz, dass Heinrich Lindhöfer die Spurensuche der Beamten »mit Anzeichen hochgradiger Nervosität« verfolgt habe, was Winsheimer schließlich dazu bewogen hatte, einen Spezialisten hinzuzuziehen.

*

Lindhöfer hatte sichtlich Mühe, eine abfällige Handbewegung hervorzubringen. »Neue Spur!«, haspelte er, »neue Spur, des hat die Polizei schon öfter gmeint, neue Spur, jaja, aber rauskommen ist dann doch nix dabei, bei der neuen Spur.« Wieder wischte er seine Hände mechanisch an der Arbeitsschürze ab.

Froberger bat ihn in breitestem Bairisch darum, sich nach persönlichen Gegenständen von Magda umsehen zu dürfen; einen davon wolle er mitnehmen.

An dieser Stelle hätte sich Lindhöfer erkundigen können, warum und wozu; bereits Kollege Winsheimer hatte im vergangenen Sommer diverse ungewaschene Kleidungsstücke der Vermissten zur Laboranalyse mitgenommen, um anhand von Körpersekreten die Blutgruppe feststellen zu lassen. Doch da die Frage ausblieb, schenkte sich Froberger seinerseits die Geschichte von der Spürhundstaffel, mit der man ein größeres landwirtschaftliches Anwesen durchkämmen wolle, auf dem man laut einer neuen

Zeugenaussage Magda Lindhöfer zuletzt gesehen habe, aber nicht ausfindig habe machen können, und ließ sich durch die Küche, wo ihm von Lindhöfers Frau und Tochter ein gleichgültiges »Grüß Gott« zugemurmelt wurde, zu den verwaisten Räumlichkeiten im ersten Stockwerk geleiten.

Vor der Tür blieb Lindhöfer stehen, als wolle er sich dort als Wachposten installieren, und wies noch einmal darauf hin, dass man in wenigen Minuten zu Mittag essen wolle.

»Passt schon, Herr Lindhöfer, gehen S' ruhig zu Ihrem Mittagessen, ich komm allein zurecht. – Die Tür da nebendran führt zum Dachboden, oder? Ist offen? Da würd ich dann nämlich auch noch gern –«

»Freilich ist offen, liegt ja eh bloß alts Glump da oben, bloß a Haufen Glump, sonst nix.«

»Auch a Glump von Ihrer Schwester?«

»Kann sei, waß net genau, da müsst i mei Frau fragen, bin scho ewig nimmer oben gwesen, hab den ganzen Tag genug zu tun in der Werkstatt.«

»Danke, Herr Lindhöfer, danke. Ich schau mich um.«

Froberger betrat die Wohnküche und zog den Umschlag mit den Fotografien aus der Tasche, die Winsheimer vergangenes Jahr im Juli und August hatte aufnehmen lassen. Mittlerweile fehlten etliche der damals festgehaltenen Gegenstände, die Nähmaschine etwa und der Nähtisch. Eine abgegriffene schwarze Kladde, die damals auf dem Esstisch gelegen war, fand sich in einer Schublade der Kredenz. Sie enthielt indes nicht die protokollierten Beleidigungen und Drohungen, sondern war lediglich Arbeits- und Kassenbuch der Schneiderin gewesen. »10. Mai Bürkner Johann 2 Hosen gekürzt 1,20 Mark« lautete der letzte Eintrag. Der Abreißkalender an der Wand zeigte noch immer den 11. 5. 1962.

Getragene Kleidungsstücke schienen nicht mehr vorhanden zu sein; offenbar hatte man alles gewaschen, gebügelt und fein säuberlich im Schrank verstaut. Das Bett schien vor nicht allzu langer Zeit frisch bezogen worden zu sein; überhaupt sah es hier so aus, als werde in den beiden Zimmern regelmäßig abgestaubt und feucht gewischt.

Froberger beschloss, den Dachboden aufzusuchen. Auch dort hatte sich die ehemals fotografisch protokollierte Unordnung ein wenig gelichtet. Auf den zweiten Blick registrierte er, dass ein Eimer mit Anschürholz und zwei Brikettbündel fehlten, die sich vormals unter der Stiege zum Spitzboden befunden hatten. Der klobige Kleiderkasten hingegen, links neben der Tür, enthielt augenscheinlich noch immer dieselbe Mischung aus abgetragenen Kleidungs- und Wäschestücken, die darauf warteten, irgendwann als Putzlumpen verwendet zu werden, ferner stapelweise Groschenromane, Bekenntnisse, Goldene Romanze, Romane des Herzens, dann noch einige Dutzend Exemplare von Magdas Leib- und Magenzeitschrift *Heim und Welt.* Froberger zog eines heraus und blätterte darin. Tatsächlich stieß er auf Inserate, die mit Bleistift umrandet waren, durchweg von Herren jenseits der sechzig aufgegeben, oftmals Kriegsversehrte, die nach vielen Entbehrungen oder einer großen Enttäuschung ihr spätes Glück mit einer einfachen, lieben Frau suchten, Armut kein Hindernis, Rente vorhanden, doch Magda hatte offenbar bei keinem von ihnen Anklang gefunden. Froberger blätterte weiter und stutzte. In der Rubrik »Stellenangebote« las er »Kontaktfreudige, aufgeschlossene junge Dame bis 30 J. von exklusiver Nachtbar gesucht«. Gleich darunter eine weitere einschlägige Annonce. Und noch eine. Aber schon im nächsten Augenblick musste er über seinen eigenen Gedankenblitz lachen. Nein, eine vierundfünfzigjährige Näherin aus einem abgelegenen fränkischen Hundert-Seelen-Kaff hatte garantiert keine Beziehungen zum großstädtischen Rotlichtmilieu und ganz sicher auch niemals gehabt. Dabei fiel ihm auch wieder ein, dass der Schmiedl aus Rothenburg Magdas Biestigkeit mit den Worten kommentiert hatte, »die hat halt ihr Leben lang keinen abgekriegt, weil s' von klein auf ein zu kurzes Bein ghabt hat.«

In der Schule wahrscheinlich das Gespött der Kinder, als junges Mädchen mit Hinkebein niemals zum Tanzen ausgeführt worden, im reifen Alter selbst von Kriegsinvaliden verschmäht und schließlich eine verbitterte alte Jungfer geworden. Froberger trat einen Schritt an den Schrank heran, um die Kleidungsstücke näher in Augenschein zu nehmen, und spürte einen weichen Gegenstand unter seiner Schuhsohle. Er bückte sich und förderte ein Paar Damenhalbschuhe zutage, die ein Stück weit unter den Schrank geschoben worden waren. Am Fenster inspizierte er sie genauer. Er würde Lindhöfer gar nicht erst nach der Schuhgröße seiner Schwester fragen müssen, denn die Schuhe waren so ungleich abgenutzt, dass als Träger weder seine Frau noch seine Tochter, sondern nur eine Person mit Gehfehler infrage kam. Und selbst im trüben Licht, das vom sonnigen Frühlingstag in den Dachbodenraum fiel, konnte Froberger erkennen, dass die schwarzen Schuhe stellenweise bräunliche Verfärbungen aufwiesen.

Plötzlich vernahm er ein Räuspern, so dicht hinter ihm, dass er zusammenfuhr.

»Sind S' denn noch net fertig, Herr Wachtmeister?«

Er starrte in Lindhöfers ausdrucksloses Gesicht. Nein, dachte er, jetzt fang ich erst richtig an.

*

Der Spezialist für Blutspurensuche und Bluntuntersuchungen hieß Gerhard Kaltenbrunner, war gebürtiger Sachse aus Mittweida, hatte Anfang der Fünfzigerjahre in den Westen rübergemacht und wirkte seit Abschluss seines Medizinstudiums am Erlanger Institut für Gerichtsmedizin und Kriminalistik, Fachgebiet forensische Serologie.

Vorerst aber, in jenen Wintertagen, markierte der Name Kaltenbrunner für Froberger hauptsächlich den Punkt in den Akten, ab dem es kompliziert wurde. Oberinspektor Winsheimer hatte den Mediziner hinzugezogen, um etwaige Blutspuren zum einen überhaupt erst zu finden und zum anderen nachzuweisen, dass sie mit Magda Lindhöfers Blutgruppe übereinstimmten.

Ersteres geschah mit dem seit hundert Jahren bekannten Chemoluminiszenzverfahren, das auch Froberger ein Begriff war; das von Kaltenbrunner angewandte Verfahren zur Blutgruppenbestimmung hingegen galt noch als Neuheit in der Gerichtsmedizin und wurde im Fall Lindhöfer erstmals in Deutschland eingesetzt; entsprechend umfangreich waren die fachlichen Erläuterungen, durch die Froberger sich tapfer hindurchwühlte.

Für den Abend des 29. August 1962, ein Mittwoch, war der Besuch von insgesamt sechs Personen im Büttneranwesen protokolliert: Serologe Kaltenbrunner in Begleitung eines Assistenten namens Clemens Mehringer, Oberinspektor Karl Winsheimer mit den Kollegen Klein und Bünger sowie Oberstaatsanwalt Dr. Horn. Dieses Aufgebot zu dieser relativ späten Abendstunde, zwanzig Uhr dreißig, blieb in Reichelshofen nicht unbemerkt, zumal das Büttnerhaus in Sichtweite der Brauereigaststätte *Landwehr-Bräu* lag, die sich ebenfalls an der Kreuzung der beiden Bundesstraßen befand. Das Protokoll vermerkte eine »Zusammenrottung« von dreiundzwanzig Personen, teils aus der Gastwirtschaft, teils aus den umliegenden Häusern gekommen, die lautstark ihren Unmut darüber äußerten, dass die Polizei offenbar nichts Besseres zu tun habe, als ehrbare, unbescholtene Bürger zu schikanieren; ebenso war festgehalten, dass Heinrich Lindhöfer den Durchsuchungsbefehl in »höchster emotionaler Erregung« zur Kenntnis genommen habe.

Das Chemoluminiszenzverfahren beruht darauf, dass komplexe Eisenverbindungen, wie sie im Blutfarbstoff Hämoglobin enthalten sind, beim Zusammentreffen mit Luminol und verdünnter

Wasserstoffperoxidlösung als Katalysator fungieren. Blutspuren, die für das bloße Auge unsichtbar sind, beginnen bläulich zu schimmern; auch solche, die man möglicherweise bereits versucht hat, wegzuwischen oder abzuwaschen, lassen sich noch erkennen.

Bei der Auswahl der zu untersuchenden Stellen ging Kaltenbrunner, wie stets, von folgenden Überlegungen aus: Wo könnte ein Kampf stattgefunden haben? Auf welchem Wege könnte ein lebloser menschlicher Körper über den Fußboden geschleift worden sein? Wo könnte eine blutige Täterhand hingefasst haben?

Es dauerte eine gute Stunde, bis im Erdgeschoss alle relevanten Stellen wie Türklinken und Wasserhähne, Türschwellen und Dielenbretter mit Luminol eingesprüht waren. An drei Stellen zeigte sich ein bläulicher Schimmer: an der Klinke der Küchentür, am Ausguss in der Küche sowie an der Umfassungsmauer des Brunnens, der zu Lindhöfers Werkstatt gehörte. Dies allein musste jedoch vorerst noch nichts besagen – auch Schweineblut aus einer Hausschlachtung hätte an diese Stellen geraten können.

Nach Untersuchung der Erdgeschossräume besprühte Kaltenbrunner die Treppe zum Obergeschoss, ebenso die angrenzende Wand, konstatierte jedoch auch, dass der Farbauftrag relativ frisch erscheine, was ihm von der Ehefrau des Büttners, Elfriede Lindhöfer, bestätigt wurde – sie selbst habe dort im Juni auf Anweisung ihres Mannes neu gestrichen.

Ob dies im Rahmen weiterer Renovierungsarbeiten geschehen sei, erkundigte sich Winsheimer.

»Nein, mein Mann wollte nur, dass ich die Treppe mitsamt der Wand frisch streiche.«

Als Nächstes nahm man sich Magda Lindhöfers Wohnung vor, und als man mit den beiden Räumen durch war, ohne Blutspuren gefunden zu haben, war bereits Mitternacht vorüber.

In diesem Augenblick geriet die unscheinbare Holztür links neben der Tür zu Magdas Wohnung ins Visier der Aufmerksamkeit.

Diejenige, die zum Dachboden führte. Froberger traute seinen Augen kaum. Über ein Vierteljahr nach Magda Lindhöfers Verschwinden machte man sich zum ersten Mal Gedanken über den Dachboden! Dass er bei der Lektüre des Protokolls unruhig mit den Füßen scharrte, konnte aber auch daran liegen, dass der Kanonenofen sein zugiges Büro auf gerade einmal fünfzehn Grad erwärmte – was immerhin rund vierzig Grad über der Außentemperatur lag.

Kaltenbrunner sprühte die Luminollösung auf Tür und Türpfosten, und siehe da, es zeigte sich ein etwa siebzig Zentimeter langer bläulicher Streifen. Ab da verlief die Spurensuche äußerst ergiebig – das Protokoll vermerkte Leuchtspuren an diversen Dielenbrettern, ferner an der Vorderseite eines Brikettstapels, der sich unter der Stiege befand, die weiter nach oben zum Spitzboden führte, sowie an einer Truhe vor der Stiege und einem Stück darauf liegender Wellpappe. Kaltenbrunner ließ das Material zur Untersuchung sicherstellen.

Drei Tage später, mit Fernschreiben vom 1. September, konnte er immerhin vermelden, dass es sich gemäß Analyse nach dem Ouchterlony-Verfahren zweifelsfrei um Menschenblut handele, und ließ auch nicht unerwähnt, dass sich die Blutspuren an der unteren Grenze der Nachweisbarkeit befanden; insbesondere das herausgelöste Dielenbrett musste mehrmals gründlich abgeschrubbt worden sein. Im selben Fernschreiben kündigte Kaltenbrunner an, er werde erstmals ein neues Verfahren zur Blutgruppenbestimmung einsetzen, den sogenannten »Mixed Agglutination«-Test, da die herkömmlichen Verfahren bei den äußerst geringen Probenmengen nicht zuverlässig funktionierten.

Das nächste in den Akten aufbewahrte Fernschreiben, datiert vom 3. September, enthielt die Mitteilung, dass die Blutspuren mit großer Wahrscheinlichkeit der Blutgruppe A angehörten, ein definitiver Beweis aufgrund der geringen Anhaftungsmengen jedoch noch nicht gelungen sei. Des Weiteren fragte Kaltenbrunner an, ob es erstens möglich sei, Magda Lindhöfers Blutgruppe aus etwaigen Krankenhausakten zu erfahren, und zweitens, ob Winsheimer ihm »getragene Leibwäsche« der Vermissten übersenden könne, um eine Blutgruppenbestimmung anhand ihrer Körpersekrete zu ermöglichen.

Tatsächlich war Magda Lindhöfer vor längerer Zeit in der Chirurgischen Universitätsklinik in Erlangen behandelt worden; das damalige Patientenblatt enthielt die Angabe »Blutgruppe A«. Zum selben Ergebnis kam Kaltenbrunner bei Untersuchung der Wäschestücke, wie er mit Fernschreiben vom 5. September mitteilte. Zugleich schlug er eine zweite, gründlichere Blutspurensuche auf dem Dachboden vor, um ergiebigeres Material für einen Mixed-Agglutination-Test zu bekommen. Zwar stehe er kurz vor einer zehn Tage währenden Vortragsreise, doch gleich nach seiner Rückkehr könnten die Arbeiten fortgesetzt werden.

Dies allerdings war seine letzte dienstliche Mitteilung gewesen. Am Montag, 10. September 1962, hatte Oberstaatsanwalt Dr. Horn die Ermittlungen gegen Lindhöfer einstellen lassen. Es sei kein Nachweis erbracht worden, dass dem herausgelösten Bodenbrett, demjenigen, das am stärksten auf die Luminollösung reagiert hatte, überhaupt Blutspuren anhafteten.

Was, zum Teufel, war da nur geschehen? Ein weiteres Mal konnte Froberger schier nicht fassen, was er las.

Alle Ermittlungsversuche außerhalb des Büttnerhauses waren ins Leere gelaufen. Und nun hatte man die vielversprechendste aller Spuren einfach so aufgegeben? Dr. Horn war doch bei der Blutspurensuche selbst dabei gewesen, musste das bläulich schimmernde Bodenbrett mit eigenen Augen gesehen haben! Steckten die hier alle unter einer Decke? Hatte dieser Oberstaatsanwalt Horn etwa Bedenken, ein unschuldiger Lindhöfer könnte vor Gericht einem Roland Freisler gegenüberstehen, der ihn für zwanzig Jahre nach Dachau schickte?

*

»Ich kann Ihnen schon sagen, was da schiefgelaufen ist, Herr Inspektor …«

»Froberger.«

»Herr Froberger. – Da hat damals schlichtweg ein Assistent hier am Institut gepfuscht. Der Oberstaatsanwalt Dr. Horn hat auf einer nochmaligen Untersuchung des Dielenbretts bestanden, das wir damals sichergestellt hatten. Dummerweise genau in der Woche, als ich abwesend war. Der Assistent hat einen Benzidintest durchgeführt, der eigentlich für den Nachweis von Blut in Körperausscheidungen vorgesehen ist und außerdem nur bis zu einer Mindestnachweisgrenze von zwanzig Milligramm Hämoglobin pro, beispielsweise, einem Liter Urin funktioniert. Also hat er dem Staatsanwalt erklärt, dass es mutmaßlich gar keine Blutanhaftungen an dem Brett gebe, sondern dass es sich aller Wahrscheinlichkeit nach um Harn handele. Und damit ist dann alles für die Katz gewesen.«

Seit Walter Ulbricht die DDR regierte, spätestens aber seit dem Mauerbau vor eineinhalb Jahren, war Sächsisch zum unbeliebtesten deutschen Dialekt avanciert. Gerhard Kaltenbrunner schien den Ehrgeiz zu haben, seinen Heimatdialekt rehabilitieren zu wollen. Froberger begann jedenfalls, sich wie bei einem trauten Kaffeehausplausch mit einem alten Freund zu fühlen. Oder war es doch nicht der melodisch sächselnde Tonfall der Stimme aus dem Telefonhörer, sondern eher das, was sie sagte?

»Die Blutanhaftungen an den Schuhen«, fuhr Kaltenbrunner fort, »die Sie mir übersandt haben, habe ich inzwischen untersucht. Glückwunsch zu Ihrem Fund, Herr Inspektor! An den Schuhen war so viel Material, dass wir von einem hundertprozentig sicheren Ergebnis ausgehen können. Blutgruppe A. Irrtum ausgeschlossen. Ich habe den Test dreimal durchgeführt.«

Froberger griff nach einem Bleistift, allerdings nur, um damit zu spielen wie ein Raucher mit einer unangezündeten Zigarette, dem gerade kein Feuerzeug zur Verfügung steht. Wie hatte dieser Test noch einmal geheißen? In den Akten befand sich eine ausführliche Erläuterung dazu, aber Chemie war noch nie seine starke Seite gewesen.

»Sie meinen diesen neuen Test – den, äh …«

»Mixed-Agglutination-Test.«

»Genau. Aus Amerika wahrscheinlich?«

»England.«

»Aber bei uns bis jetzt noch nie …?«

»Nein. Wenn wir mit der Mixed-Agglutination-Blutanalyse den Lindhöfer überführen, dann ist das unsere Premiere in Deutschland. In der BRD.«

»Und das Verfahren ist hieb- und stichfest? Nicht, dass uns da der Staatsanwalt …«

»Bei Scotland Yard arbeiten sie schon seit fünf Jahren damit«, entgegnete Kaltenbrunner. »Und außerdem …«

»Außerdem?«

»… vertraue ich auf Ihre Findigkeit, Herr Inspektor. Die Blutspurenanalyse wird nur einer von mehreren Bausteinen sein. Den Rest machen Sie schon.«

*

Einen Monat später, als der Mai ins Land zog, hatte Froberger mehr durch Sturheit als durch Findigkeit dreierlei erreicht: Er hatte den Staatsanwalt mürbe gemacht. Er konnte die Dörfer entlang der Bundesstraße zwischen Ansbach und Reichelshofen auswendig hersagen wie im Religionsunterricht den Katechismus. Und er hatte es geschafft, ganz Reichelshofen gegen sich aufzubringen. Einmal hatte er nach einem Besuch bei Lindhöfer noch beim

Landwehr-Bräu haltgemacht, um sich ein Bier und eine Brotzeit zu gönnen. Die Wirtsleute hatten ihn behandelt wie jeden anderen Gast, ungeachtet dessen, dass er den Heiner, den Büttnermeister, ihren Fasslieferanten, nun schon zum wiederholten Male aufgesucht und gepiesackt hatte. Ein zahlender Gast ist ein zahlender Gast. Das Stammtischpublikum dagegen hatte sich nach und nach aufgeschaukelt vom »Münchner, der auch einmal ein gscheits Bier trinken will« zum »windigen Polizistenbürschla, das unbedingt einen Unschuldigen hinter Gitter bringen will, um befördert zu werden«. Als Froberger nach der Mahlzeit zu seinem VW Käfer ging, kam er gerade im rechten Moment, um zwei Buben zu ertappen, wie sie unter dem beifälligen Gelächter der Stammgäste das Auto anpinkelten. Ein Vorfall, den er seinen Kollegen in Ansbach besser nicht erzählte. Hauptsache blieb, dass es ihm durch zähe Beharrlichkeit gelungen war, bei Oberstaatsanwalt Dr. Horn durch regelmäßige Berichte über weitere Verdachtsmomente einen neuen Durchsuchungsbefehl zu erwirken.

»Aber diesmal will ich Fakten sehen, Inspektor Froberger. Eindeutige Fakten!«

Nichts anderes gedachte Froberger zu liefern, als er mit Kaltenbrunner am Abend des 8. Mai 1963 in Reichelshofen zusammentraf.

Der Büttnermeister gab sich gleichgültig.

»Gehn S' nur nauf auf den Dachboden, gehn S' nur nauf. Von mir aus können S' die ganze Nacht da oben bleiben, auf dem Dachboden, ist ja bloß lauter altes Glump da oben, nix wie Glump.«

Kaltenbrunner und Froberger arbeiteten bis in die frühen Morgenstunden. Obwohl Lindhöfer mittlerweile ein Jahr Zeit gehabt hatte, Spuren zu beseitigen, ließ das Luminolspray mehrere Stellen auf dem Dachboden aufleuchten. Rings um das im vergangenen Herbst herausgelöste Bodenbrett. Auf einem Pappkarton, der neben den Schuhen gestanden war. An der Kohlenkiste rechts von der Eingangstür. Die beiden Männer bewegten sich sprühend, messend, fotografierend durch den Dachboden wie Forschungsreisende, deren Ehrgeiz es war, eine bislang unentdeckte Insel zu kartografieren. Und urplötzlich stieg in beiden dieselbe Idee auf.

»Man müsste eigentlich …«, begann Kaltenbrunner.

»Genau«, fiel Froberger ihm ins Wort. »Am besten wäre, wir …«

Ihnen war in jenem Moment zumute, als würden sie einander schon seit Kinderzeiten kennen. Als hätten sie in einer gemeinsamen Kindheit mit Murmeln gespielt und Frösche im Dorfweiher gefangen.

»… also du meinst – äh, Sie meinen, wir sollten uns …«

»… den Dachboden nachbauen.«

»Als Modell, quasi …«

»… in das wir fein säuberlich alle Blutspuren einzeichnen.«

»Damit wir dem Staatsanwalt zeigen …«

»… was hier oben wie passiert ist.«

»Passiert sein muss.«

Beide verspürten plötzlich den Wunsch, ein Feierabendbier in der Hand zu halten und einander zuzuprosten. Und keiner von beiden ahnte in diesem Augenblick, dass das Modell noch einen ganz anderen Nutzen haben würde.

*

Am 22. Juni 1963 um neun Uhr morgens wurde Heinrich Lindhöfer verhaftet. Es war gelungen, vermittels des Dachbodenmodells mitsamt allen im Original vorgefundenen und darin eingezeichneten Blutspuren den Staatsanwalt zumindest davon zu überzeugen, dass dort ein tödlicher Kampf stattgefunden haben musste, obgleich die Leiche dazu noch immer fehlte. Die Nachbarn standen Spalier und heulten empört auf, als Lindhöfer, fortwährend seine

Unschuld beteuernd, zum Polizeiwagen geführt wurde. Froberger musste an das alte Sprichwort von der Sonne denken, die die Wahrheit an den Tag bringt – war es Zufall, dass Lindhöfer ausgerechnet am hellsten Tag des Jahres verhaftet und zur Vernehmung geführt wurde?

»Herr Lindhöfer, wir wissen, dass die ganze Familie unter Ihrer tyrannischen Schwester gelitten hat. Die hatte doch ein ganz gemeines Mundwerk, oder? Da kann einem schon einmal die Hand ausrutschen.«

»Den Fremden mit dem Auto, der Magda mitgenommen haben soll, hat kein Mensch in Reichelshofen gesehen. Keiner außer Ihnen.«

»Das Leben wäre ganz einfach gewesen, wenn es Magda nicht mehr gegeben hätte, oder? Da hausen Ihre Tochter und Ihr Schwiegersohn mit Kind in einem Zimmer, während Magda eine ganze kleine Wohnung für sich hat.«

»Noch einmal von vorn, Herr Lindhöfer. Was genau ist am 11. Mai vor einem Jahr geschehen?«

»Ihre Frau hat gesagt, Sie hätten ihr angeschafft, die Treppe vom Erdgeschoss in den ersten Stock neu zu streichen. Warum nur die Treppe?«

»Erzählen Sie noch einmal, Herr Lindhöfer. Die Nachbarin ist gekommen und wollte zu Ihrer Schwester. Sie haben sie vor der Wohnungstür angetroffen. Sie sollen sehr verärgert gewesen sein. Warum?«

»Herr Lindhöfer, Magda kann gar nicht weggefahren sein. Wir haben alle Fahrer von Autos überprüft, deren Marken und Farben Sie genannt haben. Wir haben alle Inserenten aus *Heim und Welt* überprüft, mit denen Magda in Korrespondenz gestanden war. Niemand von ihnen war an jenem Tag in Reichelshofen.«

»Auf dem Dachboden haben wir Blutspuren gefunden. Blutgruppe A. Dieselbe Blutgruppe, die auch Magda hatte.«

Lindhöfer wand sich zwei Tage lang, leugnete, stritt ab, suchte Ausflüchte. Zwei Tage, in denen nahezu stündlich Oberstaatsanwalt Dr. Horn anrief, um sich nach dem Stand der Dinge zu erkundigen.

»Sie haben noch Zeit bis morgen Glockenschlag zwölf Uhr«, verkündete er am Abend des zweiten Tages. »Wenn bis dahin kein Geständnis von Lindhöfer vorliegt, ist er wieder auf freien Fuß zu setzen, und Sie höchstpersönlich werden ihn nach Reichelshofen zurückbringen. Ist das klar? Und eines noch: Sie wissen hoffentlich, was für Folgen es für Sie hat, wenn sich Lindhöfers Geständnis als erzwungen herausstellen sollte.«

Froberger schlief wenig in jener Nacht. Gegen drei Uhr morgens, zwischen Schlaf und Wachen, kam ihm schließlich der erlösende Gedanke. Riskant, zugegeben. Er lief Gefahr, Lindhöfer ein Geständnis zu entlocken, das man als suggeriert bezeichnen konnte. Aber sei's drum. Einen anderen Trumpf hatte er nicht mehr.

*

Am nächsten Morgen saß ein übernächtigter Inspektor einem ausgeschlafenen Untersuchungshäftling gegenüber.

»Also auf ein Neues, Herr Lindhöfer. Fangen wir noch einmal beim 11. Mai letzten Jahres an. Hat es an diesem Tag einen Streit zwischen Ihnen und Ihrer Schwester gegeben?«

»Kann schon sein«, entgegnete Lindhöfer gleichgültig. »Mit der Magda hat's öfter Streit gegeben.«

»Und wenn es Streit gegeben hat, was ist dann passiert?«

Der Büttner glotzte verständnislos. »Passiert?«

»Ist Magda dann zu einer Nachbarin gegangen? Oder hat sie sich in ihrer Wohnung eingesperrt?«

»Naa, des war net so, wie Sie maana. Des war ganz anders.«

»Was heißt das genau: ›anders‹?«

Lindhöfer schwieg und sah zu Boden. Plötzlich murmelte er: »Des kommt doch sowieso alles raus … irgendwann kommt des doch sowieso raus …«

»Was kommt raus, Herr Lindhöfer?«

Keine Antwort. Froberger ließ ihn schweigen. Schließlich stand er auf, enthüllte das Dachbodenmodell, das sich auf einem eigens dafür bereitgestellten Tisch befand, und platzierte es vor Lindhöfer. Beinahe hätte er dazu so etwas bemerkt wie »I hab's Eahna glei am ersten Tag gsagt: Mit Hoiz hab i's vo klein auf.« Aber er riss sich zusammen.

Lindhöfer blickte auf und wurde schlagartig bleich, als er sich mit dem Tatort konfrontiert sah.

»Ich wollt ihr doch gar nix tun – ich bin doch kein böser Mensch – ich bin kein Verbrecher –«

Dann brach er in Tränen aus.

Das Protokoll des ersten Geständnisses, das Oberstaatsanwalt Dr. Horn wie auch Forensiker Kaltenbrunner noch vor zwölf auf den Schreibtisch bekamen, lautete dahingehend, dass Heinrich Lindhöfer am 11. Mai 1962 zur Mittagszeit, als die anderen Familienmitglieder außer Haus waren – sein Schwiegersohn zur Arbeit, seine Ehefrau und die Tochter mitsamt Kind auf dem etwas außerhalb gelegenen Gartengrundstück der Familie –, Magda aufgesucht hatte, um sie zur Mithilfe bei der Gartenarbeit aufzufordern; sie aber, mit Bügelarbeiten beschäftigt, habe abgelehnt, da sie dafür keine Zeit habe. Lindhöfer habe erwidert, dass sie andererseits sehr wohl Zeit habe, um in anonymen Briefen Klatsch und Tratsch im Ort zu verbreiten. Daraufhin habe sie ihn einen Lumpen genannt. Er habe sie ins Gesicht geschlagen. Sie habe ihn mit dem erhobenen Bügeleisen bedroht, ihn bis auf den Flur verfolgt; er habe ihr dort das Bügeleisen entrissen und es ihr, die unter weiteren Beschimpfungen durch die offene Tür zum Dachboden zurückgewichen war, an den Kopf geworfen, worauf sie rücklings gestürzt und tot vor den Briketts liegen geblieben sei. Lindhöfer habe die Haustür versperrt, die Leiche in einen alten Mantel gehüllt, in die Scheune geschleift und dort verborgen. Am folgenden Abend habe er sie zu einem Acker zwischen Reichelshofen und Oberscheckenbach transportiert und vergraben.

*

Kurz nach der Mittagspause klingelte bei Froberger das Telefon.

»Das gann so nich gewäsen sein, Herr Inspektor«, sächselte Kaltenbrunners Stimme aus dem Hörer. »›Bügeleisen an den Kopf geworfen‹, dass ich nicht lache. Sie kennen doch die Blutspuren genauso gut wie ich. Der Lindhöfer muss ordentlich zugeschlagen haben, und zwar auf dem Dachboden. Sie müssen dem Herrn noch einmal gründlich auf den Zahn fühlen. Zeit genug haben Sie ja jetzt.«

Es ist nun nichts Neues, dass Täter wie Lindhöfer, die über fünfzig Jahre ihres Lebens im Rahmen bürgerlicher Anständigkeit verbracht haben, versuchen, ihre Tat so harmlos wie möglich zu schildern, und dies keineswegs aus Kalkül, um mit einem milderen Urteil davonzukommen, sondern weil sie die hässliche Fratze, zu der ihre Persönlichkeit sich durch das schonungslose Preisgeben der Wahrheit entstellt und die fortan auch ihre edelsten Taten und Charakterzüge überlagern wird, selbst nicht ertragen.

Froberger beschloss, Lindhöfer eine Ruhepause zu gönnen. Es galt, einerseits behutsam vorzugehen, Verständnis zu zeigen, und andererseits mit unnachgiebiger Sachlichkeit auf den Fakten des Modells zu beharren.

Als Lindhöfer anderntags vorgeführt wurde, machte er einen verwirrten Eindruck.

»Ich hab doch gestern schon alles erzählt, wie's gwesen ist. Mehr weiß ich net.«

»Bleiben S' ganz ruhig, Herr Lindhöfer. Jetzt schauen wir uns noch einmal Ihren Dachboden an. Der stimmt doch so, wie wir ihn gebaut haben, oder?«

»Jaja, des stimmt scho, des ham S' alles ganz richtig gmacht.«

»Dann schauen wir uns die Blutflecken auch noch einmal genau an. Da beim Schrank, wo ich die Schuhe gefunden hab, und auf der Schachtel gleich daneben. Wie kann das Blut da hingekommen sein?«

Es wurde abermals eine schwere Geburt. Am Nachmittag hatte er ihn endlich so weit.

»Die Magda hat sich in ihrer Wohnung eingsperrt ghabt. Aber ich hab so eine Wut ghabt. Weil, des is scho jahrelang so gangen mit der Magda. Sie glauben gar net, was die für Ausdrücke gsagt hat.«

Befeuert von dieser übermächtigen Wut habe er sich so vehement gegen die Tür geworfen, dass das Schloss brach.

Und dann?

»Die Magda ist dagestanden mit ihrem Bügeleisen. Aber ich hab's ihr aus der Hand grissen.«

Und dann?

»Dann hab ich sie packt und aus ihrer Wohnung rauszogen. Die hätt ja bloß sagen brauchen, dass sie im Garten mithilft. Weil, gessen hat sie's ja auch, des Gmüs aus unserm Garten. Aber die hat net aufghört zum Schimpfen. Da können S' jeden fragen bei uns, des weiß jeder, was die immer für Ausdrücke gsagt hat.«

Und dann?

»Dann hab ich sie zum Dachboden neigschoben und hab ihr des Bügeleisen auf den Kopf gschlagen. Die Magda ist zammbrochen und hat sich an mir festghalten. Aber ich hab so a furchtbare Wut ghabt. Da hab ich ihr dann noch a paarmal mit dem Bügeleisen draufghaut, bis sie am Boden glegen ist.«

Und dann?

»Die hat so furchtbar geblutet ausm Kopf, da hab ich dann a alte Jacke drumrum gwickelt und hab die Magda da nüberzogen. Damit man s' net gleich sehen kann, wenn man die Tür aufmacht.«

Dies schien nun mit Art und Lage der aufgefundenen Blutspuren übereinzustimmen. Von Kaltenbrunner, dem man das Protokoll als Fernschreiben übersandte, kam eine Bestätigung. Was indes noch immer fehlte, war die Leiche zur Bluttat.

Noch am selben Nachmittag fuhr Froberger mit drei Kollegen und Büttnermeister Lindhöfer zum Ackerstück zwischen Reichelshofen und Oberscheckenbach, in dem die Leiche vergraben sein sollte. Doch offenbar waren auch mit der Leichenbeseitigung Umstände verbunden, über die Lindhöfer nicht sprechen konnte oder wollte. Während an jenem sonnigen Nachmittag John F. Kennedy in Berlin vor Zehntausenden eine umjubelte Rede hielt, die man sich im ganzen Land so gespannt anhörte, als handele es sich um die Übertragung eines Meisterschaftsspiels, gruben vier immer verdrossener werdende Polizisten zwischen zwei mittelfränkischen Käffern einen Acker um, ohne auf die darin angeblich verscharrte Leiche oder zumindest Teile derselben zu stoßen.

»Es is ja scho dunkel gwesen, wie ich's eingraben hab«, haspelte Lindhöfer immer wieder, »is ja scho stockfinster gwesen … es könnt aa da drüben gwesen sein, wo ich's eingraben hab … ganz genau weiß ich's nimmer …«

Wiederum vergingen Tage, in denen Lindhöfer sich von einer Geschichte zur nächsten hangelte. Er sei so durcheinander gewesen, dass er überhaupt nicht mehr wisse, wohin er mit Magdas Leiche gefahren sei. Schließlich: Er habe die Leiche mit der Axt zerstückelt und nach und nach im Werkstattofen verbrannt. Ersteres konnte tatsächlich durch Blutspuren wie auch Funde feinster Knochenteilchen bestätigt werden; für Letzteres hingegen konnte Kaltenbrunner keine Anhaltspunkte entdecken.

Was Lindhöfer am Ende gestand, zeugte von der systematischen und ordentlichen Herangehensweise eines Handwerksmeisters: Er hatte die Leichenteile in dem großen Kessel ausgekocht, in dem er gewöhnlich Wasser zum Reinigen gebrauchter Fässer erhitzte, hatte die Knochen herausgelöst und verbrannt, alles Übrige in Säcke verpackt und an unterschiedlichen Stellen in den umliegenden Wäldern vergraben. Einer inneren Stimme folgend, wie er sagte, hatte er einen kleinen Rest Knochenasche in die Erde auf dem Grab der Mutter gegeben, der dort auch aufgefunden wurde.

Die Suche nach den weiteren Überresten gestaltete sich ebenso mühselig und fast ebenso langwierig wie Lindhöfers Bemühungen, alle Spuren des Verbrechens zu beseitigen. Über ein Jahr lang hatte er regelmäßig alle Stellen in Haus und Scheune geschrubbt und gescheuert, an die Blut gelangt war, genauso alle Stellen, von denen er dachte, dass sie etwas abbekommen haben könnten, mochte auch mit bloßem Auge nichts zu erkennen sein.

Als er der Tat schlussendlich überführt war, reagierte er darauf, als hätte einer seiner Kunden ein mangelhaftes Fass reklamiert: immerfort beteuernd, dass er doch sein Möglichstes getan habe, dass er doch so viel geputzt habe, dass da gar nichts mehr gewesen sein könne. Ob er glaubte, auch sein Gewissen dadurch säubern zu können, blieb eine andere Frage. Möglich, dass die Asche auf dem Grab der Mutter ein Versuch war, sie um Vergebung zu bitten.

*

Kurz vor Weihnachten 1963 wurde Heinrich Lindhöfer wegen Totschlags zu acht Jahren Zuchthaus verurteilt, wurde wegen guter Führung vorzeitig entlassen und kehrte nach Reichelshofen zurück, wo er sein Leben weiterführte wie zuvor.

DAS ERSTE MAL

DIE FÄLLE DES SCHWEINFURTER NACHRICHTERS HANS BINDER 1638–1647

Das erste Mal sah sie den Jungen auf dem Wasser. Sie stand etwas abseits am Ufer vor dem Fischertor, wo ein bescheidener Handel im Gange war. Die anderen hatten die Fischkörbe zurückgelassen, waren an der Anlegestelle zusammengelaufen, riefen und winkten und weinten und fielen einander um den Hals. Einer war in seinen Kahn geklettert, aber er band ihn nicht los; es gab nichts zu tun. Das Brett oder die Tür oder was es war – ein Boot war es nicht, das dort auf dem Main vorbeitrieb –, mit dem Haufen Kinder darauf, war bereits am Untergehen. Zwei, drei waren schon hineingerutscht ins Wasser und in der braunen Brühe untergegangen wie Steine. Nicht einmal mehr gezappelt hatten sie; auch die auf dem Brett Verbliebenen waren ganz still, als hätten sie sich längst ergeben. Sie würden ebenfalls sterben.

Was klagten sie, die guten Schweinfurter, fragte sich die Frau. Was jammerten sie über dahergeschwommene Lumpenkinder, vermutlich Flüchtlinge aus einem Dorf, in dem die Pest noch wütete oder über das eine marodierende Bande hergefallen war, Schweden, Bayern, Kaiserliche – einerlei. Was heulten sie bloß? Die Stadt hinter ihnen war halb verwaist, die Dächer herabgesunken, die Türme voller Löcher vom Kanonenbeschuss. Was hatten sie noch die Kraft zu kreischen. Und wofür war es gut?

Einen Moment lang wandte sich ihr eins der kleinen Gesichter zu, so schien es. War es besonders blass, besonders schmutzig, waren die Augen weiter aufgerissen als die der anderen? Es war viel zu weit weg, um etwas Derartiges mit Sicherheit behaupten zu können.

Sie stand alleine, hatte keinen zum Umarmen, keinen zum Klagen. Also blieb sie stumm. Ehe der letzte Kopf unter Wasser verschwand, bückte sie sich, nahm die Fische aus dem Kasten am Ufer und steckte die Münzen dafür in die Börse, die innen an dem rostigen Haken hing. Sie hielt inne und starrte auf das grünbraune Viereck aus Wasser, als könnte sie darunter noch eine Bewegung ausmachen. Als würde gleich etwas darin auftauchen, um ihr etwas Wichtiges zu erklären.

Sie spürte das Zappeln in ihrem Stoffbeutel, die Leiber, die sich windend gegen ihre Schienbeine schlugen. Als sie sich aufrichtete, kreuzte ihr Blick kurz den des Fischers, der den Kasten bestückte. Unwillkürlich nickte sie, halb, um ihm zu versichern, dass die Summe stimmte, halb aus Gewohnheit; so schnell gewöhnte der Mensch sich das Grüßen nicht ab. Doch sie hätte es sich sparen können; sein Blick glitt weiter, als hätte er sie gar nicht bemerkt, glitt von ihr ab wie Regentropfen vom Federkleid der Enten. Sie lächelte grimmig. Wirst kommen, dachte sie. Wirst schon kommen, wenn du krank bist. Wenn ein Knochen gebrochen ist oder wenn du Salbe brauchst. Sie kommen alle, früher oder später. Dann sind der Henker und sein Weib ihnen auf einmal gut genug.

Ihr letzter Blick galt dem Wasser, auf dem jetzt nichts mehr schwamm, das stark und unruhig floss, aufgewühlt vom Regen der letzten Tage, angeschwollen von Wasser, Schlamm und Unrat. Man sah es selbst dem Fluss an, dass kein Frieden herrschte.

Die Frau des Henkers packte ihren Stoffbeutel mit den Fischen darin fester. Sie konnte nicht sagen, was es war, das sie daran hinderte, durch das Tor zurück in die Stadt zu gehen. Etwas trieb sie, dass sie den längeren, mühsameren Weg am Ufer entlang wählte, vom Spitaltor aus westwärts. Etwas drängte sie, sehr gerade zu gehen und sehr schnell. Und genau auf der Höhe des neuen Friedhofs, auf dem all die Pesttoten lagen, hielt sie an, als wäre sie dort verabredet. Sie brauchte sich nicht umzusehen und nicht zu warten, hätte auch gar nicht gewusst, worauf. Aber das Bündel im Schlamm bemerkte sie sofort. Noch ehe sie den kleinen Körper herumgedreht und ihm den Schlick vom blassen Gesicht gewischt hatte, wusste sie alles. Das war das zweite Mal, dass sie den Jungen sah.

*

Als der Henker heimkam, sah er einen Gast am Tisch sitzen. War das ein Kind? Der Körper sah aus wie sechs, das Gesicht wie zwölf, und Hunger hatte er wie ein ausgewachsener Mann. Er trug ein Hemd des Henkers und abgeschnittene Hosen, die mit einem Lederstrick zugebunden waren. Alles war sauber und ordentlich, auch das blonde Haar, das noch nass vom Waschen am Kopf klebte.

Der Henker war ein Mann, der viel dachte und wenig sprach und sicher zu seinen Schlüssen gelangte. Er fragte nichts. Was hätte es auch zu fragen gegeben? Der Junge war für seine Mitmenschen »unehrlich«, das heißt unberührbar geworden in dem Moment, in dem seine Frau ihn angefasst hatte, spätestens, als er ihr Haus betrat, und ganz sicher war er es nun, da sie ihre Mahlzeit mit ihm teilten. Dem Rest der Menschheit war er verloren. Es gab für ihn kein Zurück mehr irgendwohin, falls so ein Ort für ihn überhaupt existiert hatte. Seine Frau hatte ihre Entscheidung getroffen; der Junge gehörte jetzt ihnen. Eigene Kinder hatten sie nicht.

Meister Hans setzte sich und bekam ebenfalls eine Holzschüssel mit Grütze und ein Stück Fisch. »Er wird lesen lernen müssen«, sagte er. Das andere brauchte nicht gesagt zu werden.

*

Der Junge lernte schnell. Die Frau übte mit ihm das Buchstabieren auf einer Schiefertafel. Als sie zufrieden war, gab der Meister ihm ein Journal in die Hand, das er von seinen Vorgängern geerbt und in dem die Stadt Schweinfurt festgehalten hatte, wie Kriminalprozesse zu führen waren. Die Anweisungen dort, »wie eigentlich bey der Tortur zu verfahren sei«, waren dem Henker die Richtschnur all seines Tuns. Der Junge buchstabierte sich hindurch wie durch eine Fibel. Fand die vertrauten Buchstaben mit dem Finger wieder, trieb sie zu Wörtern zusammen, spürte »und« auf und »wie« und »Tod«.

Bald entzifferte er auch schwierigere Wörter wie »Enthauptung«, »Hencken« und »Strangulieren«. Den Begriff »Viertheilen« mochte er, weil der ihm das Bild eines sauber geviertelten Apfels eingab. Lustig musste das sein, so ein viergetheilter, springlebendiger Mensch, der herumlief und alle in sein Inneres blicken ließ. Wie würde das dem Meister die Arbeit erleichtern, der doch selbst so viel zu lernen hatte über den menschlichen Körper für seine Praxis, die der Folter und die des Heilens, die er ebenfalls ausübte. Besonders gefiel dem Jungen das Wort »Lebendig-Begraben«. Es war ein so wundersamer Gegensatz darin, und er musste immer an das Wort denken, wenn er der Frau im Garten half und Regenwürmer auf die Schaufel bekam. Auch das »Schmieden auf einen Hirsch« regte seine Phantasie an, obwohl der Meister derartige Hinrichtungsarten niemals vollzog. Der Junge stellte sich dabei einen Hirsch vor, aus Silber getrieben oder mit einem goldenen Kreuz in der Geweihkrone, wie er in der Johanniskirche auf einer Bildtafel zu sehen war. Der Junge mochte die stille, dunkle Kirche, wo jeder ihn in Frieden ließ. Noch viel mehr aber mochte er die Tiere, streichelte jede Katz und jeden Straßenköter, statt nach ihnen zu treten, zur Verwunderung seiner Zieheltern, die Viehzeugs allenfalls als etwas betrachteten, das Unsauberkeit ins Haus brachte. Bald schrieb der Junge »Staupbesen« und »Arquebousieren« richtig und wurde herangezogen, um allerlei Rezepte des Meisters zu notieren, mit denen er die Wehwehchen der Bürger heilte. Sie enthielten Menschenfett und Samen von Erhängten, Knochenmehl und Blut, aber auch Kräuter und Ringelblumen, Pottasche und Alkohol.

Das Rechnen lernte er mit der Gebührentabelle, und auch darin war er rasch geschickt. Wenn der Meister ein Ohr abschnitt für 2 Schillinge und 4 Pfennige und vorher mit der glühenden Zange kniff, was 5 Schillinge und 3 Pfennige machte, wie viel hatte er dann verdient?

*

»Es ist eine Sache, davon zu lesen«, sagte der Meister, wenn seine Frau den Jungen lobte.

Doch sie war zuversichtlich. »Er zuckt niemals, wenn du einen Knochen einrichtest«, sagte sie. »Egal, wie sehr einer schreit.«

Er wird schreiende Menschen gewohnt sein, wollte der Meister gerade sagen, als Gebrüll über die Gasse drang – Schreie von Betrunkenen und angstvoll kreischende Frauen, dumpfe Männerstimmen dazwischen. Dann klirrte etwas, und Scherben flogen auf die Gasse.

»Die Soldaten beim Schäffer«, stellte er fest. »Er hätte besser zahlen sollen, was die kaiserlichen Truppen wollten, dann wären sie ihm nicht ins Haus gesetzt worden.«

Seine Frau sagte nichts dazu. Viele Schweinfurter Bürger hatten solche Einquartierungen dulden müssen. Man konnte sie sich vom Hals schaffen, wenn man in Gulden, Scheffeln Getreide, in Wein oder Brot bezahlte, was die kaiserlichen Soldaten für ihren Unterhalt beim Rat forderten. Der Henkershaushalt blieb davon naturgemäß verschont. Sie durfte also friedlich in ihrer Stube sitzen, niemand zerschlug ihren Hausrat, versoff ihren Wein oder bedrohte ihre Ehre. In solchen Momenten lag ein Ausgleich dafür, dass ihrem Mann das Wirtshaus versagt war, in dem die anderen zusammenhockten, und ihr der lebhafte Markt.

»Dann soll der Junge morgen mitkommen«, beschloss der Meister.

*

Es war die Hinrichtung eines Soldaten, der zwei Tage zuvor, am 10. Mai 1638, mit einer Magd gestritten und sie daraufhin auf offener Straße mit seinem Degen durchbohrt hatte. Der Zwölferrat, der die Blutgerichtsbarkeit ausübte, hatte auf Tod durch Erschießen entschieden. Anschließend sollte der Leib auf die Richtstätte vor der Stadt geschleift und der Kopf dort aufgespießt werden. Alles fand zur Sühne dort statt, wo die Tat begangen worden war, mitten auf der Schweinfurter Gasse nahe den Fleischbänken. Die Einwohnerschaft drängte sich, auch an den Fenstern der umliegenden Häuser. Selbst aus den Dachluken drängten sie sich, und ein Vorwitziger hatte sich gar in einen großen Korb gehockt, der von einem der Flaschenzüge baumelte, mit denen im Herbst das Korn unters Dach geholt wurde.

Die Glocken der Johanniskirche klangen, bis der älteste Ratsherr, Johann Glock, den Tathergang noch einmal schilderte und das Urteil laut verlas. Der Pfarrer Keßler sprach hernach von Sünde und Christi Gnade, die insgeheim keiner der Zuhörer für möglich hielt und für den Täter auch nicht haben wollte. Man murrte aber nur leise. Der Henker trat in seinem besten Wams mit den geschlitzten Ärmeln vor. Der Verurteilte kniete, die Arme auf den Rücken gefesselt. Er hatte Wein bekommen; nun hielt er still.

Der Junge kauerte hinter dem Meister. In seinen Händen hielt er den Korb, in den der Kopf hineinsollte, der später zur Mahnung gedacht war und für die Krähen.

Der Junge ignorierte die Menge und auch den Verurteilten. Als der Schuss fiel, als der Körper aufschlug, zuckte er nicht, sondern sprang eifrig herzu, den Toten, der kaum blutete, so über einen Bock zu lagern, dass das Richtschwert seine Arbeit verrichten konnte. Er wartete nicht auf das Niederfahren der Klinge, sondern legte den Kopf in den Nacken und betrachtete nur blinzelnd aus den Augenwinkeln das Blitzen der Sonne auf dem Schwertmetall, einer Sonne, die an diesem Maitag zwischen hohen Wolken stand. Über dem Schwert waren diese Wolken gewaltig aufgetürmt, quellend und fast blau, und unter ihnen sah man ein paar Schwalben, die hoch flogen, also würde das Wetter schön bleiben, und nicht ein einziges Mal schlugen sie mit den Flügeln, sondern glitten einfach so, als könnte man ihre Schatten …

Der Schatten des Schwertes glitt über die Stirn des Jungen, es gab einen dumpfen Laut, und als er hinschaute, floss es aus der Wunde wie bei den Marktbänken, wenn geschlachtet wurde. Nachher würde das Blut mit ein paar Eimern Wasser weggewaschen, die Nachbarn würden sie vom Brunnen hertragen; das ging den Henker und seinen Gesellen nichts an. Der Junge konzentrierte sich, sah etwas rollen, sprang vor, packte zu und stopfte es in seinen Korb. Mit erwartungsvollem Blick wandte er sich dem Henker zu.

*

»Nicht gezuckt«, bestätigte der Meister beim Abendessen. Er war zufrieden, wenn er an die Zukunft dachte.

Die Frau aber, die bemerkt hatte, dass der Junge dem Kopf des Mörders heimlich über das krause braunrote Haar gestrichen hatte, und die sein Gesicht dabei gesehen hatte, andächtig und ängstlich, so, wie man bei der ersten Jagd dem toten Wild ins Fell fasst, brachte ihm am folgenden Abend einen Hundewelpen mit.

Der Junge griff danach und wollte ihn gar nicht mehr loslassen. Als sie ihn fragten, welchen Namen er ihm geben wolle, dachte er lange nach. Dann schien erst ein Gedanke, vielleicht eine Erinnerung, und in seinem Gefolge ein großes Entsetzen in ihm aufzusteigen, und er schüttelte rasch den Kopf, als wollte er alles schnell wieder wegwischen. »Jörg«, presste er nur hervor. Der Meister lachte und meinte, so hätten sie doch schon ihn genannt – nach dem

Schwager der Frau im Übrigen, der selbst ein Henker war, sodass er mit dem Namen gut in die Familie passte. Der Junge schwieg dazu hartnäckig. Kein anderer Name wollte über seine Lippen kommen, als hätte er keine Kenntnis von so etwas, als wäre jede Erinnerung an Namen in ihm ausgelöscht, bis auf den einen, der ihm neu geschenkt worden war. Also blieb es bei Jörg.

Die Frau träumte in dieser Nacht von einer anderen Frau, die vor eine Hütte trat und einen Namen rief. Sie wusste, dass es der Name eines Jungen war, eines Sohnes oder Gatten oder Bruders, auch wenn in dem Traum alles stumm blieb. Sie erfuhr den Namen nie. Die Frau im Traum wandte sich hin und her, als riefe sie in alle Richtungen, dann lief sie los und stand irgendwann an einem großen, brodelnden Strom, in dem sich etwas drehte, das sie herauszog und umwandte. Aus dem geschlitzten Wams ragte das Gesicht eines gelben Hundes. Er grinste, und die Zunge hing ihm heraus wie bei einem Gehenkten. Die Frau wachte auf. Hatte sie geschrien? Doch das Haus blieb still.

*

Am 5. September wurde ein Paar hingerichtet, das miteinander Ehebruch betrieben hatte, er aus Schweinfurt, ein Häfner namens Sebastian Sterzebach, sie, genannt Margareta Krummholzin, eine Bamberger Bürgerin, was dem Henker Anlass gab, dem Schwager seiner Frau wieder einmal zu schreiben, der das Henkersamt alldort ausübte.

Der Krieg hielt an. Schweinfurt war zu jener Zeit kaiserlich. Aber Freund oder Feind gab es nicht, nur hungrige Soldaten und plündernde Heere, denen es egal war, wer sie am Leben erhielt und wer dafür sterben musste. Dauernd zogen Haufen von Kaiserlichen vorbei, stellten Forderungen, verhandelten und erpressten, griffen sich am Ende, was sie fanden, und zogen weiter. Die Stadt versuchte mühsam, die Mauern und Schanzen wiederherzurichten, weil es hieß, dass die Schweden kämen, der erklärte Feind. Aber die Schweden kamen nicht. Schließlich hob man eine Stadtcompagnie aus, nachdem man lange brieflich mit dem Kaiser verhandelt hatte. Sie sollte so gut vor Gustav Adolf schützen wie vor den Bedürfnissen der eigenen Seite. Das nützte aber nichts. Das Einquartieren und Plündern ging weiter.

*

Ein Graf Fürstenberg ließ seine Truppen in der Stadt Quartier nehmen und das Kuchenbacken verbieten, damit man genug Brot für ihn herstellen konnte. Aus der Stadtgarnison desertierten sie in ganzen Gruppen. Der Meister musste einen, der wieder eingefangen wurde und als Rädelsführer galt, erhängen, einen anderen erschoss er.

Der Junge wurde größer und bekam einen Bart. Er hatte schon zwei Leichen auf dem Schindanger verscharrt, drei Ohren abgeschnitten und den Staupbesen gegen nackte Rücken geschwungen. Bei der peinlichen Befragung reichte er seinem Meister die Zangen. Mit seinem Hund ging er gern außerhalb der Stadtmauern spazieren. Innerhalb war er nicht so gut gelitten. Die Menschen waren es gewohnt, dass der Henker Hans Binder ihnen einen Schauer über den Rücken jagte, aber das war in Ordnung; er war ein Meister seines Fachs und ein gestandender Mann mit breitem Kreuz und wildem Bart, der lesen und schreiben konnte und von dem das Gerücht ging – gegen alle Wahrscheinlichkeit –, dass der Stadtphysikus, der Dr. Bausch, ihn nachts heimlich in seinem Turm empfing, um mit ihm über das menschliche Skelett zu fachsimpeln und vielleicht, wer wusste das schon, sogar über die Sterne. Einen solchen Mann durfte man getrost fürchten. Aber einen Jungen mit gelbem Milchbart? Da stellte sich den Schweinfurtern das Haar auf.

Der Junge wusste nichts davon, aber seine Instinkte lenkten ihn oft vor die Tore. Manchmal trieb er sich in der Nähe der Schamroth'schen Weinberge herum, manchmal am Marienbach oder am Bleichrasen auf der Maininsel, wo er bei den Reparaturarbeiten am Brückentor zuschaute.

Eines Abends im April 1640 kam er auf dem Nachhauseweg am Hanenbrünnlein vorbei, als ein paar Reiter aus der Stadt trabten. Der Uniform nach waren es Bayerische von der Compagnie des Obersten Druckmüller in Werneck. Und der Augenschein verriet auch, dass sie kräftig getrunken hatten. Der Junge bemerkte die junge Frau erst, als einer der Reiter auf sie zuhielt. Sie war gekleidet wie eine Magd, hatte einen Sack dabei und pflückte wilden Hopfen, der dort an einer Hecke wuchs. Der Junge kannte sie nicht. Aber er sah den Schreck in ihren Augen. Und im selben Moment, durch welche Zauberei, wusste er nicht, gab es auf der ganzen Welt nichts Wichtigeres als sie. Er konnte nichts anderes mehr sehen: die Bewegung, mit der sie den Kopf hob, wie ihr der Sack entglitt, wie sie anfing zu rennen. Er konnte die Angst in ihrem Gesicht sehen, die geballten Fäuste, die angestrengt pumpenden Arme. Ihm war, als könnte er ihren hektischen Atem hören, er fühlte ihren Puls, als wäre es sein eigener. Ihre Panik pulsierte in ihm. Zugleich begriff er, wie vergeblich alles war. Und einem anderen Teil in ihm kam der abgeklärte, fast amüsierte Gedanke, dass all das Gezappel doch zu nichts führen konnte: ein junges Ding, das versuchte, einem Pferd davonzulaufen! Er verfolgte, wie sie in den Main rannte, wo die Strömung rasch ihren Lauf stoppte, wie sie sich umwandte nach dem Tier und dem Mann darauf, wie sie an den Haaren gepackt und zurück ans Ufer geschleift wurde, wie sie aufzustehen versuchte und abwehrend die Arme hob. Er sah zu, wie der ob ihres Widerstands in Rage geratene Soldat sie das erste Mal überritt. Er sah auch das zweite, das dritte Mal. Er sah, dass sie sich immer noch regte, sah den Reiter, der jetzt innehielt, um seine Radschlosspistole zu laden, ein langwieriges Unternehmen, während dessen seine Kameraden zu ihm aufschlossen und ihn umringten, um ihn davon abzuhalten. Das Mädchen lag da, schon fast nur noch ein Haufen Lumpen, aber ein Arm regte sich, und von dem konnte der Junge kein Auge lassen. Dann befreite sich der Reiter aus den Griffen der anderen, kam zurück, zielte auf die Liegende, schoss, und der Arm gab Ruhe.

Verwirrt bemerkte der Junge, dass ihm Tränen über das Gesicht liefen, das heiß war und das er sich ungeduldig abwischte, um nichts zu versäumen. Er hatte nämlich auch das Gesicht des Reiters gesehen, die Anspannung darin, die wilde Glut, das Unbedingte, und er spürte verwirrenderweise all das auch in sich und fühlte, wie es ihn aufwühlte, dass auch er sich jetzt ein Pferd wünschte, auf dem er davonpreschen konnte. Es war alles zu viel. Er rannte nach Hause und sprach tagelang mit niemandem ein Wort.

*

Der bayerische Reiter, der geschossen hatte, wurde vier Tage darauf von seinen Kameraden zurück nach Schweinfurt gebracht, zusammen mit einem Galgen, den sie für ihn gezimmert hatten und der nahe dem Hanenbrünnlein aufgerichtet wurde, am Ort der Tat.

Hans Binder wurde gebeten, sein Amt zu verrichten, doch er verkündete, dass es an der Zeit sei, den Jungen sein Meisterstück erbringen zu lassen. Er übte am Vorabend mit ihm den Henkerseid, nämlich dass er ohne Groll und Hass und nicht zum eigenen Nutzen diesen Menschen vom Leben zum Tode brachte.

Der Junge sagte ihn anderntags auf dem Galgenpodest laut und fehlerfrei auf. Auch das Hängen gelang. Aber der Junge war nur fast ein Meister. Die Hinrichtung mit dem Schwert stand noch aus. Abends beim Essen war dem Meister anzusehen, dass er zufrieden war. Er hatte Weib und Erben, und um sein Haus war alles gut bestellt.

Die nächsten Jahre verliefen recht friedlich. Der Krieg wütete nicht anders, als sie es schon gewohnt waren, die Pest blieb aus. Kein Mord wurde angezeigt. Eine Büttnersfrau, die ihre Mutter mit dem Waschbläuel blutig geschlagen hatte, wurde 1644 verurteilt zum Abschlagen einer Hand. Auf die inständigen Bitten ihres Mannes Claus Esel und einiger Bürger hin wurde sie begnadigt und musste nur einen Finger drangeben, am Pranger stehen und darauf die Stadt für immer verlassen. »21 Schillinge«, notierte der Junge für den Finger. Er bekam seinen Teil von dem Geld und kaufte seinem Hund ein ledernes Halsband mit schönen Nieten statt des Stricks.

Im Jahre 1646 hieß es, dass die Schweden kämen, weil sie jetzt, da sie einen Waffenstillstand mit den Bayern geschlossen hätten, gegen die Reichsstädte zögen. Und die Schweden kamen. Schweinfurt wurde belagert; der Kanonenbeschuss setzte ein. Es krachte, an den Türmen flogen die Splitter, Dächer wurden durchschlagen; man konnte im Bett sterben und auf der Straße. Der Lärm ließ niemals nach. Die Schweden legten Feuer. Einmal brachen sie fast durch das Brückentor.

Da ließ der Besatzungskommandant Lodron Ende Juli den Henker Hans Binder kommen. »Das Hundegebell«, rief er. »Ich halte das verdammte Kläffen nicht aus. Nachts kann man nicht mehr schlafen. Schaff mir die Hunde vom Leib.«

Der Henker stand sehr still da und schaute dem Kommandanten nicht in die geröteten Augen. Hinter ihm stand sein Sohn. »Aber doch nicht alle«, wandte er vorsichtig ein. »Ich meine, es gibt Hunde …«

»Alle!«, schnitt der Kommandant ihm das Wort ab. »Sie sind die Pest, einer wie der andere. Sie rauben meinen Schlaf.« Er hielt inne. Er schwitzte. »Ich werd die guten Bürger schon um ihre Hofhunde entschädigen.«

Der Meister betrachtete ihn lange. Er bemerkte die Hände, die auf dem Tisch lagen und so sehr zitterten, dass die Karten und

Pläne, die darauf ausgebreitet waren, leise raschelten. Es war das einzige Geräusch, das zu hören war, abgesehen vom Atmen des Jungen. Der Meister erwies sich erneut als ein Mann, der wenig sprach, viel dachte und sicher zu seinem Urteil kam. »Henken oder mit dem Schwert?«, fragte er. »Oder soll ich sie ersäufen?«

Der Kommandant Lodron brüllte, dass ihm das, verdammt wolle er sein, egal sei. Aber dass es rasch zu geschehen habe, sofort, denn er habe eine Verantwortung, und es gehe um die Stadt. Er zog die Hände hinter seinen Rücken und verschränkte sie dort wie ein trotziges Kind. Der Meister Binder verabschiedete sich sehr ruhig mit einer Verneigung, und auf dem Rückweg vermied er es, über den Marktplatz zu gehen, weil auch das die Nerven des Stadtkommandanten hätte angreifen können.

Daheim setzte er sich an den Tisch und überlegte. Er dachte an den Jungen, dessen Hand unter dem Tisch auf dem Kopf seines Hundes lag, wo man nicht sehen oder hören konnte, ob sie zitterte. Doch er blickte ihn nicht an. Endlich wandte er den Kopf zu seiner Frau. »Also mit dem Schwert«, beschloss er. »Das ist schnell und schmerzlos.« Das letzte Wort war für den Jungen gesprochen; der Meister hoffte, er würde es richtig aufnehmen. Das Tier würde schmerzlos sterben. Und im nächsten Jahr, vielleicht viel früher schon, wenn die Belagerung vorbei und der Kommandant abberufen war, würde er einen neuen Hund haben, der so gut war wie der alte, und keiner würde ihm dreinreden. Noch immer ohne dem Jungen in die Augen zu schauen, sagte er: »Du fängst sie nur ein. Ich richte.«

Der Junge schüttelte den Kopf. »Ich mach schon«, sagte er. Und er machte. Fing die Hunde und tötete sie, seinen eigenen zuletzt. Das Schwert schwang er vorbildlich, mit einem geraden, starken Schlag. Mehr war nicht nötig.

Hernach steckten sie die Kadaver in Säcke und warfen sie in den Main, wo sie untergingen wie Steine. Es dauerte zwei Tage lang. Dann war das Meisterstück abgegeben.

Der Meister war stolz auf den Jungen und nannte ihn zum ersten Mal seinen Sohn. Die Frau lag nachts wach und dachte an ihren alten Traum. Aber nichts geschah, und die Tage vergingen wie zuvor. In der Stadt hieß es, es würde bald Frieden geben. Zum ersten Mal spürte sie so etwas wie Zuversicht.

Die Kerze auf dem Tisch brannte ruhig beim Abendessen in der Stube. Die Tischplatte mit den Riefen, dort, wo sie das Brot schnitt, ihre drei Holzschüsseln, der Zinnkrug mit dem Wein. Die mächtigen Hände ihres Mannes, die so ruhig hantierten. Das Haar ihres Sohnes leuchtete. Es hatte ihr immer besonders gefallen, dieses Haar. Von Anfang an war das so gewesen, schon als sie ihn das erste Mal gesehen hatte auf dem Floß, und hernach am Ufer, als sie es ihm aus dem verschmierten Gesicht strich. Selten gestand sie es sich ein; es war eitel, und es war leichtfertig, doch sie kam nicht dagegen an. Sie schenkte ihm ein Lächeln, von unten herauf, halb über den Teller geneigt, als ihr Mann es nicht sah. Im flackernden Licht kam es ihr vor, als ob er es erwiderte. Mit einem leisen Seufzer, der viel von ihr abwarf, streichelte sie ihm über das Haar.

Am nächsten Morgen war der Junge fort. Er kam am Abend nicht zurück, nicht am nächsten Tag und an keinem der folgenden. Der Türmer hatte nichts gesehen, die Torwächter wussten nichts und keiner, den sie auf der Straße nach ihm fragte. Und sie fragte jeden Reisenden, den sie fand, als hätte sie vergessen, wessen Weib sie war, bis ihr Mann es ihr verbot. Er sprach nie wieder von dem Jungen und starb im Jahr darauf.

Danach suchte die Frau nicht mehr auf den Straßen, ging nur noch an den Main. Aber sooft sie auch das Ufer entlangging, vom Fischertor zum Spitaltor – sie fand nichts als ihr eigenes Spiegelbild im rasch fliehenden Wasser.

DIE HITLERLINDE

EINE KIRCHWEIHSCHLÄGEREI 1933 IN GAIGANZ WIRD ZUM POLITISCHEN MORD ERKLÄRT

Der Scharfrichter Johann Reichhart verspürte eine gewisse Müdigkeit, der er jedoch nie erlaubte, sich bei der Arbeit bemerkbar zu machen. Er hatte den Aufbau der Fallschwertmaschine im Kreuzgang von Ebrach persönlich vorgenommen. Seine Hand bediente den Mechanismus, damit das Blatt herunterkam und der Kohlkopf, den er zur Probe in die Mulde gelegt hatte, in der nachher der Hals des Verurteilten ruhen konnte, sauber in zwei Hälften zerteilt wurde. Der bittergrüne, frische Geruch des Gemüses war für einen Moment wahrzunehmen. Dann wies er den ihm von der Gefängnisleitung zugeteilten Gehilfen an, alles zusammenzukehren, und ging.

Vor dem Kloster rauchte er eine. Er erwog, sich in der nahen Schenke ein Essen zu gönnen. Seit die Nationalsozialisten sein altes Salär von hundertfünfzig Goldmark plus zehn Mark Spesen plus einer Fahrkarte für die Dritte Klasse zum Hinrichtungsort durch ein festes Jahresgehalt ersetzt hatten, war das möglich. Aber er scheute die Blicke der Menschen. Sie schauten ihn so an. Riefen nach der Todesstrafe, wenn ein schlimmes Verbrechen geschah, aber ihn schauten sie an. Ein eigenes Auto war das Erste, was er angeschafft hatte von dem neuen Reichtum. Wahrhaftig, er hatte auch andere Tage gesehen.

Seit er, der Sohn eines Kleinbauern, Metzgergeselle, das Amt des Bayerischen Scharfrichters von seinem Onkel übernommen hatte, war es auf und ab gegangen. Die Wirtschaftskrise hatte ihn ebenso getroffen wie den Rest seiner Mitbürger, nein, schwerer, denn sein Amt hatte an ihm gehangen wie ein Klotz am Bein.

Gerade mal eine Hinrichtung hatte er noch gehabt 1928, eine im ganzen Jahr. Seine Familie hätte hungern müssen, wenn er es nicht mit allerlei anderen Geschäften versucht hätte: Fuhrwerken, einer Schenke gar, Bibelverkauf. Aber man erkannte ihn ja, kannte ihn, früher oder später immer. Mit einem Henker machte keiner gern Geschäfte. Doch aus dem Vertrag hatte das Justizministerium ihn auch nicht gelassen. Bis nach Holland war er am Ende gezogen, hatte in Den Haag einen Laden aufgemacht. Keine Metzgerei, einen Gemüseladen. Er hätte selbst nicht so recht sagen können, warum. Er mochte das Gemüse, die blumigen Formen, die fruchtigen Düfte. Er mochte das eben, verteidigte er sich, noch jetzt in Gedanken in der Defensive. Und die Geschäfte waren gut gelaufen, bis zu diesem Zeitungsartikel, der seine Identität enthüllte. Danach war es wieder dasselbe gewesen wie in Deutschland. Man erkannte ihn. Da war er lieber gleich wieder in die Heimat gezogen. Die Nationalsozialisten, was sollte er über die sagen: Sie hatten ihm ein Jahresgehalt angeboten, und kein schlechtes. Wenn er dazu etwas sagen sollte, dann, dass sie vermutlich nicht vorhatten, es ihm zu schenken. Sie würden Arbeit für ihn haben.

Der heute war ein einfacher Auftrag: ein Bauernbursche, der einen anderen erschlagen hatte. Ob Vorsatz im Spiel war oder nicht, Alkohol oder nicht, ob es um eine Eifersuchtssache gegangen war oder um einen Streit zwischen Anhängern von NSDAP und Bayerischer Volkspartei, das war am Ende und für ihn, den Scharfrichter, einerlei. Lorenz Schriefer hatte zugeschlagen, hatte den Josef Wiesheier hernach gewürgt, und der war zu Boden gegangen. Da der Kampf an einem Teich stattgefunden hatte, war er mit dem Gesicht im Wasser zu liegen gekommen. Hatte Schriefer das nicht bemerkt? Hatte er es gewollt? So oder so, er hatte den anderen liegen lassen und war seinen Rausch ausschlafen gegangen. Das Gericht hatte die Schuld von Lorenz Schriefer an diesem Tod festgestellt. Heute würde er dafür sterben. Vermutlich hatte er die letzten Wochen seiner Zeit damit verbracht, darüber nachzudenken, ob das Bier schuld gewesen war an diesem Umstand. Oder das Mädel, das vielleicht einen anderen angelächelt hatte. Oder doch die braune Uniform seines Gegners. Reichhart wusste, dass sie alle darüber nachdachten, auch die, die sich ihr Lebtag lang nicht viele Gedanken gemacht hatten. Sie hatten auf einmal Zeit genug dafür. Und nicht mehr als vier weiße Wände, um sie davon abzulenken. Am Ende, wenn sie unter dem Fallschwert lagen, gefesselt und mit verbundenen Augen, konnten sie gar nichts anderes mehr tun als Denken. Bei manchen setzte es bis zum Schluss nicht aus; der Henker konnte es fühlen. Manchmal dachte er, dass all diese Gedanken herausgeschossen kommen müssten wie der Champagner aus der Flasche, die man heftig geschüttelt hatte, sobald der Kopf nur abgetrennt war, der Druck davon genommen und der Weg frei. Aber es war nie etwas anderes herausgekommen als Blut. Und selbst davon weniger, als der Laie meinte. Nicht einen dieser letzten, hektischen Gedanken hatte er je gesehen. Nicht einmal in seinen Träumen.

Johann Reichhart hatte seinen Frieden mit diesem Umstand gemacht.

Von seinem windstillen Plätzchen aus hatte er einen schönen Blick auf die Kirchenfassade, ein barockes Prachtstück, dynamisch und beinahe flirrend, im Gegensatz zu dem Kasten des Klosters selbst. Er war gestern drinnen gewesen, nur so aus Langeweile: die exotischen, asymmetrischen Formen und leuchtenden Farben erinnerten ihn an die Früchte in seinem Laden, an das Rosa und Gelb seiner Äpfel, an die Birnen und manche Rüben. Es war erstaunlich, was für zarte und zugleich leuchtende Farben Rüben haben konnten, dieses unterschätzte Gemüse. Reichharts kontemplative Gedanken wurden unterbrochen, als ein paar Transporter vorfuhren, die Planen zurückgeschlagen wurden, ein SA-Mann nach dem anderen von der Ladefläche sprang und auf dem Vorplatz vor der ehemaligen Klosterfront in Formation antrat, in der nun das

Gefängnis untergebracht war. Fahnen wurden gehisst, ein Fahnenmeer. Die Farben des Kirchenportals verschwanden hinter dem aggressiven Schwarz und Rot und Weiß.

Richtig, erinnerte Reichhart sich, der Ermordete war ein SA-Mann gewesen. Der einzige in dem Dorf, in dem die Tat geschehen war, Gaiganz, wenn er sich recht entsann. Er hatte die Akte nur flüchtig gelesen. Was ihn zu interessieren hatte, war das Urteil, nichts weiter. Er selbst kam aus der Nähe von Tiefenbach; sein Vater hatte dort einen kleinen Hof besessen und zusätzlich als Wasenmeister der Gemeinde gearbeitet, als Abdecker, der die krepierten Tiere beseitigt und auch schon mal die siechen getötet hatte, wenn die Bauern das verlangten. Diejenigen, die zu schlachten sich nicht verlohnte. Er erinnerte sich noch gut an die Gerüche. In der Metzgerei später, in der er Lehrling war, war's besser gewesen, keine Verwesung. Tiefenbach war tief katholisch gewesen; sonntags Kirche, wahltags Bayerische Volkspartei. Er war lange nicht mehr da gewesen. Bald würde er sich in München ein Haus kaufen.

Ruhig schaute Reichhart zu, wie die SA-Abteilung im Gefängnis verschwand. Er drückte den Stummel seiner Zigarette aus und folgte ihnen. Sie nahmen im Kreuzgang Aufstellung, ein Spalier, das der Verurteilte würde passieren müssen auf seinem letzten Gang. Sie würden das Letzte sein, was er sah. Nein, nicht ganz, dachte Reichhart sich. Er selbst wäre das Letzte, was Lorenz Schriefer in diesem Leben sähe. Er, das Fallschwert, das Kippbrett, auf das er geschnallt würde, die schwarze Augenbinde. Er fragte sich, ob der Junge hatte beichten dürfen. Die Haft hatte er wohl weitgehend isoliert verbracht, hatte wenig mitbekommen von dem Skandal um sein Dorf, von dem man in allen Zeitungen hatte lesen können. So kurz nach der »Machtergreifung« war der Mord an einem SA-Mann ein gefundenes Fressen gewesen. Die neuen Herren hatten die Gelegenheit genutzt zu zeigen, wozu sie fähig waren. Fünfundzwanzigtausend SA-Leute waren dort aufmarschiert und hatten das Zweihundert-Seelen-Dorf belagert. Man hatte einen Teil der männlichen Bevölkerung verschleppt und erst nach Wochen wieder freigegeben. Nun, vielleicht war es ja ein Segen, dass Schriefer davon vermutlich nichts mitbekommen hatte. Hätte er sich am Ende gesorgt, um alte Eltern zum Beispiel oder um sein Mädchen, für das er sich angeblich ja überhaupt erst geschlagen hatte? Reichhart versuchte sich vorzustellen, wie sich das in Tiefenbach angefühlt hätte. Aber das Dorf war so weit weg. Seine Gedanken schweiften unwillkürlich ab. Zu seinem Erstaunen nach Den Haag und von dort zu dem Kohlkopf, dessen Geruch noch immer an seinen Fingern haftete, selbst unter dem Zigarettenaroma. Dabei hatte er ihn doch gar nicht berührt. Er musste aufpassen auf seine geistige Gesundheit. Mit einer entschiedenen Bewegung stieß er sich von der Mauer ab, reckte die rechte Hand und rüttelte ein wenig am Gelenk. Die neue Uhr kam hervorgerutscht. Es war an der Zeit.

Reichhart hatte gehört, dass der Prozess schnell durchgezogen worden war, eine Revision verworfen, ein Gnadengesuch abgelehnt. Im Mai war der Mord geschehen, jetzt hatten sie gerade einmal den 9. September. Und nun würde Lorenz Schriefer sterben. Reichhart musste zugeben, dass die Kulisse imposant war. Der alte, weiß getünchte Kreuzgang mit den gotischen Bögen, durch dessen Spitzfenster man das Grün des Innenhofes sah, die Fahnen, die Menschen, das Murmeln und Rascheln, das sich wie das Rauschen in einer Muschel unter dem Kreuzgewölbe sammelte. Klöster hatten eben eine gute Akustik. Das Urteil wurde verlesen. Es kam nicht ohne harsche Worte aus. Von Blutzeugenschaft war die Rede. Das war nun einmal die Sprache der neuen Zeit. Es gehörte dazu wie die Flaggen und Märsche und Massenornamente.

Reichhart konnte in den Augen des jungen Mannes sehen, dass auch ihn das Arrangement beeindruckte. Sie waren aufgerissen und beinahe schwarz, als er in den Gang geführt wurde und ihn hinunterstolperte, auf Reichhart und seine Gehilfen zu. Waren es die Fahnen, war es der geballte, kalte Hass, der ihm von allen Seiten entgegendrängte. Selbst Reichhart musste schlucken und einmal tief durchatmen, um sich wieder zu lockern. Er schüttelte leise, nur für sich, den Kopf. Er würde es rasch tun, wie immer. Dafür war er bekannt. Im Kopf arbeitete er sogar an Methoden, wie es noch rascher gehen könnte. Es lag kein Sinn darin, wenn man die Verurteilten quälte, indem man es unnötig in die Länge zog. Aufs Brett binden, Tuch drum, zack. Ohne gravitätisches Getue, ohne dramatische Pausen, ohne letzte Worte. Jede Sekunde, die man ihnen ersparte, war doch ein Segen für sie. Für die Tiere war's einer gewesen. Wenn er gedurft hätte, Reichhart hätte den Menschen die nackte Hand aufs Gesicht gelegt, wie er es bei den Tieren manchmal getan hatte. Sie hatten dann stiller gehalten mit seiner Hand auf den Nüstern. War es der Geruch, die Wärme gewesen? Irgendetwas an der Hand hatte sie beruhigt.

Er spürte nun den Lorenz Schriefer unter seinen Händen, spürte das Beben, die kaltschweißige Haut, das nackte Entsetzen und wusste: der Bursche war schon jenseits, der brauchte keinen Pfarrer mehr und kein gutes Wort. Den holte von da, wo er war, keiner mehr zurück. Er drückte ihn aufs Brett. Statt ihn umständlich Riemen für Riemen daranzuschnallen, wies er nur im letzten Moment die beiden Helfer an, den Jungen einfach festzuhalten. So ging es rascher. Als das Brett kippte, sog der Verurteilte in unwillkürlichem Schreck die Luft ein. Sie erreichte seine Lungen nicht mehr. Den abgetrennten Kopf legte Reichhart kurz darauf in einen Eimer. Es musste derselbe gewesen sein, in den zuvor der zerteilte Kohlkopf gekehrt worden war. Auf dem leuchtend roten Blut sah er ein paar kleine, frischgrüne Streifen kleben.

*

»Aha«, hatte der Landgendarm Georg Schmidt am Morgen des 22. Mai 1933 in den Telefonhörer gesagt, als ihm der Fund einer Leiche in dem fränkischen Dorf Gaiganz gemeldet wurde. Und er gab es so an die Dienststelle in Forchheim weiter, wie er es gehört hatte: »Jawohl, männlich, mutmaßlich ertrunken. Im Dorfweiher, genau. Ich mache mich jetzt auf den Weg, um den Fundort zu inspizieren.«

Den Forchheimer Vorgesetzten hatte er noch vermelden lassen, dass ein Fremdverschulden ungeklärt sei. Aber was war schon zu erwarten. Jeder wusste, dass es am Vortag die Feier auf dem Hetzles gegeben hatte. Nichts war wahrscheinlicher, als dass einer betrunken in den Teich getaumelt und dort in seinem Suff umgekommen war. Es war ein unaufgeregter Gendarm, der in Gaiganz eintraf. Was er erwartete, war ein Dorf, in dem es summte und brummte vor Gerüchten, vor dessen Grenze schon die Kinder aufgeregt auf seinen Wagen lauerten, um gemeinsam mit den Hunden nebenher zu rennen und ihm den Weg zu weisen, mehr angeregt als erschreckt ob des spannenden Zwischenfalls. Mit debattierenden Alten hatte er gerechnet, die den Vorfall bereits in die Dorfannalen einzuordnen begannen, mit einer weinenden Mutter oder Braut vielleicht und dem Pfarrer, der seinen sündigen Schäfchen Vorhaltungen machte.

Was er antraf, war Stille. Eine lähmende Stille, die einsetzte, sobald der Motor seines Wagens erstorben war. Wie sich zeigte, als er die Zufahrt von der Hauptstraße zum Weiher und den benachbarten Höfen genommen und sein Wagen sich im Schritttempo zwischen Misthaufen und Sandsteinmauern hindurch über den schmalen Graspfad geschaukelt hatte, waren die Gaiganzer durchaus vor Ort. In großen Haufen standen sie am Ufer. Aber sie standen starr und stumm. Die Beklommenheit war mit Händen zu greifen. Schmidt spürte sie, als er aus dem Wagen stieg, sie lag in der Luft und ergriff auch ihn, dass ihm seltsam zumute wurde und seine Schritte wie Blei, als er auf das Ufer zuging. Die Menge teilte sich für ihn, auch das geschah lautlos.

Keiner hatte den Leichnam bewegt, ihn aus dem Wasser gezogen, gereinigt, gebettet und ihm ein Gebetbuch und Blumen in die Hand gedrückt, wie das sonst immer wieder geschah, sosehr die Gendarmerie auch dagegen wetterte und sagte, man solle die Toten lassen, wo man sie fand, damit die Polizei sich einen Eindruck verschaffen konnte, wie und woran sie gestorben waren. Es wollte den Leuten nicht in die Köpfe. Sie taten, was sie seit Jahrhunderten getan hatten, versorgten ihre Toten und bahrten sie auf, der Polizei zum Trotz. Diesmal nicht.

Der Tote lag noch immer da, wie er vermutlich gestorben war, auf dem Bauch liegend, von den Füßen bis zu den Schultern an Land, Kopf und Schultern, hangabwärts, dem Teiche zugeneigt und das Gesicht im Uferschlamm, in wenige Zentimeter tiefem Wasser. Nur das ganz und gar zertretene Gras rings um den Körper verriet, dass der Tote nicht alleine geblieben war. Vermutlich war einer nach dem anderen herangekommen, um sich zu versichern, dass das hier kein Albtraum war. So oder so hatte es gereicht, um alle Spuren eines Unfalls, eines Kampfes, was auch immer, gründlich auszulöschen.

Aber auch ohne Spuren begriff Georg Schmidt alles, was er wissen musste, sofort. Es wurde ihm erzählt von den braunen Breeches, diesen seltsam geschnittenen Hosen, von den zugehörigen Stiefeln, die keine Gummistiefel waren, vom braunen Hemd. Auch die rote Binde mit dem schwarzen Hakenkreuz auf weißem, kreisförmigem Grund war da. Die unverkennbare Farbtrilogie leuchtete am Arm des Toten und besiegelte die Geschichte:

Dort lag ein SA-Sturmmann, tot inmitten eines tief katholischen Dorfes, das bis vor Kurzem noch einhellig die Bayerische Volkspartei gewählt hatte. Früher hatte so etwas als Traditionsverhaftetheit gegolten. Heute nannte man es Widerstand. Etwas

Unschuldiges war es jedenfalls nicht. War es da noch von Bedeutung, um wen es sich bei dem Toten handelte?

»Heilige Scheiße«, murmelte Gendarm Schmidt. Ihm war, als bewegte er sich hinter Glas. Einen Moment lang starrte er die Menge an, die den Toten dort liegen gelassen hatte, als wäre er keiner der Ihrigen. Und er verspürte einen unsinnigen Augenblick der Angst. Dann kam er wieder zu sich. Das war kein wütender Trotz, der ihm da entgegenschlug. Hilflosigkeit war es, und Angst. Ja, er konnte es spüren, eine Furcht, noch größer als seine eigene. Es war, als hätte eine Macht sie alle gepackt, und er musste sich zwingen, sich an seinen Beruf und seine Aufgabe zu erinnern. Die ihm im Moment unendlich viel zu groß erschien.

Vorsichtig trat er an die Leiche heran, wies auf einen Mann, der herkommen und ihm zur Hand gehen sollte, drehte mit dessen Hilfe den Toten auf den Rücken und warf einen Blick auf das verschmierte Gesicht, bemerkte Froschlaich zwischen dem Schilf, ahnungslos heranwackelnde Enten und andere unsachdienliche Dinge, räusperte sich und verlangte die Auskunft, wie der Tote heiße.

Es handle sich um einen Josef Wiesheier, erfuhr er, Landarbeiter und Malergeselle. Ein Außenseiter im Dorf, natürlich. Das ergab sich aus der Gewandung. Schmidt notierte alles getreulich, auch den Bericht über den Streit, den der Tote am Vorabend vor Zeugen gehabt hatte. Peinlich genau schrieb er mit, obwohl er kaum etwas fühlte in seinen Fingern, nur ein kaltes Rieseln. Notierte den Namen des Mädels, der Freunde, der zufälligen Zeugen. Hielt fest, dass eine Feier vorausgegangen war, mit Bier, viel Bier, und dass keiner der Beteiligten mehr nüchtern gewesen sein konnte.

»Es ging um das Mädchen.« Der das sagte, war der Bürgermeister, Johann Greif. »Nur eine Prügelei um ein Weib. Sie waren doch beide besoffen.« Und dass es Zeugen gebe für den Streit.

»Wir wollen nicht vorgreifen«, sagte der Gendarm. Dann verstummte er und schaute den Bürgermeister an, der ebenfalls kein Wort mehr sagte. Es schien, sie waren beide unsicher, ob das, was sie sagten und taten, noch irgendeine Rolle spielte. Schmidt ließ seinen Blick über die Dörfler wandern, die im Hintergrund standen. Vielleicht, sagte er sich, spielte es eine Rolle, vielleicht musste es eine spielen. Vielleicht, wenn er schnell wäre. Den Burschen in Gewahrsam nahm, in die Arme der Justiz übergab. Die Justiz, das war eine Burg. Immerhin. Die stürmte so leicht keiner, auch kein noch so heftiger politischer Wind änderte daran etwas. Wenn der Junge erst einmal einsaß, war er vorerst sicher. Ja, schnell müsste er sein. Trotzdem musste alles seinen Gang gehen, das war klar. Verheimlichen würde alles nur noch schlimmer machen.

»Es wäre«, sagte er und steckte den Stift weg, »von Vorteil, wenn wir den Verdächtigen, diesen ....«, er las den Namen Lorenz Schriefer ab, »möglichst bald fänden. So schnell wie möglich«, fügte er hinzu und hoffte, dass der Bürgermeister ihn verstand. Und lauter sagte er, für alle vernehmbar: »Wenn der Lorenz hier einen Freund hat, dann sollte der schnellstens mit ihm reden.«

Die Umstehenden hatten seine Worte auch gehört und verschwanden. Es dauerte nicht lange, da standen der Gendarm, der Pfarrer und der Bürgermeister alleine da. Die anderen waren in ihre Häuser gegangen. Wieder, und auf eine andere Art, war es still geworden in Gaiganz. Einen Mann auf einem Fahrrad sah Schmidt noch die Dorfstraße hinabsausen. Er hoffte, es wäre derjenige, der Schriefer raten würde, sich zu stellen. Je eher sie ihn aus dem Dorf hinausbekämen, desto besser wäre es. Für alle.

Nach einer halben Stunde, in der der Bürgermeister viel und Schmidt wenig gesagt hatte, traf ein Wagen aus Forchheim ein, dem die Inspektoren Schuster und Kraus entstiegen. »Und du hast noch nicht in Nürnberg angerufen?«, fragten sie, nachdem sie den Tatort betrachtet hatten. »Nicht mal in Forchheim bei der Kreisleitung?«

»Ihr seid doch da«, erwiderte Georg Schmidt. »Die Polizei ist da. Was braucht es noch?«

Was es brauchte, darüber waren sich die Kollegen einig, das war ein Anruf beim NSDAP-Ortsgruppenleiter Hofmann in Forchheim, eine Meldung beim oberfränkischen Gauleiter Hans Schemm in Bayreuth und einen Anruf in Nürnberg, bei der Kripo, denn der Fall würde ihnen bald genug über den Kopf wachsen, das war klar. Ein toter SA-Mann in einer BVP-Hochburg, da musste gehandelt werden. Wenn man hier die Gelegenheit verpasste, für hartes Durchgreifen zu sorgen, konnte man kurze Zeit später schon selbst dran sein.

Der Einwand, es habe sich möglicherweise nur um eine betrunkene Rauferei gehandelt, um ein Mädchen dazu, wie sie eben vorkam nach einem Fest, wurde weggewischt. Wie wahrscheinlich das wohl wäre, in so einem Nest. Und ganz zufällig nur habe es den einzigen SA-Mann getroffen? Dazu gehöre Naivität. Dreistigkeit gehöre dazu. Die vermeintlichen Zeugen wären doch alle ebenso in diesem Schlägerverein, der Bayernwacht, gewesen wie der Tatverdächtige selbst. Auf deren Wort sei nichts zu geben. Am Ende steckten sie alle unter einer Decke. Nein, die staatliche Ordnung war in Gefahr, nichts weniger. Und während die Telefone noch klingelten, begannen bereits die ersten Männer, sich auf den Weg zu machen, in Autos, auf Motorrädern und mit der Eisenbahn. Es war, als hätten sie alle nichts anderes zu tun gehabt, als auf den richtigen Tag zu warten, um über Gaiganz herzufallen und das Dorf und sein Umland in ein motorendröhnendes Aufmarschgelände zu verwandeln.

Der Erste aber, der ankam, war der Polizeihund. Da Lorenz Schriefer nicht wie erhofft von selbst auftauchte, nahm das Tier am Weiher Witterung auf und führte die Beamten bald und zügig erst zu Lorenz' Haus, dann zum Hof von Johann Greif und dort auf den

Dachboden, wo man denn auch alsbald fündig wurde. In Handschellen wurde der Bursche abgeführt, der sich nur wenig wehrte und düster um sich schaute, als er in das Auto gefaltet und in die Untersuchungshaft gebracht wurde.

Der ist sicher, dachte sich Gendarm Schmidt. Johann Greif musste sich einiges anhören über das Verstecken gemeiner Mörder. Vergeblich beteuerte er seine Unschuld, während seine Familie und das Gesinde dabeistanden. So etwas zu decken, eine solche Tat. Jetzt würde er schon sehen, gerade er, als Altbürgermeister. »Jetzt besorgen wir euch eine Gleichschaltung!«, wurde ihm verkündet. »Dass es nur so rauscht.«

Was als Nächstes rauschte, das waren die Motoren all der Wagen und Krafträder. Von Lastern sprangen sie und nahmen Aufstellung, entlang der Feldwege rasteten sie: SA, SS, Stahlhelm. Banner wurden entrollt, Plätze belegt. Vor der Kirche, vorm Rathaus, am Brunnen. Der Tote wurde aufgebahrt, mit Flagge und Ehrenwache. Er war nicht mehr irgendeiner, er war jetzt der »Gründer« der Partei am Ort. Er war der Erste, der Beste. Ein Blutzeuge der Bewegung. Und es war keine Frage mehr, was ihm zugestoßen war. Die Braununiformierten klopften an alle Türen, klopften mit Gewehrkolben, und zogen die Männer heraus. Als Mann galt jeder, der jünger als vierundsechzig war und älter als sechzehn. Man suchte Mauern, um sie davorzustellen. Man brauchte Räume, um sie anzuschreien. Es galt, die Drahtzieher zu finden, die Kollaborateure, die feigen Attentäter. Im Rudel hatten sie sich zusammengerottet, um ihn hinterrücks durch die Nacht zu jagen, den Josef Wiesheier, diesen gesunden, gutherzigen, tatkräftigen und besonnenen jungen Mann, diesen Hoffnungsträger der Zukunft. Heimtückisch hatten sie ihn in die Enge getrieben, feige erschlagen und ersäuft dazu. Sie sollten es zugeben.

»Dir gehört doch der Hof angezündet!«

Vorerst blieb es beim Ruf.

Da sie das nicht gestehen wollten, wurden neunzehn von ihnen zu einem Zug formiert, Bürgermeister und Pfarrer voran. Zu Fuß trieb man sie aus dem Dorf, die Landstraße entlang. Forchheim war das Ziel, angeblich, um sie dort in Schutzhaft zu nehmen. Denn vor dem Zorn des betrogenen Volkes, das eines seiner edelsten Jünglinge beraubt worden war, konnten die Hundertschaften vor Ort sie unmöglich beschützen. Also trieb man sie über die Straße. Hängte ihnen Schilder um und rief den Passanten und allen, die es hören wollten, zu, um was für Spitzbuben es sich dabei handelte: um Mörder, Verschwörer, Volksfeinde, Verräter. Es fanden sich rasch genug, die sie anschrien und anspuckten auf ihrem Weg. Nachbarn waren das und Fremde. Sie fanden sich überall. Die Gaiganzer stolperten durch ein Spalier aus Hass. Möglich, dass nicht alle ankämen. Möglich, dass sie irgendwo den Armen ihrer halbherzigen Beschützer entrissen und an einen Baum gehängt wurden. Möglich war alles in jedem Moment.

Vorschläge der entsprechenden Art wurden zuhauf gemacht, von Amtspersonen und anderen. Überhaupt war, wer ein echtes Amt innehatte und wer nicht, wer in einer kriminaltechnischen Untersuchung etwas zu sagen hatte und wer nicht, in dem Gedränge der schwarzen und braunen Uniformen nicht mehr zu entscheiden. Es war mit einem Mal das Amt eines jeden aufrechten Deutschen, die Gaiganzer zur Verantwortung zu ziehen für ihre Tat. Dass der Greif-Hof brennen sollte, zur Strafe dafür, dass der Täter dort hatte unterschlüpfen können, war nur der erste Vorschlag. Dass alle Höfe brennen sollten, schien die logische Erweiterung. Hatten doch alle mitgeholfen, unter dem heuchlerischen Deckmantel der Kirche das Böse auszubrüten, das jetzt in dem Mordanschlag zutage getreten war. Ausradieren, das war die logische Konsequenz. Wie Gott Sodom ausradiert hatte, oder Gomorra. Das geschah den Katholen nur recht. Am besten anzünden das Dorf, dann die Reste sprengen, alles mit Baggern zusammenschieben. Und eine Hitlerlinde draufpflanzen. Ein Denkmal für den Wiesheier. Nichts sollte übrig bleiben, was an den alten Sumpf erinnerte.

Vorerst, in Ermangelung klarer Anweisungen, formierte man sich, drängte man sich auf den Straßen und Plätzen, kochte man sich eins auf den rasch herbeigekarrten Feldküchen und machte Lärm, so viel man konnte. Reden wurden gehalten, Drohungen ausgestoßen, ein paar Fenster eingeworfen, Gärten gerupft und Hühnern der Hals umgedreht.

Als die Beerdigung anstand, belagerten mehrere Tausend das kleine Dorf. Von den Bewohnern war nichts zu sehen. Als sie zwei Tage später auf den Friedhof schlichen, taten sie das beinahe wie Flüchtlinge, die Kirchenasyl suchten. Es wurde ihnen keines gewährt. Unübersehbar das Menschenmeer, voller Uniformen, rechts und links des Sarges Fahnenträger, und als der Sarg ins Grab gesenkt wurde, eine Salve zum Salut, dass alle zusammenzuckten. Dann hob der fremde Pfarrer an, ein Herr Sertel – wo der eigene war, wussten sie nicht, auch nicht, ob er noch lebte. Die Predigt begann mit Himmelfahrtsglocken, schwang sich dann aber rasch ins weltliche Tal hinab, wo »ein Tiger in Menschengestalt« sein armes Opfer gerissen habe. Die Gaiganzer dachten an den Johann Wiesheier, der ein grober Klotz gewesen war und ein Saufbruder. Aber die Beschreibung hätte auch auf den Lorenz Schriefer gepasst. Klotz und Keil hatten sich da gefunden. Und hatte der Schriefer nicht ein eigenes Mädchen gehabt und hätte sich nicht an die Gretl heranmachen müssen? Ein paar verstohlene Blicke gingen zur Familie des Toten, die starr geradeaus sah und die gefaltete Fahne am Ende ohne Kommentar entgegennahm, zusammen mit dem ewigen Gedenken, das ein Standartenführer ihrem Jungen schwor, gemeinsam mit dem Hass und der Rache, die es zu pflanzen gelte in irgendwelche Herzen. Um Kainsmale ging es. Und dass der Lorenz ein Führer sei. Dazu sagten sie nichts. Ihr Sohn war tot. Sie gönnten keinem, dass er damit davonkam. Der Rest ging sie nichts an.

Zum Abschluss erklang der Choral *Ich bete an die Macht der Liebe.* Danach ging es zurück in die improvisierten Feldlager, zurück zu den Reden und Plänen, vom Anzünden und Totmachen und Aufhängen. Und wenn es nicht wenig später ein Gewitter mit heftigem Regen gegeben hätte, das die meisten der im Freien biwakierenden Gäste zurück in ihre Wagen und Laster trieb, wer weiß, wie es ausgegangen wäre.

Die verhafteten Gaiganzer Bürger blieben einige Wochen in Forchheim. Die Gauleitung wollte sie nach Dachau schaffen. Nur nach und nach bekam der Bamberger Anwalt Wölfel sie frei, weil ja keine Anklage vorlag, kein konkreter Verdacht, keine Spuren und Zeugen. Den Letzten holte er nach sechs Monaten. Es war der alte Greif, den er selbst in seinem Auto nach Hause fuhr.

*

Wenn einer ein paar Maß Bier trinken und am nächsten Morgen bei Tagesanbruch wieder aufstehen und an die Arbeit gehen konnte, als wäre nichts gewesen, dann der Lorenz. Aber heute war es anders. Selbst als er sich schon mit kaltem Wasser den Nachtschweiß vom Leib gespült hatte, war ihm, als müsste er sich jeden Schritt und jeden Handgriff befehlen: Lorenz, zieh Hemd, Hose und Schuhe an, Lorenz, geh die Treppe hinunter, aber pass auf, dass du nicht fällst, Lorenz, schnapp dir Sense und Wetzstein und geh hinaus aufs Feld. Jede Bewegung fühlte sich an, als befände er sich unter Wasser. So wie in seinem Traum. Lorenz ist nie am Meer gewesen und hat doch vom Meer geträumt, vom Schwimmen darin, vom Tauchen, bis das Tauchen ein Ringen wurde. Gab es Ungeheuer im Meer? Oder doch nur im Traum? Er wischte den Gedanken beiseite wie den überstehenden Schaum von der Maß, ehe er trank, und tat einen tiefen Zug von der Morgenluft. Würde sich alles schon richten.

Der Tag versprach warm zu werden. Von St. Veit hatte es noch nicht sieben geschlagen, und Lorenz geriet schon ins Schwitzen. Er hielt inne; das Knirschen seiner Schritte auf den Steinen war das einzige Geräusch gewesen. Nur hier und da drang ein einzelnes Muhen aus einem der Ställe. Der Himmel war blau wie Emaille. Die Wiesen sattgrün, die Apfelbäume nach der Blüte dunkler. Auf den umliegenden Hängen, auch den ferneren des Walberla, breiteten sich übersichtlich Felder, Wiesen, Waldstücke aus. Alles lag sauber und wohlgeordnet in der klaren Luft, wie nach der großen Wäsche. Und ihm klebte das Hemd am Leibe.

Genau wie in der Nacht, als er aus seinem Traum hochgefahren ist. Was war vorher? Die Hitlerlinde. Gestern Abend wurde oben auf dem Hetzlas, über Kunreuth und Gaiganz, eine Hitlerlinde gepflanzt. Dazu Bier und Brotzeit. Musik haben sie gemacht, als wär's eine Kirchweih. Überall im Reich haben sie damit jetzt angefangen: Linden und Eichen für den Führer zu pflanzen, die noch in tausend Jahren an ihn erinnern sollen. Dass auch auf dem Hetzlas eine steht, hat man den Kunreuthern zu verdanken, den Evangelen.

Kunreuth war nur zwei Kilometer entfernt und gehörte doch schon zur anderen Welt. Dort sagte man schon lange auf gut evangelisch »Heil Hitler!«, hier in Gaiganz immer noch katholisch »Grüß Gott«, und davon würde auch keiner abrücken. Unzählige solcher Gräben zogen sich durch Franken und spalteten das eine Dorf vom anderen. Entweder man war für Hitler oder gegen Hitler, dazwischen gab es nichts. Lorenz war für sein Dorf und seine Freunde von der Bayernwacht. Die Hitlerlinde würden sie irgendwann umhauen, das wusste er jetzt schon; wieso sollte das so was anderes sein, als einen Maibaum zu stehlen? Wer eine Hitlerlinde umhaute, landete im Gefängnis und dürfe so schnell nicht wieder raus, flüsterten die Leut jetzt. Aber was wusste man schon? Und sie würden es so machen, dass ihnen keiner draufkäme.

Schon gestern beim Bier haben sie das besprochen, der Lorenz und seine Kumpel, mit Blicken, mit Worten. Sind ja alle bei der Bayernwacht gewesen, Saalwächter für die BVP, Ordnungshüter waren sie, dass du nur schaust. Hatten stolz ihre Armbinden getragen und das Abzeichen: Löwe und Eichenlaub. Denen von der SA hatten sie es gegeben, wenn sie hatten auftrumpfen wollen. Bei jeder Kirchweihschlägerei waren sie obenauf. Sogar der Pfarrer hat gelacht. Und am Sonntag von der Kanzel gedonnert, damit allen klar war, was richtig war und was falsch. Dem Lorenz war das eh klar. Dass sie jetzt verboten waren und dahocken mussten in Zivil und die Klappe halten und klein tun, während die SA'ler in ihren kackbraunen Uniformen herumstolzierten und paradierten, das war ganz falsch. Nicht zuletzt deshalb war zur vierten Maß noch die fünfte gekommen. Und eine sechste vielleicht? Zeit, dass er das alles ausschwitzte. Lorenz ging weiter, bis er zur Wiese vom Greif kam, seinem Dienstherrn, und ließ die Sense fliegen, als wäre jeder Halm eine Hitlerlinde.

Unter der Arbeit flossen seine Gedanken weiter. Wie sie es machen würden mit der Linde und überhaupt. Bloß den Josef fasste man besser nicht mehr an. Früher war es ihm in Gaiganz schlecht bekommen, dem Josef Wiesheier, wenn er seine SA-Uniform spazieren geführt hat. Mehr als einmal hatten sie ihn deutlich spüren lassen, dass er seine Hitlertracht drüben in Kunreuth anziehen konnte, aber nicht hier bei ihnen in Gaiganz. Da kam er bei keinem gut an damit. Die Margarete hatte ihn auch kein Stück angesehen, da brauchte er sich nichts einbilden drauf. Und außerdem war das sein Mädel. Trotzdem: Vom Josef ließen sie besser vorerst die Finger. Seit der Hitler im Amt war, musste man sich zurückhalten. Das hat ihm auch der Greif schon erzählt, der nicht nur der Bauer war, bei dem der Lorenz in Dienst war, sondern auch der Bürgermeister der Gemeinde. Also, er hatte es nicht dem Lorenz direkt erklärt, aber der Lorenz hatte gehört, wenn die Honoratioren im

Ort in der Wirtschaft drüber redeten: der Altbürgermeister Greif, der Pfarrer, der Lehrer und der Wirt. Die BVP war am Ende, und die Parteiführer saßen in Stadelheim! Die NSDAP dagegen regierte, der Hitler war Kanzler, droben in Berlin, was weit war, aber bis zum letzten Gemeinderat würden sie jetzt gleichgeschaltet werden, das hatten sie alles besprochen im Dorfkrug. Nicht alles hatte der Lorenz verstanden. Was dem Lorenz aber nahe ging, war: Die SA war so was wie eine Polizei geworden, und der Josef gleich mit, und so führte er sich auch auf.

Der Josef –! In Lorenz' Kopf begann es zu rumoren. Er hatte nicht alles geträumt. Als sie gestern abend vom Hetzlas heruntergekommen waren, war er nicht mehr mit ins Wirtshaus gegangen, sondern hatte noch einen Bogen geschlagen, am Weiher vorbei zu seiner Margarete, gute Nacht sagen und vielleicht noch mehr. Weil – Hitlerlinde hin und Bayernwacht her – die Politik nicht alles im Leben war. Und ausgerechnet da, bei seiner Gretl, war ihm der Josef in die Quere gekommen. Hatte ihn angegrinst und gesagt, dass sie beide offenbar gerade denselben Weg hätten, ausnahmsweise. Aber allein die braune Uniform machte aus einem windigen Bürschlein noch lange keinen Mann, und erst recht keinen, dem alle Weiber im Dorf gehörten. Deshalb war der Josef auch gleich ins Taumeln gekommen, als er ihm eine aufs Maul gegeben hatte. Wenn einer die Freundin von einem anderen beleidigte, dann gab es da nur eins, das war zu regeln, wie es immer geregelt wurde. Und darum hatte er dem Josef eine verpasst. Und noch eine. Er konnte es noch in den Fäusten fühlen, die jetzt die Sense hielten. Ein Schmerz, der ihm guttat, dem Lorenz. Er hatte sich ja selbst kaum mehr auf den Beinen halten können nach all dem Bier. Geschwankt hatte er nach jedem Schlag. Aus purer Not schon in jeden sein ganzes Gewicht gelegt. War dann nach vorn gefallen wie ins Nichts, hatte sich grad so gefangen, gespürt, dass ihm was aus dem Mund lief, der offen stand, hatte drübergewischt und mit zusammengekniffenen Augen versucht, seinen Gegner in den Blick zu bekommen. Herrgott, schlecht war ihm gewesen. Er hätte es gut sein lassen, wenn der Josef nicht gesagt hätte: »Geh nur noch ein letztes Mal hin, lang gehört sie dir eh nimmer, deine Gretl.« Da hat die Wut die Nacht rot gefärbt, am Hals hat er ihn gepackt. Oder hatte er sich an dem Hals festgeklammert, um nicht zu stürzen? Und zugedrückt hatte er, und dann noch einen Schlag gelandet. So einen Schlag von der Art, dass der Josef ein paar Schritte rückwärts getorkelt und der Länge nach hingeschlagen war. Direkt am Weiherufer.

Dem Lorenz war, als könnte er ein Geräusch hören, wie das Spritzen von Wasser. Oder war es nur das satte Schmatzen von Schlamm gewesen, vom schlammigen Grund am Rand des Teichs? In den hatte es den Josef zweifellos gelegt. Mitten in die Pampe. Schön wird der ausgesehen haben: braun nicht mehr nur die Kleider. Der Lorenz musste lächeln, wenn er dran dachte. Zu sehen war ja nichts gewesen in all der Schwärze. Oder doch: An die Stiefel erinnert er sich irgendwie, an die Unterseite der Stiefel, die aus dem Gras geragt hatten. An Froschquaken, das plötzlich verstummte und dann wieder so heftig einsetzte, dass die Nacht davon vibrierte. Und an ein bisschen Mondlicht auf dem Wasser, das schwarz geleuchtet hatte. Aber das war vielleicht schon wieder nur Teil seines Traums.

Er hielt inne und wischte sich mit dem Ärmel über die Stirn. Er streckte sich, dass es knackte. Langsam wurde ihm wieder wohl, die Muskeln waren weich und warm. Das machte die Arbeit. Die gab einem einen guten Grund zum Schwitzen. Die brachte alles wieder ins Lot. Da löste sich der Kater und der Muskelkater vom Kampf gleich mit. Und außerdem lösten sich die Albträume. Alles verflog in der Morgenluft. Der Lorenz atmete noch einmal durch. Der Frühling war vorbei, die Farben der Landschaft wurden tiefer, dichter, wärmer. Alles lebte mit voller Kraft. Er war zweiundzwanzig Jahre alt, und vor ihm lag der Sommer.

DER GOLDENE APFEL

DER ALCHEMIST KROHNEMANN, GEHENKT WEGEN BETRUGS IN KULMBACH 1686

Ein Glückskind, ja, das bin ich und bin es allemal gewesen. Mein Lebtag lang hielt ich den goldenen Apfel in meinen Händen. Die Göttin Aphrodite persönlich reichte ihn mir, und hätte sie ihn mir nicht gereicht, oder wäre er nur aus Silber gewesen, so hätte ich ihn mir selbst vergoldet, denn ich bin ein glückliches Naturell und verfüge dazu über Fähigkeiten, die keinem anderen Sterblichen gegeben sind. Das Goldmachen gehört dazu, doch ist es eine schwierige Kunst, die von vielerlei abhängt, darunter Weisheit, Geschick und der Mut, sich mit dem Teufel selbst einzulassen. Kurz, es braucht einen wie mich.

Über die Einzelheiten allerdings muss ich schweigen, denn nicht alle sind berufen, die Wahrheit zu kennen. Es gibt Geheimnisse, die nicht für jedermann da sind, nur flüstern will ich von ihnen und Andeutungen machen, die wohl verstehen wird, wer ein gebildeter Mensch ist. Wer mich nicht versteht, verrät nur die eigene Dummheit und verstumme besser beschämt.

Schweigen sollen sie überhaupt alle, die Lästermäuler und Verleumder, die nun glauben, sie dürften über mich triumphieren. Niemand sollte mich nach meiner derzeitigen Lage beurteilen. Nur scheinbar bin ich ein zum Tode Verurteilter, der in seiner Zelle in der Plassenburg auf die Hinrichtung wartet. In Wirklichkeit bin ich der Kommandant der ganzen Burg. Wenn ich wollte, könnte ich meine eisernen Fesseln in jedem Moment abstreifen wie Daunenfedern und auf einem Mondstrahl in die Nacht hinausreiten, denn ich bin ein großer Zauberer. Doch bin ich auch Wissenschaftler, und ein Weltmann dazu. Ich ziehe es vor, morgen vor aller Welt meinen Triumph zu feiern. Sollen sie die Knie neigen, die Kleingläubigen, wenn ich vom Galgen herabschreite und die goldene Kutsche besteige, die mich zurückbringt ins Bayreuther Schloss.

Dass ein Schloss einmal meine Heimat sein würde, das habe ich immer gewusst. Bin ich doch adlig von Geburt, und wenn nicht, dann war mein Vater immerhin Generalmajor oder hätte einer sein können. Sollen hätte er es allemal, und an Würde war er einem Fürsten, was sag ich, einem König gleich.

Wie ein Prinz wurde ich erzogen von meiner Amme, die vom alten Schlage war und, wenn sie mir die lebensspendende Brust reichte, mich zugleich auf das Organ küsste, mit dem die Männer später in der Welt einmal ihre Wunder wirken. Ach, so geliebt und verehrt von klein auf, was hätte mir im Leben misslingen sollen? Ein Putto auf einem Delphin hätte nicht glücklicher durch seine Kindheit reiten können.

Wisset, dass ich aus Dorpat stamme, der gewiss strahlendsten Metropole des Nordens, die verdient hätte, in aller Munde zu sein. Ja, Dorpat hat mich geformt, aus dem kalten Gold des nordischen Lichts und mit dem Silber der Birken, die den Weg zum Gut meiner Eltern säumten. Denn ein Gut hätten sie haben sollen, wo wir die langen Sommerabende verbrachten, wie man das so machte, wenn man reich war und adlig von Geburt. Wir waren, so denk ich mir's gerne, wohlversorgt von unseren Bauern, Knechten und Mägden, die mich besonders liebten, war ich doch birkenschlank und blond und kannte das tiefste Geheimnis des Lebens: dass man es ergreifen muss.

Oh Dorpat, du Heiliger Gral unter den Städten. Jaroslaw der Weise selbst hat die Stadt gegründet, der große Kiewer Fürst, der seinen Namen nicht zu Unrecht trug. Sein Name schmückt alle Chroniken, und das zu Recht. Er war ein Eingeweihter, der sein arkanes Wissen darüber, wie man Schlachten gewann und Macht errang und das eigene Leben lang erhielt, in einem geheimen Dokument niederlegte, von dem die Quellen der Geschichtsbücher allerdings schweigen, denn es ist zu groß und zu herrlich für die gemeine Masse der Menschheit. Er verbarg es – wo sonst – im Dom der Stadt, die er mit eigenen Händen erbaut hatte. Dort schlummerte es, bis der Bau in Trümmer fiel, in einem verborgenen Fach unter dem Boden des Chorhauses. In dessen Ruine fand später die Bibliothek der Universität ihr Heim, unwissend den größten aller Schätze bergend. Daselbst studierte ich im Jahre 1655, und was ich dort eines Nachts bei Kerzenschein fand, als ich, ermüdet und gelangweilt von meiner Lektüre, ein Blatt zu Boden fallen ließ und mich nach ihm bückte, was ich dort fand hinter einer Tür aus Ebenholz, in einem Kästchen aus Elfenbein, in einer Schatulle, die mit Perlen und Gold verziert war und einem Saphir aus der Krone Salomonis, was ich also damals fand – das darf ich nicht sagen. Dringt nicht in mich; der Zauber trübt sich, wenn Unberufene ihn begaffen. Der Gral wird zum Zinnbecher ohne Wert, wenn die falschen Lippen sich an seinen Rand pressen. Sie tränken vergebens. Nur der Würdigste wird eines Tages von mir eingeweiht werden, den Gott mir zweifellos bezeichnen wird. Bis dahin mögen die Reichen und Mächtigen mich gern umwerben und mir Macht und Reichtümer versprechen.

Vom Moment meiner Entdeckung an studierte ich auf eine einträglichere Weisheit hin als auf die der dürren Wissenschaft, mit der sich Dümmere aufhalten mochten als ich, weniger Leichtfüßige, Untalentierte. Ab da marschierte ich nicht mehr wie hinter einem Karren her durchs Leben, ich erhob mich in die Luft und tanzte.

Ach Dorpat, ach Livland, wenn ich auf diese düsteren fränkischen Tannen schaue, warum ging ich von dir fort? Es war die Welt, die mich rief! Es war die Ahnung von großen Taten, Ruhm und Reichtum, die mir zustanden. Keinesfalls lag es an den lächerlichen paar Gulden, die ich dem alten Juden schuldete. Das geschah zudem erst später in Mähren, und außerdem ist es nicht wahr. Dass es eine Lüge ist, wird schon dadurch offenbar, dass ich mir dank meiner Fähigkeiten jederzeit Münzen schaffen kann, so viel ich begehre.

Ich hatte eine Flucht damals so wenig nötig wie heute, da ich auf der Plassenburg residiere, hoch über allem Pöbel und Land, in edler Einsamkeit. Ich sage: residiere, damit alle bösen Zungen endgültig verstummen mögen. Keineswegs nämlich befinde ich mich in Haft. Ich wiederhole es gern: Der Kurfürst selbst hat mir hier mein Labor eingerichtet, damit ich endlich ungestört bin. Damit die Neider und Übelsprecher, die mich an seinem Hof verfolgten und störten, die in meine Werkstatt eindrangen und mir bei den abendlichen Gelagen rhetorische Fallen zu stellen versuchten, die klatschten und tratschten und mich mit ihren übelwollenden Blicken verfolgten, damit alle diese endlich verstummen mussten und mich nicht weiter aufhielten in meinem Werk.

Mir ist das Kommando über die ganze Festung übertragen. Und wenn berichtet wird, dass ich mich kürzlich an einem Seil aus dem Fenster meiner Burgklause hinabgelassen haben soll, um zu flüchten, dann ist das eine Lüge, und es geschah auch nur, weil mich plötzlich die Wandlung ankam, ein Mönch werden zu wollen. Des Ruhms und seiner Lasten müde, war ich die Gier der Menschen leid geworden, die nichts von mir wollen als Geld, Geld, Geld. Was ist die göttliche Wissenschaft der Alchemie denn im Grunde anderes als das stete Schürfen nach dem Golde des Glaubens? Ach, die Allerwenigsten wissen darum. Und die edlen Seelen leiden bei dem Tanz um den Mammon.

In die Einsamkeit zog es mich, in die Reinheit und Klarheit. So muss es gewesen sein. Deshalb allein verabschiedete ich mich bei Nacht und wechselte hinüber ins Bambergische nach Kupferberg, um zu konvertieren und ins Kloster Marienweiher einzutreten.

Wem das zu plötzlich erschien und befremdlich, nun, der kennt mich nicht.

Ach, was für ein Mönch wäre aus mir geworden, tiefsinnig und sanft. Die Jungfrau Maria selbst hätte mich konsultiert. Äbtissinnen hätten an meinen Lippen gehangen, Könige hätten mich aufgesucht, dass ich ihnen von der Jungfrau und ihren Worten erzähle. Und mit Pfründen und Spenden hätten sie mein Kloster wohlversorgt. Ach Marienweiher, warum wurde ich dir von den Häschern entrissen.

Doch ich will nicht jammern. Dass der Kurfürst mich beim Bischof verklagte, dass er schlecht von mir sprach und mich zu verhaften verlangte, zeigt doch nur, wie verzweifelt er ohne mich war und wie sehr er meiner bedurfte; so sehr, dass er zu diesen üblen Lügen griff. Ich habe es ihm vergeben. Sein Schmerz belehrte mich, dass ich Pflichten habe und die Irregeführten und Blinden nicht alleinlassen darf. Ich vergab ihm, sage ich, und kehrte aus freien Stücken zurück. Gern nahm ich die Garde an, die er sandte, nur als Zeichen der Entschuldigung, und mit großem Gefolge zog ich wieder in meine Festung ein.

Jetzt liege ich auf Stroh in meiner Zelle, wie der Herr Jesus selbst, als er in die Welt kam, unschuldig und nackt. Allerdings ist es schmutziges Stroh, das muss ich zugeben, und meinen Brief mit der Bitte um frisches hat der Landesherr noch nicht beantwortet, der mir doch früher zwölf Pferde zugestand und dreißig Pfund Fleisch am Tag für meinen Hausstand. Aber mag ich auch jetzt auf Streu gebettet sein, bald werde ich wieder auf damastenen Laken ruhen. Fortuna, die Huldreiche, wird mein Lebensschiff wieder an reiche Gestade führen, das weiß ich so sicher, wie ich um den Stein der Weisen weiß und darum, dass ein Weib lacht, wenn man es kitzelt, auch wenn es einen Gräfinnentitel trägt, ja, dann erst recht. Man muss es nur recht wagen, die Gräfinnen und Göttinnen zu kitzeln.

Und wie die Frauen, so ist die ganze Welt eingerichtet. Kann es denn sein, dass ihr Narren davon nichts wisst? Dann ist es recht, dass ihr euer trübes Leben führt und seine engen Kreise nie verlasst. Dann klagt nur über die Härte des Schicksals. Ich aber, der Gefangene, der vor Gericht Gestellte, ich lache euch aus. Und morgen werd ich tanzen.

Wer wie ich Gold zu kochen versteht, wer unedle Metalle nach Belieben in Silber verwandeln und Perlen mit einem Schnippen wachsen lassen kann, der braucht in dieser herrlichen Welt keinen Finger zu rühren. Das Geld geht einem nie aus, man bekommt es zugesteckt, ach was, überhäuft wird man damit, nachgeworfen wird es einem, regelrecht aufgedrängt. Ich habe den Markgrafen nicht lang bitten müssen, seine Silberkammer für mich auszuräumen und sein ganzes Geschirr in Körben und Wannen in mein Heim zu tragen. Er tat es ganz von allein, nur der Aussicht wegen, das alles könnte sich über Nacht in Gold verwandeln. Sie kommen alle, und treibt die Neugier sie nicht von allein, so genügt ein Brieflein, eine kleine Reklame, zur Not eine Vorführung in erlesenem Kreis. Schon sind sie da, die Goldfischlein, die kleinen Fische wie die großen. Seit ich Dorpat hinter mir ließ, seit ich ein Meister bin, kamen Fürsten und Kaiser zu mir! Gleich morgen wird wieder einer an meine Tür klopfen. Dann werd ich nicht kleinlich sein und ihm meinerseits gerne vergeben.

Denn ich halte den goldenen Apfel der Göttin, mein Lebenswappen, fest in meinen beiden Händen. Eines Tages, es ist erst wenige Jahre her, sah ich den Apfel sogar mit eigenen Augen. Das war, als der Kaiser Leopold auf der Wiener Hofburg ein Fest für seine Gemahlin gab. Zwei Tage dauerte es, dreitausend waren zu Gast, und allein das Theater, das er für diese Gelegenheit extra errichten ließ, hatte hunderttausend Gulden gekostet. Es war nach venezianischem Vorbild gebaut, was, ehrlich gesagt, meine Anregung gewesen war. Ich hatte dem Kaiser die Stiche gezeigt, als ich von meinen Reisen schwärmte, und fortan wollte er nichts anderes mehr haben. Aber davon will ich schweigen, der Kaiser mag den Einfall ruhig für sich beanspruchen. Die Idee, mir zehntausend Gulden anzubieten für ein Fläschlein Essenz, das ihm einen männlichen Erben bescheren sollte, kam ja auch von ihm, von ihm ganz allein. Und ich erwog durchaus, ihm den Gefallen zu tun.

Schade, dass seine Frau, diese düstere Spanierin, den Plan hintertrieb. Vielleicht wollte sie ja kein Kind von einem, der so klein und hässlich war und mit einer Unterlippe gesegnet, die bis fast auf die Brustwarzen hing. Sicher hatte sie eigene Ideen, wie sie zu einem hübschen Thronfolger kommen könnte. Auch ihr wäre ich gerne behilflich gewesen, doch zeigte sie sich verstockt, wie es die spanischen Katholiken gerne sind. Als ob es nicht die Beichte gäbe.

Entschädigt hat mich eine geneigtere Dame, über deren Namen ich schweige, weil sie verheiratet war. Neben ihr saß ich nun also in jener Kopie eines venezianischen Theaters, in einer Weste aus taubenblauer Seide mit Silberstickerei, die mir zu schenken sie unbedingt verlangt hatte. Auf meinem Hut zitterte eine Pfauenfeder, und meine Perücke war die ausladendste im Saal, vielleicht hinter der des Kaisers selbst.

Man gab eine Oper, von deren Opulenz man keine Ahnung hat in dieser düsteren Burg, auch in Bayreuth nicht, das nie mehr sein wird als eine nette Miniatur, ein bürgerliches Puppenhaus, da es trotz aller Bemühungen meiner Gönnerin nichts weiß vom wahren italienischen Geist, von Venedigs Eleganz, die jenen Abend durchtränkte wie die göttliche Substanz die Materie durchtränkt und alles verwandelt in Geist, in Schimmern und Strahlen. Allein die Kerzen kosteten bestimmt tausend Gulden.

Die Oper hieß *Der goldene Apfel* und war, mein Ehrenwort, nach Motiven meines Lebens geschrieben. Ich inspirierte gewiss den bedauernswerten Komponisten, jenen Antonio Cesti, der, wäre er nicht zu geizig gewesen, mir ein Fläschlein meiner Tinktur abzukaufen, sicher nicht im Jahr darauf so jung verstorben wäre. Ach, kein Wort mehr von Cesti; ich mag sie nicht leiden, die Siechen und Kranken, noch weniger die Toten. Sie riechen nicht gut, und sie verstehen nicht zu feiern.

Seht mich an: Gerade kommt der Wärter mit dem Mahl, eine Haxe auf einem Holzteller und ein Humpen einheimischen Bieres. Das ist nicht viel für einen, der Nachtigallenzungen gekostet hat und süßen Madeirawein. Und doch ist es mir ein Fest. Jeder Bissen sagt mir, dass ich lebe und weiterleben werde. Gevatter, bringt mehr Bier.

Meine Wünsche sind heute Befehl! Sei geschmeidig, und ich will dich nicht vergessen, wenn morgen die Götterboten kommen, wenn der neckische Hermes, der niedliche Amor und das süße Jesuskind mich umflattern werden, gemeinsam sich anheischend, mir den roten Teppich auszurollen, auf dem ich vom Galgen herabschreiten werde. Was werden sie mir für Geheimnisse zuflüstern, die ich leider nicht weitergeben darf. Aber gegen ein wenig Bares will ich kein Unmensch sein und euch dran teilhaben lassen. Denn ihr seid auserwählt, wenn ich es sage.

Noch fünf Stunden, meint der Wärter. Er bringt mehr Bier und dazu eine Flasche Selbstgebrannten. Es ist die Bezahlung für ein Pflaster, das ich seiner Frau gemacht habe. Morgen um Mitternacht aufgelegt, wird es sie von ihrer Scheeläugigkeit befreien und von der Kaltherzigkeit dazu, mit der sie seinen Bedürfnissen gegenübersteht. Für den Erfolg garantiere ich, und nun her mit dem Schnaps.

Morgen werde ich schon weit fort sein, in Bayreuth, wo mir die Markgräfin die Hände küssen wird; der Markgraf wird mich umarmen, nichts für ungut. Mein Patenkind, der Erbprinz, wird mich anlächeln wie ein Englein und der Hofstaat artig knicksen, denn ich bin Bergbaudirektor alldort, Geheimer Rat auch, ein Kammerherr, »Oberpräsident« – wovon, ist mir entfallen. Dazu führ ich einen Adelstitel und ein Offizierspatent. Goldene Teller warten auf mich. Zumindest die paar, die ich noch nicht eingeschmolzen habe.

Vielleicht geh ich aber auch in die Niederlande oder an den Hof von Frankreich.

Noch fünf Stunden. Fünf Stunden dauerte damals die Oper in Wien, sogar zweimal fünfe, an zwei Tagen aufgeführt, Gott bewahre uns, doch ich wusste die Zeit gut zu nutzen und erforschte im Geheimen das süße, goldbehaarte Äpfelchen, das meine Begleiterin unter ihrem Reifrock verbarg, während Proserpina auf der Bühne ihre Arie sang und damit das Seufzen meiner Gefährtin übertönte. Wie, ist ein Geheimnis, und wenn ihr's nicht kennt, seid ihr ein Tölpel und arme Narren dazu.

Ihr Gemahl, der ahnungslose Hahnrei, gewährte mir am anderen Tag zweitausend für einen Trank, dessen Zusammensetzung ich euch nicht nennen darf, da es ein Geheimnis ist. Allein, er konnte es sich leisten. Sein Vermögen – und das war *kein* Geheimnis – setzte sich zusammen aus den Gütern der böhmischen Adligen, die nach dem Aufstand des Kaisers hatten flüchten müssen. Er annektierte sie für die Krone und verkaufte sie hernach gegen geringes Geld an sich selbst; das war seine Art der Alchemie. Er wurde reich und mächtig und ich nicht unglücklich dabei.

Der Hof von Wien war meine Welt, und sicher hätte ich dort noch Großes wirken können. So hatte ich einen vortrefflichen Plan, wie Wien vor den Türken zu schützen wäre. Dass dies kürzlich tatsächlich gelang, ist zweifellos ebenfalls auf mich zurückzuführen. Noch aus der Ferne führte ich Kaiser Leopolds Gedanken auf guten Wegen, denn auch solches vermag ich. Ich hinterlasse bleibende Eindrücke, wo immer ich weile. Was meine Aura einmal gestreift hat, das verwandelt sie. Ich bin ein Agens, dem Quecksilber verwandt, der Wassermann ist mein Zeichen, mit mir beginnt alles Neue, und meine Börse füllt sich immer neu dabei.

Wien zu verlassen fiel mir nicht leicht. Mit heißem Herzen weinte ich bei meiner Abreise all dem Schönen nach, das ich zurückließ. Doch ich weiß als versierter Alchemist, dass es beim Erfolg immer auf die Dosierung ankommt. So dosierte ich meine Anwesenheit klug, vollzog den Abschied rasch und verschwiegen und richtete ihn nach dem Monde aus, wie es Alchemisten ansteht, will sagen, ich verschwand bei Nacht.

Die Welt ist groß und voller Wunder, und Gottes Wege sind sonderbar, deshalb kam ich als Nächstes nach Forchheim im Frankenland. Es hatte viele Vorteile, unter anderem den, dass man in Wien wenig davon hörte. Und ich hatte ja nicht vor, lange zu bleiben. Dort fand sich alsbald ein Bischof ein, der bewies, dass auch ein langes Studium und ein Adelstitel gleich viel taugen, wenn es zu begreifen gilt, wo eine Investition sich lohnt. Er investierte in mich, aber da ich nicht dauerhaft auf seine akademische Einsichtigkeit setzen wollte, schrieb ich zur gleichen Zeit dem Markgrafen von Brandenburg-Bayreuth, der den doppelten Vorzug besaß, Geld zu benötigen und nicht eben einen regelmäßigen Briefwechsel mit der Hofburg zu führen. Ich pries ihm meine Verbindungen zum Kaiserhof ebenso wie meine Fähigkeiten. Als das nichts fruchtete, weil Provinzler misstrauische Dickschädel ohne Phantasie und Weltläufigkeit sind, mietete ich mir einen Wagen und besuchte den Ort persönlich.

Was ich dort sah, stimmte mich zuversichtlich: ein neues Schloss, Pläne für ein Theater, man besaß Ambitionen, wenn auch sonst nicht viel. Dem Hofprediger, einem Herrn mit dem schönen Namen von Lilien, auf den sich seine Eitelkeit nicht wenig zugute tat und der seinen Teint so blütenweiß hielt wie seine Manschetten und sein Urteilsvermögen, diesem Herrn also drückte ich ein Klümplein Gold in die Hand und sagte ihm, dass es künstlich geschaffen sei und ich mehr davon herzustellen wüsste. Ich musste ihm nicht allzu viel erzählen, vertraute ihm nur an, da er ein Mann von Bildung sei und davon sicher genug verstünde … ach, das geht ihm hinunter: So wird dem Knäblein das Schwänzlein geküsst.

Ich verriet ihm unter dem Siegel der Verschwiegenheit, dass es eiserner Pfannen bedurfte, dazu Essigs, Grünspans, einer Prise Salz sowie meines geheimen weißen Pulvers, dessen Zusammensetzung aber, er verstehe – ich legte den Finger auf die Lippen.

Es kommt auf den Tonfall an in solchen Momenten, auf das Gesicht, das man zieht, und die Gesten. Auch lateinische Begriffe dürfen fallen, und es schadet nicht, die philosophischen Öfen zu erwähnen sowie die Phiolen und Gerätschaften. Es braucht aber andererseits nicht zu viel davon, im Gegenteil: Das Schweigen zieht sie beinahe noch mehr an, das Verborgene und Verbotene. Manches, vieles, wollen sie gar nicht wissen, es würde ihnen nur die Süße ihrer Gier vergällen und die Freiheit ihrer grenzenlosen Wünsche beschränken. Im Grunde, aber damit verrate ich wiederum ein Geheimnis, genügt es, ihnen das Gold in die Hand zu drücken: Der Schimmer, die Schwere, die Wärme des Metalls in ihrer Hand genügen vollauf. Wenn sie die Finger darum schließen, weil sie es gar nicht mehr hergeben wollen, dann weiß man, dass man gewonnen hat. Des Herrn von Lilien Faust schloss sich, noch ehe ich zu Ende geredet hatte. Wir standen an dem Brunnen vor dem Schloss bei dieser Unterredung, und keine Stunde später war ich schon über die Schwelle bugsiert und bei der Markgräfin.

Für sie brauchte es noch weniger. Dosierung spielt auch hier die größte Rolle, bei den Weibern, denen von Adel zumal. Es darf nie zu viel geschehen, und doch muss alles angedeutet sein. Die Ingredienzien hierbei sind unstoffliche Blicke, ein offenes Ohr, ein Seufzen zur rechten Zeit, eine Berührung, flüchtig und leicht hingestreute Worte, die sich vielfach deuten lassen. Es wird nicht in eisernen Pfannen angerührt, eher auf langen Spaziergängen, in Lauben und Boudoirs. Auch Öfen benötigt der Prozess nicht, er setzt Hitze genug frei; doch darf nichts bis zum Ende gekocht werden, nichts durchgegart, und niemals darf die innere Glut erlöschen.

Als ich meine Mixtur also angesetzt, reiste ich ab. Nachgelegt habe ich ein Reisigzweiglein von Brief, und als das nicht aufglomm, schürte ich noch einmal kräftig ein: Ich hätte ein anderes Angebot und sei bereits abgereist in die Niederlande. Das half, man sandte mir berittene Boten nach. Unter Bedeckung wurde ich an den Hof verbracht. Und eben noch ein Nichts, war ich im nächsten Moment, im Angesicht des gesamten Hofstaates, ein Mann mit Titel, Amt und Würden, einer Jahresapanage und einem Haushalt mit nicht wenigen Dienstboten. Einer, der besonderes Vertrauen genoss. Mit dem man rechnen musste. So ward aus dem einfachen Reisenden ein Edelmann, das macht die Alchemie, die Lehre von den Wandlungen.

Man wollte mich im Schlosse wohnen haben, doch ich bestand darauf, dass mein Handwerk sein Geheimnis brauche. Im Schloss richtete ich nur eine provisorische Münzstätte ein für das Geld, das aus dem von mir zu schaffenden Gold geprägt werden sollte. Mich und mein Labor quartierte ich in einem aufgelassenen Kloster in Frauenaurach ein. Für Klöster hegte ich schon damals eine geheime Schwäche. Vielleicht werde ich tatsächlich noch ein Mönch, birkenschlank und blond, mit ekstatischem Blick, und lebe mein Leben mit einem Fuß auf der Wolke der Jungfrau Maria schwebend.

Vorerst war das Leben in Frauenaurach herrlich. Vom Hofe kam ein Strom guter Dinge, auch viele Münzen, Silbergeschirr und Edelmetall, das ich in Gold verwandeln sollte. Wir speisten jeden Tag üppig von silbernen Tellern, tranken den besten Wein, ich nahm mir ein Weib und erzählte ihr und den staunenden Mägden von meinen Reisen nach Venedig und Konstantinopel, wo der Emir mich um ein Mittel für seine Männlichkeit bat, da der Harem ihn arg erschöpfte, was ich ihm anmischte, um daraufhin mit dem Schiff, das er mir schenkte, nach Ägypten zu segeln, wo ich vor den Pyramiden anlegte und die Nacht alldort verbrachte, indem ich den Geist des Wesirs Imhotep beschwor. Was er mir verriet, darf ich nicht weitersagen, schon gar nicht dem Weibervolk. Was manche so neugierig machte, dass sie selbst des Nachts versuchten, mir das Geheimnis abzuringen. Und welch süße Folter sie dafür anwandten.

Aber des Imhotep Wissen ist nicht für den Pöbel. Auch dem Henker hab ich nichts davon verraten, obwohl er mir die Zangen zeigte. Und obwohl der Richter mir drohte, mich fälschlich des Betrugs anzuzeigen, des Diebstahls gar und anderer übler Dinge. Ich bin standhaft geblieben, denn ich bin ein wahrer Adept. Nichts habe ich gesagt und nichts gestanden von den falschen Vorwürfen, die alle nur von üblen Neidern stammen und solchen, die hoffen, hinter meine Geheimnisse zu kommen. Vor nichts schrecken sie zurück, nicht einmal vor dem ärgsten Schmutz. So behaupten sie, ich habe Ehebruch getrieben, gar mit den Mägden. Ich, der ich beinahe Mönch geworden wäre! Der die blütenreine Hand der Markgräfin an seine Lippen geführt hat; natürlich niemals mehr, nicht einmal als ihr Arzt berührte ich sie je anders, der allein an ihrem Lager stand und dem sie ganz vertraute. Doch still, ich schweige. Ich schweige drum auch von den Mägden, die reizend sein mögen und es verstehen, in einem Mann die Erinnerung an die Liebkosungen seiner Amme wachzuhalten.

Doch es ist die Markgräfin, die mich retten wird, das weiß ich gewiss; ich habe es durch das Smaragdfernrohr des Imhotep gesehen. Sie hat ihrem Mann die Begnadigung längst diktiert, und in diesem Moment wird der Bote in den Sattel steigen und sie hierherbringen. Ich spür den Hufschlag seines Pferdes hart in meiner Brust.

Der Markgraf liebt mich auch, auf seine Weise. Sicher, ich habe das Gold nie gebracht. Auf Michaelis vor acht Jahren schon war es versprochen, zehntausend Gulden, für den Vorschuss, und das Vielfache obendrauf, um Schloss Scharfenberg wiederaufzurichten. Ich hatte es nicht, der Teufel war schuld daran. Als der Markgraf insistierte, geriet ich in Rage, zerschlug mein ganzes Labor, trat alles in Scherben und tobte und schrie und drohte, mich mit dem Degen selbst zu entleiben ob des Verdachts, mit dem er mich beschmutzt hatte. Ich ein Betrüger, lieber wollte ich sterben. Die Markgräfin schrie vor Schreck und wurde bleich. Der Markgraf aber, übermannt von einem Gefühl, nahm mich bei den Schultern und umarmte mich als einen, dem die Ehre wichtiger war als das Leben. Wir waren Brüder für einen Moment, und ich sorgte dafür, dass er ihn nicht vergaß. Im Frühling hielt ich sein Kind bei der Taufe.

Die Markgräfin, als sie das Bild sah, lächelte versonnen. Unsere Blicke fanden sich. Vielleicht deshalb wurde der Knabe ein sonnengoldenes Gemüt mit silberblondem Haar. Es ist dies eine These, über die ich niemals mit ihr sprach. Es gibt Geheimnisse, die man selbst dem Herzen verhehlen muss.

Um jeden Verdacht auszuräumen, bat ich das Markgrafenpaar irgendwann in den Keller, wo ich bei Kerzenlicht zwischen purpurnen Vorhängen eine kleine Vorführung gab, an deren Ende nicht wenig Sand in meinen Pfannen blieb, aus purem Gold, wie ihre Finger sich selbst überzeugen konnten. Das genügte ihnen als Beweis. Genügte über all die Jahre. Manchmal erstaunt es mich selbst, wie lange es ging. Ist das Leben nicht ganz wunderbar? Was für Opern ließen sich daraus komponieren!

Von Zeit zu Zeit kam einer mit einem Verdacht, einer Anzeige gar. Doch genügte es jedes Mal, dass ich jemandem bei Hofe ein Wehwehchen heilte oder dass ich ein weiteres gelbes Klümpchen hervorzauberte. Der Strom der Vergünstigungen geriet meist nur kurz ins Stocken. Und dass ich vor fünf Jahren auf die Plassenburg kam, war, wie gesagt, dem Umstand geschuldet, dass sie mir als Kommandant übergeben wurde. Keinesfalls hockte ich in einer

Zelle, ich betrieb vielmehr nach wie vor ein alchemistisches Labor. Wer etwas anderes behauptet, soll vor mich treten und es mir ins Gesicht sagen. Doch ich werde nicht da sein. Ich werde mit Fortuna auf rollender Kugel durch die Welt eilen. Ich werde mit Hermes die Himmel stürmen und goldene Äpfel pflücken, wohin ich auch komme. Wenn nur der Bote schon da wäre.

Doch er kommt bestimmt. Herr Jesus süß, ich kann es fühlen. Du Vater unser, ja, ich spüre es.

Jetzt sind sie da: der Pfarrer, der Richter, die Büttel, die Gaffer, ich brauche sie nicht; mein Weg führt bergauf, den rüttelnden Karren fühl ich nicht einen Moment.

Es ist ein Apriltag, der Himmel ist blau, aber kalt. Die Hecken blühn weiß, wie die Wolken, und ist das nicht ein erster Zitronenfalter, der mir da quer über die Brust taumelt, als wollte er mich segnen? Der Bote wird kommen, er wartet sicher schon oben, beim Galgen. Mein Blick geht bergauf. Doch da ist nichts, nur das Gerüst. Heiliges Fernrohr des Imhotep, wo bleibt der Bote nur? Lahmt sein Pferd, hält er sich an einem Gasthaus auf? Wollen sie am Stadttor zu genau die Papiere sehen, die ihn ausweisen? Ich weiß, er ist nicht fern. Die Markgräfin hat ihn gesandt, sicher befahl sie ihm, sich zu beeilen. Da ist das Gerüst, da fühl ich den Strick, er kratzt an meinem Hals wie ein unangenehmer Gedanke.

Der Markgraf, flüstert es in meinem Kopf. Er hat sicher alles getan, wie seine Gattin befahl, hat begnadigt, geschrieben und gesiegelt. Doch hat er vielleicht seine leeren Kammern betrachtet und seinen heiteren Sohn. Und ich war nicht da, seinen wankenden Gedanken Halt und Richtung zu geben. Welch alchemistische Wandlungen mochten seine Gefühle genommen haben, gemischt mit Essig und Salz? Hat sein Herz, das einst für mich schlug, Grünspan angesetzt, und ich war nicht da, mein Zauberpulver darüber zu blasen? Hat er vielleicht dem Boten im letzten Moment ins Ohr geflüstert, sich Zeit zu nehmen auf dem Weg?

Meine Augen weiten sich. Fortuna, steh mir bei. Der goldene Apfel, ich streck die Arme aus. Er ist zum Greifen nah. Ich will mich strecken, dann erreich ich ihn. Ich will doch noch so viel, ein weniges nur, ich will …

DER KÖNIGSMORD

DAS ATTENTAT AUF PHILIPP VON SCHWABEN IN BAMBERG 1208

Jeden Morgen wird die Welt aus der Nacht neu geboren. Wer dabei zusehen will, darf nicht furchtsam sein, muss sich vor Tagesanbruch in die Finsternis wagen, in der die Fratzen der Albträume lauern, muss abwarten können, bis sie von den ersten Sonnenstrahlen vertrieben werden.

An jenem Morgen des 7. März 1209 war es, als wollten sich die nächtlichen Gestalten in den Tag hinüberretten, in Farn und Moos verborgen ihr Leben weiterführen, unbehelligt von der Sonne, die sich hinter schweren Wolken verbarg. Aber wen sollten sie schrecken? Der Regen fiel wie eine Strafe auf die Welt, prasselte mit so unerbittlicher Wucht, als wollte er Wiesen für immer in Sümpfe verwandeln, Äcker in Morast, Luft in Wasser, und sorgte dafür, dass die Menschen in ihren Behausungen verkrochen blieben, einerlei, ob Burg oder Bauernkate.

Gut so, dachte Reichshofmarschall Heinrich von Kalden, während er zusah, wie sein Ziel, eine unscheinbare Scheune inmitten der Donauauen, allmählich aus Nacht und Dunst auftauchte. Der Mann, den er seit dem vergangenen Sommer jagte, Pfalzgraf Otto VIII. von Wittelsbach, würde die Scheune, in der er seinen letzten Zufluchtsort gefunden hatte, nicht verlassen.

Heinrich von Kalden gab seinen Männern einen Wink, um ihnen zu bedeuten, dass sie sich nun mit ihm der Scheune nähern sollten, still und sachte, als seien sie selbst Gestalten der Nacht, die mit der Morgendämmerung ins Leben des Tages hinübergleiten, sachte, doch unaufhaltsam wie das Wasser der Donau, das sich wie wild gebärdete und den Regen gerufen haben mochte, um mit seiner Hilfe über die Ufer zu treten und nach dem Königsmörder in seinem Versteck zu greifen. Die Stunden des Triumphs wollen sorgsam vorbereitet sein.

Die unheilvollen Schicksalsstunden dagegen fallen wie aus dem Hinterhalt über den Menschen her. Niemand, auch Heinrich von Kalden nicht, hatte das Schicksal gewittert, das sich in Bamberg am 21. Juni 1208 unter strahlend blauem Himmel zusammenbraute; niemals sonst wäre er, als Anführer der Leibwache, seinem König Philipp, Sohn des großen Kaisers Barbarossa, von der Seite gewichen, hätte ihn keinen Moment aus den Augen gelassen an jenem verhängnisvollen Tag, dem Tag der großen Hochzeit.

Des Königs Nichte Beatrix von Burgund wurde mit Graf Otto von Andechs vermählt, um die Familie für ihre lange Treue zu den Staufern zu belohnen; die Trauung zelebrierte der Bruder des Bräutigams, Ekbert von Andechs, Bischof von Bamberg. Noch niemals hatte die Stadt so viele Gäste gesehen, war noch nie so geschmückt gewesen wie an jenem Tag. Die Bauern aus den umliegenden Dörfern bestaunten die fremden Adeligen, die herausgeputzten Fürsten zu Pferde mit ihren Rittern, die aus dem gesamten Reich zusammengekommen waren, bestaunten ebenso die Speisen, die den sechshundert Gästen an den langen Tafeln kredenzt wurden. Die burgundischen Köche, die schon Wochen vorher in Bamberg eingetroffen waren, hatten sie derart kunstfertig angerichtet, zu Skulpturen geformt, mit allerlei Zierat und Farben versehen, dass die Bauern darinnen ihre eigenen Erzeugnisse schier nicht erkannten, wie auch das Wildbret, das die Jäger erlegt hatten, die Hirschen, Rehe, Wildschweine, Fasanen, als Braten und Pasteten serviert. Mit ehrfürchtigem Schauer indes sahen sie die fürstlichen Heere, die vor der Stadt lagerten, Hunderte, Tausende waffenklirrender Männer. Schon am nächsten Tag sollten sie mit dem König und ihren Herren nach Norden ziehen, um den Herausforderer Otto von

Braunschweig, Neffe des Engländers Richard Löwenherz, in seine Schranken zu weisen, der mithilfe des Papstes die Königswürde beansprucht hatte, doch wegen seines Hochmuts wie auch wegen seines Geizes keine Mehrheit unter den Fürsten für sich gewinnen konnte.

Die ganze Stadt Bamberg taumelte am Hochzeitstag in einem siegesgewissen Rausch aus Sommerhitze, Musik von Pfeifern, Trommlern und Trompetern, Farben von Blumenschmuck, fürstlichen Wappen und festlichen Gewändern, Darbietungen von Barden und Gauklern, und als wäre dies nicht des Rausches genug gewesen, floss dazu Bier aus dem Kloster Kelheim, Wein aus den besten Lagen des burgundischen Klosters Cluny, so reichlich, wie jetzt, auf den Tag genau siebenunddreißig Wochen später, der Regen floss, in dem Heinrich von Kaldens Erinnerung an den Festtag zu einem Traumbild zerrann – ganz so, wie dem Mörder seit dem Tag der Bluttat das Leben immer weiter zerronnen war, bis er keine Getreuen mehr hatte, kein Pferd ihn mehr forttrug von seinen Häschern und er sich auf Schusters Rappen unter das gemeine fahrende Volk mischen musste, bis er aus jedem steinernen Anwesen vertrieben war und zwischen den rohen Lehmwänden einer Scheune seine klägliche Residenz fand.

Heinrich von Kaldens Männer strebten jeder einem Eck der Scheune zu, jeder einen Schild in Händen haltend, und überließen ihm den Weg zur Tür in der Giebelwand. Es war schwer zu entscheiden, ob der Bau, kaum größer als eine Bauernkate, deutlicher wurde, weil das Tageslicht an Kraft gewann, oder weil sie ihm immer näher kamen. Unaufhaltsam trieb es die Männer über die sumpfige Wiese zu ihrem Opfer, dem Königsmörder, dem vogelfreien Otto von Wittelsbach. Blut würde fließen – mit dem Unterschied freilich, dass er, Heinrich, in aller Besonnenheit handelte und mit dem Recht auf seiner Seite, während Ottos Verbrechen dem überhitzten Gemüt eines Haudraufs entsprang, der sich auf der Bamberger Hochzeit den entscheidenden Becher Burgunderwein zu viel zugeführt hatte.

Dies allein indes erklärte seinen unfassbar frevelhaften Schwertstreich gegen König Philipp noch nicht. Doch hatte Heinrich von Kalden erst in den Wochen danach erfahren, womit der König den Pfalzgrafen gegen sich aufgebracht hatte. Hätte man ihm schon vor der Tat zugetragen, was man später durchs ganze Land raunte, so wäre er persönlich vor der Tür zu den Gemächern der Bischofsburg neben dem Dom gestanden, wo König Philipp, ermattet von der Hitze und vom opulenten Festmahl, seine Nachmittagsruhe hielt. Andererseits – hätte er sich zu widersetzen gewagt, als der König, gewiss noch schlaftrunken und nicht recht bei Sinnen, befahl, man möge dem unangemeldet zur Audienz erschienenen Otto, der sein Schwert offen bei sich trug, Einlass gewähren? Wäre es nicht ein geradezu ungeheuerlicher Verdacht gewesen, den er damit gegen den Pfalzgrafen – und nicht nur gegen ihn – geäußert hätte, was ihn womöglich sein Amt gekostet hätte? Otto von Wittelsbach war nicht allein erschienen, sondern in Begleitung des bayerischen Herzogs Ludwig I. sowie des Grafen Heinrich von Andechs, Bruder des Bischofs Ekbert, Bruder des frisch vermählten Otto von Andechs, Männer, die über jeden Verdacht erhaben waren.

Ein genialer Schachzug des aufgebrachten Pfalzgrafen, ihr Geleit zu suchen. Nur – war diesem rohen, einfältigen Bramarbasierer und Aufschneider, der keine Gelegenheit ausließ, seine Schwertkunststücke vorzuführen, der sich rühmte, stets einen Strick bei sich zu haben, um Spitzbuben und liederliches Gesindel ohne viel Federlesens am nächsten Baum aufzuknüpfen, ein solcher Schachzug zuzutrauen, zumal seine Tat einer zweifachen Kränkung entsprang?

Ein Jahr vor der Bamberger Hochzeit hatte König Philipp seine fünfjährige Tochter Kunigunde mit dem zweijährigen Sohn des Königs von Böhmen verlobt und damit stillschweigend ihre seit vier Jahren bestehende Verlobung mit Pfalzgraf Otto gelöst. Doch damit nicht genug. König Philipp hatte noch im Mai 1208, einen Monat vor der Hochzeit, dem Herzogpaar Heinrich und Hedwig von Schlesien in einem Brief dringend davon abgeraten, seine Tochter mit Otto zu vermählen, wohl wissend offenbar, wie Otto unter den Bauernmädchen zu wildern pflegte, wohl wissend auch, dass die schlesische Herzogstochter von weitaus edlerem Holz geschnitzt war als der rüpelhafte Pfalzgraf, der allenfalls einen guten Saufkumpan, doch keinesfalls einen guten Bräutigam abgab, und dies wiederum hatte ihm Herzogin Hedwig – eine der vier Schwestern des Bräutigams übrigens – auf der Hochzeitsfeier unter dem Spottgelächter ihrer ganzen Tafel brühwarm serviert, als Otto, sich auf das vermeintliche Empfehlungsschreiben des Königs berufend, sein Begehr äußerte, die schlesische Herzogstochter zu ehelichen.

Jetzt hatte Heinrich von Kalden die Scheunentür erreicht. Wäre nicht der Regen gewesen, der Luft, Wasser und Erde in eine innige Beziehung zueinander brachte, der dem Boden und der Vegetation all die schweren Aromen entlockte, die bei Trockenheit in ihnen gefangen blieben, so wäre vielleicht die Spur menschlicher Anwesenheit zu erschnuppern gewesen – und ganz gewiss auch zu erlauschen, wäre die Luft nicht ebenso übervoll gewesen vom Brausen der Donau, vom Rauschen des Regens, die sich wie zu einer Sintflut gegen den Mörder zusammengeschlossen hatten; wäre er, von Kalden, nicht gekommen, so wäre Otto über kurz oder lang vom Wasser gerichtet worden, wer weiß?

Heinrich von Kalden klopfte drei Mal an die Scheunentür. Die längste Jagd seines Lebens ging zu Ende. Er war im Auftrag des neuen Königs Otto von Braunschweig durch die Lande gezogen, durch den üppigen Sommer, der die Kornkammern füllte, durch den goldenen Herbst, der die Weinkeller füllte, durch den Winter, der wie jedes Jahr drohte, die Welt für immer erstarren zu lassen, war von Burg zu Burg gereist, von Kloster zu Kloster, Stadt zu Stadt, Mühle zu Mühle, Dorf zu Dorf, hatte Mönche ebenso befragt wie Bauern auf dem Feld, Handwerksburschen wie Schäfer und fahrende Spielleute, überall die Botschaft hinterlassend, dass Otto von Wittelsbach, vogelfreier Königsmörder von Bamberg, ein grobschlächtiger, krummnasiger Mann mit herrisch hervorspringendem Kinn, zu melden, besser noch: zu ergreifen sei. König Otto hatte Order gegeben, nicht eher zu rasten und zu ruhen, als bis der Mörder gefunden sei und seine schändliche Tat mit dem Leben gebüßt habe, und er hätte keinen besseren Mann auf die Jagd schicken können als den kampferprobten Reichshofmarschall, der schon Kaiser Heinrich VI. auf seinem Kreuzzug geleitet und mit ihm die aufständischen Barone in Sizilien niedergeworfen hatte und im Zweikampf so gefürchtet war, dass manch einer von vornherein darauf verzichtete, gegen ihn anzutreten

Endlich, an der Schwelle zum Frühjahr, erfuhr Heinrich von Kalden von einem Schäfer, Johannes mit Namen, er habe einen Mann gesehen, auf den die Beschreibung zutreffe, ein unbehauster Mann mit zotteligem schwarzen Haar, der sich bisweilen von den Benediktinern in Kelheim und Prüfening Almosen erbettelte. Den Bauersleuten in den Dörfern zwischen den Klöstern war nichts zu entlocken, vielleicht, weil der gewesene Pfalzgraf Otto ihnen seine letzten Münzen in die Hand gedrückt hatte, um ihr Stillschweigen zu erkaufen, vielleicht aber auch nur, weil sie es für besser hielten, sich nicht in die Angelegenheiten der hohen Herren einzumischen, doch wies der Schäfer schließlich den Weg zu eben jener Scheune, nahe dem Donauufer gelegen.

Noch am selben Abend hatte Heinrich von Kalden im Kloster Prüfening Nachtquartier bezogen, hatte sich ausbedungen, dass man ihn und seine Männer zum ersten Morgengebet wecken solle, nicht ohne vorher dem Schäfer befohlen zu haben, sich anderntags an Ort und Stelle einzufinden, damit er ihm vermelde, ob der Gesuchte wiederum die Scheune aufgesucht habe, um dort zu nächtigen.

»Vor Eurer Tür steht Reichshofmarschall Heinrich von Kalden, mit dem königlichen Befehl, Euch, Otto, gewesener Pfalzgraf, für Eure schändliche Tat an König Philipp zu richten. Zeigt Euch!«

Otto hatte dem König einen solch wuchtigen wie treffsicheren Schwertstreich zwischen Hals und Schulter versetzt, dass kein noch so rasch herbeigeeilter Medicus ihm das Leben hätte retten können. Ebenso gedachte es Heinrich von Kalden zu tun.

Als Otto damals auf seinem Rappen von Bamberg fortgesprengt war, war der bunte Festschmuck wie ein Hohn auf der schreckstarren Stadt zurückgeblieben, in deren Bischofsburg der König elend verblutete. Rasch entfaltete der Schwerthieb seine ganze Gewalt, fuhr in die Menschen hinein und machte aus eben noch berauscht Feiernden Verzweifelte, die sich besinnungslos vor Trauer um ihren gütigen Regenten zu Boden warfen oder in Erwartung noch schlimmeren Unheils blindlings flüchteten, er fuhr zwischen die Menschen und verwandelte Vertrauen in Misstrauen, Eintracht in Zwietracht, Freunde in Feinde und Freude in Leid.

Die Heere der staufischen Fürsten, die ihr Lager vor der Stadt an den Regnitzufern aufgeschlagen hatten und anderntags gen Braunschweig ziehen sollten, um sich gegen den Welfenkönig Otto zu stellen, der nun mittels des Schwertstreichs zum Alleinherrscher geworden war, machten sich in Windeseile auf den Heimweg, und ihre Herren, eben noch ihrem König Philipp treu ergeben und bereit, ihn gegen Otto zu verteidigen, sandten Boten mit Huldigungsbotschaften zum neuen König und künftigen Kaiser nach Braunschweig.

Der bayerische Herzog Ludwig I., Cousin des Mörders, hub sogleich an, das Gerücht zu streuen, dass die Brüder des Bräutigams Mittäter gewesen seien. Warum sonst hätte Heinrich von Andechs sich an der Seite des Pfalzgrafen Otto befinden sollen? Und warum sonst hätte Bischof Ekbert den Pfalzgrafen aus seinem Haus entkommen lassen sollen? Er konfiszierte ihre Besitztümer und trieb sie in die Flucht.

Philipps Witwe schließlich, Irene von Byzanz, floh hochschwanger auf Burg Hohenstaufen, erlitt eine Fehlgeburt und starb zwei Monate nach dem unseligen Mordtag; ihre älteste Tochter Beatrix wurde bald darauf, kaum zwölf Jahre alt, mit König Otto vermählt und überlebte die Hochzeit nur um drei Wochen. Man munkelte, ihr sei bei der Entjungferung ein Leid geschehen.

Freilich erblühten in den Gärten der Klöster auch nach jenem Tag noch immer Schwertlilien und Lavendel, Ringelblumen und Arnika, doch vermochten sie es nicht, die geschlagenen Wunden zu heilen und die aufgestachelten Gemüter zu besänftigen; freilich summten die Bienen noch immer von Blüte zu Blüte, doch war die Bitternis der Welt ungleich größer geworden als all die Süße des Honigs, den die Zeidler aus den Wäldern brachten; freilich folgte auf jede finstere Nacht wie ehedem ein neuer Morgen, ein neuer Tag, doch schien die Sonne mit jedem neuen Tag auf eine Welt, die ihre Ordnung und Beständigkeit verloren hatte, und kein weiterer Schwertstreich würde das Unheil, das sich von Bamberg im gesamten Reich ausbreitete, wieder aus der Welt schaffen können, Heinrich von Kalden fühlte es wohl und dachte mit fortwährendem Ingrimm daran, dass er nicht vermocht hatte, sich der Schicksalstat entgegenzuwerfen

Drei weitere Male schlug er gegen die Tür und wiederholte über das Prasseln und Tosen des Wassers hinweg seinen Aufruf, und als die Tür nun nachgab, hatte es zunächst den Anschein, als weiche sie vor seinen Worten zurück, bis endlich ein von filzigem Haar umrahmtes Gesicht erschien, dem tiefe Furchen eingegraben waren, und zum Gesicht eine Gestalt sich zeigte, aufs Erbärmlichste abgemagert.

»Gott bewahre Euch davor, Euch an mir zu versündigen, Reichshofmarschall von Kalden! Fragt Euren König, ob er sich noch daran erinnert, wie viel es ihm wert war, den Thron zu erobern, und bringt mir alsdann die versprochene Summe!«

»Ihr lügt!«

Heinrich von Kalden erhob sein Schwert, und der vogelfreie Pfalzgraf, wie um den drohenden Hieb abzuwenden, sprach weiter ohne Unterlass.

»Fragt ihn außerdem nach dem Geleit, das er mir geben wollte, nach England, zu einer kumbrischen Festung, die mir gehören sollte, erkundigt Euch nach der Vermählung mit der Herzogstochter dort, die er mir zugesagt – ja, und vergesst auch nicht – «

»Ihr lügt und werdet kein weiteres Mal lügen!«

Das Schwert sauste auf ihn nieder. Aus Otto von Wittelsbach sprang ein blutiger Schrei, und in den Schrei fuhr der zweite Hieb.

Der Schäfer Johannes blickte von einer Anhöhe herab und sah, wie dem Mann aus der Scheune der Kopf vom Leib getrennt wurde.

»Gütiger Himmel!«

Was für einen Frevel hatte er begangen, dass man ihn ohne Gericht abschlachten musste wie ein Stück Vieh? Und was, wenn die königlichen Häscher in der Scheune noch etwas von der Schafmilch und vom Käse fänden, den er abgegeben hatte, was würden sie tun? Würden sie als Nächstes ihn, Johannes, als seinen Helfer ergreifen? Weg von hier, nur weg, weg! Er rannte, stolperte, schlug hin, rappelte sich hoch, rannte, und mit ihm die aufgescheuchten Schafe.

Aber was war das? Der Regen ließ nach, der Himmel riss auf, als erwachte die Welt erst jetzt, der Regen hielt ein, die Sonne brach hervor, der Himmel musste keine Sintflut mehr schicken. Der Übeltäter hatte für seine Tat mit dem Leben gebüßt. Das würde den Königlichen doch genügen! Oder?

Johannes wandte sich um. Vor der Scheune lag der leblose Leib des Hingerichteten. Die fünf Männer liefen von ihm fort, liefen zum Ufer, ihr Anführer hielt den abgeschlagenen Kopf in der Hand, schwang ihn an den langen, schwarzen Haaren und schleuderte ihn in weitem Bogen in die Donau.

DON GIOVANNI VON BAMBERG

DER AUFTRAGSMORD DES DOMKAPITULARS DALBERG AN EINEM NÄCHTLICHEN RUHESTÖRER 1782

Bamberg, den 25. Mai 1812

Mein liebster Freund Hitzig,

zürnen Sie ja nicht über mein langes Stillschweigen, denn nächst einer gewissen Brieffaulheit, die mir, wie ich es denn wohl zugestehen muß, von jeher angeklebt hat, lebe ich auch in solcher Geschäftigkeit, daß mir die Zeit wie im Fluge vorübereilt und ich wenig Muße behalte, um mit meinen Freunden so lange und so viel, als ich es wohl wünschte, zu sprechen. – Was meine praktischen Arbeiten betrifft, d. h. Kompositionen, so soll das Wesen jetzt erst recht angehen, denn bis dahin habe ich fürs Theater nicht *komponieren,* sondern Musik *schmieren* müssen, z. B. allegorische Ballette pp., welches mir Zeit und Laune geraubt hat.

Vorgestern war ich mit meinem hiesigen Freund und künftigen Verleger Kunz im *Don Giovanni,* den Holbein mit solcher Gewandtheit, solcher Grazie in den Bewegungen und so edler Haltung spielt, wie man es hier noch nicht gesehen hat. Nur bedurfte es einiger Anstrengung von meiner Seite, ihn zum Besuch zu bewegen, war ihm doch einige Tage zuvor sein jüngstes Kind an Scharlach gestorben, und er wollte durchaus nicht in diesem gramvollen Zustande der Oper beiwohnen.

Freund, kommen Sie, sagte ich ihm, ich will nie wieder Ihr Haus betreten, Sie sollen mich nicht mehr ansehen, wenn Sie – ich kenne Sie zu genau – durch die göttlichen Töne des ewigen

Meisters auf ein paar Stunden wo nicht Ihren Schmerz vergessen, doch sich erleichtert, erhoben fühlen. Kommen Sie – bei keiner Oper in der Welt würde ich es wagen, Sie darum zu bitten – bei dieser bin ich des Sieges gewiß. Kommen Sie!

Und wie er noch zögerte und überlegte, was er tun sollte, zog ich ihn schon am Arme mit mir fort, und wahrhaftig wollte mich bedünken, daß diese Musik der Sphären eine größere Wirkung auf ihn ausübte als aller Trost aus Freundesmund. –

Anderntags, als wir bei einer Flasche Wein aus seinem Keller beisammensaßen und über die Eindrücke des vergangenen Abends sprachen, sagte mir Kunz, es sei in ihm die Erinnerung an eine höchst curiose Historie aus der Bamberger Vergangenheit wachgerufen worden, die ihm vor einigen Jahren ein gewesener Justitiar des damaligen Fürsten Franz Ludwig von Erthal kolportiert habe, und er meinte, dieselbe könne mir, der ich nicht nur Musiker und Komponist, sondern eben auch angehender Literat und zudem Mann der Jurisprudenz sei, zur Inspiration dienen, denn diese wahrhaft unerhörte und doch in Vergessenheit geratene Geschichte, die dem vornapoleonischen Bamberg nicht eben zum Ruhme gereiche, verdiene es, in die Welt hinausgetragen zu werden, doch empfehle er mir für den Fall, daß ich Gefallen an dem Stoff finde, den Schauplatz mitsamt den Beteiligten verschlüsselt zu halten.

Nun handelt es sich zwar zweifellos um eine Mordtat, die ihresgleichen sucht und auch den Gedanken aufdrängt, sie nicht zu einer Novelle, sondern zu einer Oper zu formen, mit dem Domkapitular Adolph Freiherr von und zu Dalberg als einem Helden, der sich, ausschließlich seinen Launen und Affekten folgend, außerhalb jeglicher Gesetzlichkeit wähnt – der sich selbst die Sonne in seinem eigenen Universum ist, den alle wie subgeordnete Planeten und Monde umkreisen – eine Herausforderung, die ich mit Freuden annähme, denn es könnte daraus eine ganz andere Musik werden als dieses gemeine sentimentale Zeug, das ich im Auftrag des hier residierenden Herzogs von Bayern genötigt war, zu komponieren –, gäbe es nicht schon Mozarts vollendetes Werk vom bestraften Wüstling und bliebe nicht der Bamberger Wüstling in jeder Hinsicht hinter dem mozartischen zurück.

Gleich zu Beginn stünde – wie im *Don Giovanni* – die Mordtat, die am Ende ihre Sühne findet: Ein junger Mann vor einem nächtlichen Hause bringt seiner Herzdame ein Ständchen, ein bezauberndes Liedchen der Art etwa, wie Don Giovanni es im 2. Akt, verkleidet als sein Diener Leporello, Donna Elviras Kammerzofe singt. Plötzlich Tumult im Haus – die Tür wird aufgestoßen – zwei Burschen mit Gewehren stürmen heraus – jagen dem fliehenden Verliebten hinterher – feuern Schüsse ab – töten ihn – lassen den Toten liegen und suchen seelenruhig die nächste Taverne auf, in der sie nur ein Weilchen später dingfest gemacht werden.

Es war nun allerdings in Bamberg kein Ständchen, was der Jüngling mit Namen Michael Pfeffer nächtens sang, so daß derlei himmlische Klänge verschwendet wären, mag es im Hause auch eine junge liebreizende Donna Anna gegeben haben, die sogenannte Haushälterin des Domkapitulars; die Worte indes, mit denen Pfeffer sie bedachte, nachdem er mit einem Pflasterstein eine Fensterscheibe eingeworfen, sollen gelautet haben *Schindluder, Canaille, Sau* und *Domherrnhure,* und dies soll sich ähnlich über Wochen hinweg mehrere Male zugetragen haben, bis der Hausherr, Adolph von Dalberg, sich entschloß, zwei seiner Hausknechte dem Pfeffer auf den Hals zu hetzen, der am 23. September 1782, einem Montag, gegen 11 Uhr abends, in einer Gasse namens Lugbank unterhalb des Doms tot auf der Straße aufgefunden wurde. Nun war die Tat so offensichtlich begangen worden, daß die Täter bald darauf von Bürgern gestellt und in einem Wirtshause festgehalten wurden, von wo die Militärwache sie abholte, zwei Burschen ebenso jung wie ihr Opfer, der Pfeffer, kaum zwanzig Jahre alt, mit Namen Johann Probst und Lorenz Günther.

Doch nicht nur, daß beide sich bereitwillig als Bedienstete des Domkapitulars zu erkennen gaben – sie gaben auch zu Protokoll, daß dieser sie mit geladenen Gewehren versehen und ihnen bei Androhung sofortiger Entlassung, sollten sie seinem Befehl nicht nachkommen, aufgetragen habe, den Pfeffer auf den Pelz zu schießen, und damit nicht genug, sagten sie auch aus, ihr Dienstherr habe ihnen versichert, daß er für alle Folgen ihrer Tat gut stehen wolle. Es würde mir gewiß nicht an musikalischen Mitteln fehlen, einen solchen Disput in Töne zu setzen, so sagte ich dem Kunz, fahren Sie nur fort! Doch je weiter er mit der Geschichte voranschritt, um so mehr fragte ich mich, wie mit diesem Stoff zu verfahren wäre – im übrigen: eine wahrhaft tollkühne, tolldreiste Ausrede, welche die Burschen vorbrachten, so werden Sie einwenden, lieber Freund Hitzig; allein, damit zeigen Sie nur, daß Sie keinen Begriff davon haben, mit was für einem Domkapitular die Bamberger damals gesegnet waren – wie sollten Sie auch. Ebensowenig hatte ich eine Ahnung, ehe mir der Kunz diese curiose Geschichte erzählte.

Gleichviel: Schon anderntags erschien im Dalberg'schen Haushalt ein Richter in Begleitung zweier Centknechte sowie einiger Polizeibeamte. Den Domkapitular arrestierte man vorläufig in seinem Arbeitszimmer und vernahm das Hauspersonal, das wiederum die Haushälterin Anna Wagner beschuldigte, mit der Tat in Verbindung zu stehen, worauf man dieselbe verhaftete. Von ihr nun erfuhr man die Vorgeschichte, die dem Mord vorausging, nämlich eben jene Ruhestörungen des Michel Pfeffer, der sich allabendlich wüst schimpfend am Haus herumgetrieben und zu nachtschlafener Zeit wiederholt die Glocke betätigt haben soll. Als er am Sonntagabend, der seiner Entleibung vorausging, ein Fenster einwarf, das bis Montagabend nicht repariert werden konnte, habe Dalberg befürchtet, der Molestierer könnte ins Haus eindringen, und habe den Jäger Schierer mit geladenen Waffen kommen lassen, die er an die Bediensteten verteilt habe; auch habe er Nachbarn aus den umliegenden Anwesen angehalten, Wache zu stehen. Daß Pfeffer übrigens bis vor nicht allzu langer Zeit als Scribent im Dienste des Domherrn gestanden und um seinen ausstehenden Lohn in Höhe von 9 Gulden geprellt worden war, sollte sich erst später herausstellen – mitsamt manch anderem, wovon noch die Rede sein wird. Der Pfeffer, als er gewahr wurde, daß das Haus bewacht wird, suchte das Weite, ihm nach die Bediensteten Probst und Günther, der eine mit einer Pistole, der andere mit einer Schrotflinte in der Hand, was ersterem zum Verhängnis wurde – nämlich: Es konnte bei der Sektion von Pfeffers Leichnam festgestellt werden, daß er durch einen einzigen Kugeltreffer getötet worden, dergestalt, daß er im Rücken getroffen wurde und die Kugel zuerst die Lunge und dann die *arteria aorta* durchschlug, während man Spuren der Schrotmunition lediglich in einer Hauswand nahebei finden konnte.

So halfen also dem Probst seine Beteuerungen, er habe blindlings und aufs Geratewohl in die Finsternis geschossen, nicht im mindesten, vielmehr wurde er der Tortur ersten Grades unterzogen, da er beharrlich leugnete, den Scribenten Pfeffer vorsätzlich entleibt zu haben, und er mußte im Gefängnis bleiben, wo er drei Jahre später, erst 23jährig, an Auszehrung verstarb.

Wo bleiben die Verstrickungen von verschmähter Liebe und Eifersucht, wie sie einer wahrhaften Oper gebühren? – werden Sie nun fragen, lieber Freund Hitzig. Dies muß im Bereich der Spekulation bleiben, aber warum soll Scribent Pfeffer nicht versucht haben, zur Donna Anna des Domkapitulars zarte Bande zu knüpfen, was diesen, da sich Pfeffers Beschimpfungen als durchaus wahren Inhalts erwiesen, dazu veranlaßte, sich des jungen Nebenbuhlers zu entledigen – und warum soll die bambergische Donna Anna, erschreckt von den nächtlichen Insultationen, ihr Herz nicht dem Johann Probst geschenkt haben, der ihr Verteidiger gegen die Nachstellungen des Pfeffer wurde und dafür elend im Kerker schmachtete? – Was ihr auf der Bühne gewiß eine feine Arie einbrächte wie diejenige, die Zerlina ihrem geschundenen, von Don Giovanni verprügelten Masetto sang: *Wenn du fein fromm bist, will ich dir helfen.*

Die juristischen Verstrickungen dieser Affaire indes übersteigen die amourösen bei weitem, insofern aus dem Stoff womöglich doch eher eine juristische Habilitationsschrift erstellt werden könnte. Es halfen leider die übereinstimmenden Aussagen, Dalberg habe Probst und Günther mit dem Auftrage versehen, dem Frevler ordentlich auf den Pelz zu schießen, dem naiven Probst – einem ungebildeten Burschen aus einem Dorfe unweit von Bamberg, der um seiner Anstellung willen seine protestantische Konfession abgelegt hatte und bei Dalberg katholisch unterrichtet wurde – nicht aus seinem Kerker, doch veranlaßten sie den Statthalter des Fürstbischofs Erthal immerhin, den Domkapitular in seinem eigenen Hause zu internieren, zumal das Gerücht, er habe seinen Bediensteten die Entleibung des Michel Pfeffer befohlen, bereits in der Stadt kursierte und die Bürgerschaft in Aufruhr versetzte – Gelegenheit für einen Chor aufgebrachter Bürger unter Dalbergs Balkon und eine wahnhaft anmaßende Arie der Hybris – leider ohne daß dieser Mann das Format besessen hätte, selbst zum Degen zu greifen, anstatt seine arglosen Hausknechte ins Unheil zu schicken!

Um wieder Ruhe einkehren zu lassen in Bamberg, verschärfte kurze Zeit darauf der Fürst selbst den Arrest und schickte dem Dalberg zur Bewachung Soldaten ins Haus, auch ordnete er an, daß sämtliche an Dalberg adressierte Post einbehalten und ihm vorgelegt werde. Diese Maßnahmen waren gewißlich den weiteren Aussagen geschuldet, die man mittlerweile von Dalbergs Bediensteten eingeholt, welche allesamt ein grelles Licht auf die Affaire warfen. Der Kutscher etwa sagte aus, der Probst und der Günther hätten sich an jenem Abend die vom Jäger geladenen Waffen gegriffen, und wie sie das Haus verließen, habe der Dalberg ihnen nachgerufen, wenn sie den Ruhestörer sehen, so sollen sie ihm in den Kopf schießen, daß er umfällt; sie werden von aller Verantwortung frei sein. Von der Köchin erfuhr man: Ihr Dienstherr Dalberg habe später am selbigen Abend große Freude über die vollbrachte Tat gezeigt und ausgerufen, daß die Burschen ganz recht getan haben, und daß er ihre Sache schon verfechten werde, und zwar vor dem Kaiser persönlich, wenn es sein muß.

Was war mit diesem dreisten, überheblichen Manne, der sich unantastbar wähnte, zu tun? Da er nicht der weltlichen, sondern der geistlichen Gerichtsbarkeit unterstand, konnte man ihn nicht so ohne weiters einlochen wie die zwei Burschen, die er gedungen. So berief Fürst Erthal in Verlegenheit, was zu tun sei, eine Untersuchungskommission aus geistlichen Räten ein, die den Dalberg, es war seit der Tat mittlerweile ein Monat vergangen, in seinem Domizil summarisch befragte.

Es wird Sie nach all dem, was ich Ihnen bereits geschildert, gewiß nicht wundern, lieber Freund Hitzig, daß diese bambergische Karikatur eines Don Giovanni den Vorwurf des *homicidium mandatum* heftigst bestritt und vorbrachte, er habe dem Probst und dem Günther die Waffen nicht etwa *ad offendum,* sondern *ad defendum* ausgehändigt; gar keine Rede könne davon sein, er habe ihnen befohlen, den Pfeffer in den Kopf zu schießen, höchstens im Scherz könne er derlei gesagt haben, habe es sich doch auch beim Geläut an der Haustür um einen Scherz, wenngleich einen schlechten, gehandelt; des weitern, *in contradictio* dazu: Er habe sich in einer Notwehrsituation befunden, da dem übel beleumundeten Pfeffer durchaus ein Mord zuzutrauen gewesen sei, vor dem er sein Gesinde habe schützen müssen; auch reklamierte er: Es sei durchaus seine Gewohnheit, von Jugend an, stets geladene Gewehre im Hause zu haben. – Im übrigen hatte sich Dalberg einen Defensor ausbedungen, und ein solcher stand ihm auch zu. Allein: Der erste mußte verworfen werden, da er bereits in Untersuchungshaft gesessen, und warum? – weil er gemeinsam mit Dalberg die Wachen bestochen hatte, um mit ihm in Kontakt treten zu können. Der zweite bat inständig darum, von der *causa* verschont zu bleiben. Der dritte schließlich, ein gewisser Stenglein, verstieg sich zu einer wahrhaft kühnen Verteidigungsschrift, nämlich: Es habe den Dalberg seine eigene Haushälterin, eben die erwähnte Anna Wagner, zur Tat aufgehetzt, indem sie übermäßige Furcht vor dem nächtlichen Molestierer gezeigt und ihren Dienstherrn gebeten habe, dem Treiben notfalls mit Gewalt ein Ende zu setzen, und: Die Bediensteten hätten den eigentümlichen Humor ihres Dienstherrn, der wiederum auf dessen hitzigem Temperament beruhe, kennen und sich denken müssen, daß der Befehl, den Pfeffer in den Kopf zu schießen, nicht ernst zu nehmen sei; schließlich gar: Pfeffer sei insofern selbst schuld an seiner Entleibung, als er mutmaßlich im Moment des Schusses sich gebückt und allein daher eine tödliche Verletzung erlitten habe.

Man wollte nun offenbar dem Dalberg, ungeachtet seiner Dreistigkeiten, nicht die höchstmögliche Strafe vor einem kaiserlichen Gericht angedeihen lassen. Also beschloß man kurzerhand, ihn nicht des *assassinium* schuldig zu sprechen, sondern diesen bizarren Charakter schlichtweg für irregulär zu erklären und ihn für acht Jahre ins Karmelitenkloster auf dem Kaulberg zu verbringen, und dies auf eigene Kosten. Dort lebte er recht elend, wurde krank und verstarb im Jahr 1794, zwölf Jahre nach der Mordtat an Pfeffer.

Daß Domkapitular Dalberg fürwahr ein Wüstling gewesen, mag man ihm auch nicht den Rang eines Don Giovanni zugestehen – es mochten sich ja nicht einmal die Höllenteufel die Hände an ihm schmutzig machen! –, sollte sich erst nach dem Zeitpunkt seiner Internierung in ganzer Tragweite offenbaren, als man bei nachfolgenden Durchsuchungen seines Hauses allerlei belastende Briefe und sonstige Unterlagen fand, und vor allem, als ein halbes Jahr nach seiner Internierung ein Bittbrief bei Fürst Erthal eintraf, verfaßt von einer ehemaligen Dalbergischen Haushälterin, Maria Anna Fresin mit Namen. Es ging aus den Briefen hervor, daß Dalberg, so formulierte es der geistliche Rat, ein wahrer *concubinarius* gewesen sei; auch trat zutage, daß sein lasterhaftes Treiben zwar schon früher zur Kenntnis genommen wurde und man ihm hie und da auferlegt habe, bestimmte Weibspersonen aus seinem Hause zu entfernen, eine wirkliche Bestrafung seiner Konkubinatsverstöße jedoch niemals stattgefunden habe. Insgesamt vier Haushälterinnen sollen bei ihm nacheinander in Dienst gestanden sein, deren jede wiederum zwei, wenn nicht drei Kinder von ihm geboren hatte. Insbesondere der Brief der Fresin aber brachte die geistlichen Räte in eine höchst prekäre Situation, reklamierte sie doch, daß Dalberg sie mit dem Versprechen einer Versorgung für sie und die – erst noch entstehenden! – Kinder zu Fall gebracht habe, daß nun aber, seit des Dalbergs Internierung, seine Hilfe ausbleibe, derer sie dringendst bedürfe, und daß die Pflegeeltern, wohin sie die Kinder gegeben, ihr drohten, ihrem jetzigen Ehemann die ganze Geschichte zu offenbaren, wenn das Geld weiterhin ausbleibe – dies aber öffnet die Tür zu weiteren Schicksalsverwicklungen, die doch eher in einer Novelle ihren Platz fänden; zudem brach Kunz an dieser Stelle ungefähr seine Schilderung ab, da Mitternacht bereits vorüber und jeder von uns 2 Flaschen seines feinsten Moselrieslings geleert. Mit Freuden sehe ich Ihrer Replik entgegen, lieber Hitzig, in der Sie mir hoffentlich mitteilen werden, welchen Eindruck die Geschichte des bambergischen Don Giovanni auf Sie gemacht, und bin allezeit Ihr Freund

E. T. A. Hoffmann

DER HARTE LAUF

DER MORD AN EINER BÄUERIN IN KUGELAU BEI WAISCHENFELD 1920

Er war in Frankreich über die Schlachtfelder gelaufen. Wie ein Hase war er gerannt, zwischen den Einschlägen hindurch, denen man mit Hakenschlagen zu entrinnen suchte, obwohl man nicht wusste, woher sie kamen. Lärm trommelte auf seinen Kopf. Blut, Matsch unter seinen Füßen, eine schwarze, brüllende Wolke über allem. Puls, Atem, ein panisches, klopfendes Kreischen, aufstiebende Raben, alles Denken ein flatterndes Geschrei, wie rasch war man sich entflogen, ballte hilflos die Fäuste dagegen, hielt kaum mehr den eigenen Namen fest, rannte. So war er gelaufen, über alle Gräben hinweg, durch den Sumpf des Lärms und den Nebel der aufsteigenden Erinnerungen – bis in den November 1918 hinein, ohne anzuhalten. Dann war er daheim gewesen.

Er war auf den väterlichen Hof zurückgekehrt. Hatte sich wieder eingefunden, in der Familie, in der Arbeit, der Nachbarschaft, der Welt des Dorfes, die sich im Gegensatz zu ihm kaum verändert hatte; hatte geheiratet. Alles ging wieder seinen langsamen Gang. Er passte sich ihm an, atmete durch, dankte jeden Sonntag in der Kirchbank dafür und kam zur Ruhe, außer in seinen Träumen, über die er mit keinem sprach.

Und jetzt lief er schon wieder.

Eben war er von der Messe gekommen, ein halbstündiger Fußweg durch die Felder von Kugelau nach Waischenfeld und zurück, der jeden Sonntag unternommen wurde, von allen Männern am Hof. Er war als Kind so gegangen und würde als Greis noch so gehen: in strammem Gang hin, den Kopf noch bei der morgendlichen Arbeit, die man liegen gelassen hatte, in den Fäusten die Wärme der Kühe, die Glätte des Schaufelholzes. In geruhsamem Schritt zurück, in Gedanken und Gesprächen wälzend, was man alles gehört hatte, in der Kirche vom Pfarrer und danach von den Nachbarn. Ausnahmsweise war seine Frau dabei gewesen, die sonst mit ihrer Mutter zusammen in die Frühmesse ging, aber am Morgen lange bei einem kranken Kalb gesessen hatte. Bis dahin war alles gewesen wie gewohnt. Dann nicht mehr.

Der Hund war zurückgehängt gewesen; die Bäuerin, seine Schwiegermutter, musste Besuch haben. Neugierig rief man in die offene Tür. Trat schuhkratzend ein, er selbst, seine Frau, der Schwiegervater, der Knecht. Sie rumorten ahnungslos durch den Flur. Riefen noch einmal. Sahen es. Einer stürzte vor, einer zurück. Keiner wusste, was tun. Nachbarn kamen dazu.

Bald hörte er: »Die Polizei muss her!«

Und sofort machte er auf dem Absatz kehrt und rannte den ganzen langen Weg zurück. Er marschierte nicht, er schlenderte nicht. Er rannte um sein Leben. Seine trommelnden Schritte zerstörten die eben gelegten Spuren, verwirbelten die vertraute Welt. Kaum wusste er noch seinen Namen, Hans, der ihm in den Schläfen pochte, ständiger Befehl! Er wäre ihm gerne entkommen.

Die schwarze Wolke ballt sich über den Feldern, zwischen Kartoffeln und Rüben. Er stolpert über den Bachlauf wie über Stacheldraht. Das grüne Gras schreit, die Sonnenblumen verziehen drohend die Gesichter, die Hügel richten sich auf. Schreit er? Nein, er läuft nur, mit geballten Fäusten, schnell und gleichmäßig, sein Atem geht ein, aus, ein, aus. Sein Kopf versucht den einen Gedanken festzuhalten. Vorbei an den Feldern, vorbei an den Nachbarhöfen, an Zäunen mit bunten Wicken und Astern läuft er durch einen Splitterregen aus Herbstblumenduft. Vorbei an Scheunen und Misthaufen, an grasenden Kühen und Fachwerk, an warmen Sandsteinmauern mit Bänken davor, wie durch eine immerwährende Nacht. Vorbei an fragenden Blicken, am Wald, an Bäumen mit reifen Äpfeln, an den gemähten Wiesen. Er läuft durch ein Trommelfeuer aus Sonnenlicht, das ihn durchsiebt, läuft, ohne anzuhalten. Er läuft von Kugelau nach Waischenfeld, über Feldwege und Kies, am Ende auf Pflaster, durch Straßen mit Häusern, bürgerlichen Feiertagsfassaden, bis vor das Rathaus, wo die Gendarmerie ihren Sitz hat. Er hält an. Es wundert ihn, dass er noch in einem Stück ist. Ganz solide schaut er aus, ein Bauer im Sonntagsstaat. Von außen. Aber innen?

Bisher hat er nicht weiterzudenken versucht. Trotzdem kommen die Worte, die kommen müssen, klar und deutlich aus ihm heraus, als er eintritt: »Meine Schwiegermutter, die Kuni vom Ziegler aus Kugelau, liegt erschlagen in ihrer Küche.«

Er sagt den Satz von sich weg, will nichts mit ihm zu tun haben. Will sich die Bilder dazu nicht in den Kopf rufen. Er will nicht an den Körper auf dem Boden denken, nicht an die Blutlache unter Hals und Kopf, dunkel und spiegelnd, an den Rändern schon teilweise vom Holz aufgesogen. Das würde nie wieder rausgehen; da würde man schleifen müssen. Wann? Später, in der Zukunft, hernach. Was sollte das für eine Zeit sein? Nicht dran denken. Er will auch nicht zu dem Schluss kommen, den ein Teil von ihm schon gezogen hat, dass das viele Blut aus dem Hals geflossen sein muss, der durchgeschnitten wurde, mit dem Messer, das daneben liegt. Beim Schlachten doch schon oft gesehen. Schon Schlimmeres gesehen. Oder? Er schüttelt sich. Will nicht das Gesicht seiner Frau sehen, die »Mutter!« gerufen hat, will den tierhaften Schrei nicht hören, den sie danach ausstieß, sie nicht zusammensinken sehen, draußen, auf dem Holzstoß, weil sie es drinnen nicht ausgehalten und er – war das wirklich er gewesen? – sie rausgeführt hat aus dem Chaos in die Sonne, die warm war und freundlich und noch ganz dieselbe. Das gab es jetzt beides, das Drinnen und das Draußen. Es war zum Verrücktwerden.

Er denkt nicht weiter drüber nach. Lieber steht er da und versucht, ein klein wenig ruhiger zu atmen, was nicht geht, der Atem keucht durch seinen ganzen Körper, packt ihn, presst ihn, zwingt ihn, sich zu bücken, die breiten Hände auf die Knie zu legen, den Kopf zu senken. Der Geifer fließt, der Brustkorb geht wie ein Blasebalg, er kann nicht damit aufhören, er wird geatmet, mit aller Gewalt, und bringt auch kein weiteres Wort mehr heraus.

Erschlagen, hab ich gesagt, denkt er. Und wie falsch das ist. Geschlachtet, geschlachtet hätte er sagen müssen, die Kehle durchgeschnitten wie einem Tier. Die ganze Frau wie immer in der schwarzen Tracht, noch von der Frühmesse, die Arbeitsschürze umgebunden, die Ärmel aufgekrempelt, das Tuch um den Kopf. Klöße hätte sie reiben sollen. Hasenfutter schneiden. Nach dem Kalb sehen, dem kranken. Aber sie lag da ganz angezogen auf dem Boden und tat nichts mehr. Wie eine Lumpenpuppe. Da hat das Bild ihn angesprungen, ohne jede Vorwarnung, hat ihm die Krallen ins Gesicht getrieben. Er hat nicht rechtzeitig weggesehen. Jetzt ist es in ihm drin, das Bild. Und tobt. Und ruft all die anderen auf. Die kennt es, die wittert es, mit denen will es tanzen. Und der Hans will schon wieder laufen.

Noch hat er keinen Atem dafür, im ganzen Körper nicht, der jetzt zittert. Aber schon bald geht es wieder. Die Zeit dreht ihm eine Nase; er entläuft ihr nicht. Langsam richtet er sich auf. Da steht er und tut, was er tut, als wär's normal.

In die Gesichter schaut er dabei nicht. Nicht in das vom wachhabenden Gendarm, nicht in das der Sekretärin. Sie könnten Knochenschädel sein. Könnten zerfetzt grinsen mit freigelegten Zähnen, Löchern in den Wangen, Gasbrand auf der Haut. Er guckt aus dem Fenster. Da sind die beiden Linden. Gut so.

Der Hans will vernünftig sein. Der Schwiegervater war auch vernünftig gewesen, als er seine Frau so liegen sah. Einen Schrei hat er allerdings getan, hat ja die offene Truhe gesehen, seine heimliche

Schatztruhe, die jetzt leer und geplündert war. Der Hans weiß genau, was der Schwiegervater dort drin gehabt hatte. Und er weiß, was dieser gedacht hatte in jenem Moment: meine Schuld! Meine Schuld. Aber geschrien hat er nur einmal. Und war dann ganz ruhig geworden. Hat nur nach der Polizei verlangt. Und der Hans rannte gleich los. Nicht etwa, weil es ihn andernfalls zerrissen hätte, sondern um die Polizei zu rufen natürlich. Das war ganz vernünftig. Schreie nur in seinem Kopf. Schwarze Wolken nur innen drin.

Draußen ist schöner August. Er kann es jetzt fast sehen. Die Linden und das goldene Licht auf den Sandsteinen. Abschiedslicht. Alles ist friedlich. Nur der Atem zischt noch zu laut, jault wie Granaten durch die Lungen.

»Geh und hol mir den Ott. Und den Bender«, hört er den wachhabenden Gendarm sagen. Und das macht den Hans unsagbar froh, denn jetzt darf er weiterrennen.

Der Ott und der Bender, das sind: Ott, der zweite Gendarm, und der Bauer Bender, der die Fuhrdienste für die Beamten macht, damit sie von einem Ort zum anderen kommen. Ein Auto haben sie nicht, so was gibt's nur in der Stadt. Der Hans nickt noch beim Laufen; er weiß, wo beide wohnen. Es geht durch den Ort. Seine Sonntagsschuhe, die er immer noch anhat, genau wie den guten Janker, denn sie kamen ja aus der Kirche, diese Schuhe mit den ungewohnt harten Sohlen trommeln aufs Pflaster. Der Schmerz in der Brust setzt wieder ein. Gut so, der vertreibt das Denken. Auch den Gedanken daran, dass er sich Zeit lassen könnte. Weil alles schon geschehen ist. Alles vorbei. Ein Gedanke wie eine Granate. Der Hans schlägt einen Haken.

Vom Ott läuft er zum Bender, wirft jedem ein paar Worte hin.

Der Hans denkt: *Hof.* Kurz und knapp, wie Finger, die man rasch vom heißen Herd zieht. *Tote* denkt er nicht. *Tatort* denkt er nicht. Man muss aufpassen, was man denkt. Es dauert, bis der eine seine Dienstjacke findet und alle Knöpfe dran schließt und bis der andere sein Zaumzeug und den Gaul zur Hand hat, um sie alle hinauszubringen zum Hof. Sie waren ja auch beide in der Kirche gewesen und hernach vielleicht auf einen Schwatz im Wirtshaus und dachten, dass das Mittagessen auf sie wartet. Ein gutes Sonntagsessen. Jetzt müssen sie umdenken. Kein Wunder, dass sich beim einen die Finger zwischen den Knopflöchern verirren und der andere im Stall ausrutscht, den Kopfriemen erst beim dritten Mal schließt und wütend wird auf die Viecher, als könnten sie was dazu.

Der Hans selbst denkt gar nicht mehr. Und wartet nicht ab. Schwatzt nicht, gibt alles, was da in ihm drin tobt, nur in allerkleinsten Brocken preis. »Zur Gendarmerie!« – »Eine Tote, ja!« – »In Kugelau.« – »Die Bäuerin, die Zieglers Kuni!« – »Sofort!«

Der Nächste ist der Arzt; das hat der Gendarm noch angeordnet. Zu heilen ist da nichts mehr, das glaubt er dem Hans unbesehen, aber es braucht ja auch einen Totenschein. Am Haus des Arztes ist eine bronzene Schelle angebracht, die schönste im Ort. Das Dienstmädchen guckt heraus. Er sagt sein Sprüchlein auf, das geht ganz von allein, und wartet ihren Gesichtsausdruck nicht ab.

Wohin jetzt? Zum Pfarrer, für den Eintrag ins Kirchenbuch, alles muss seine Ordnung haben, muss wieder in Ordnung kommen. Und die Totenmesse will bestellt sein. Dann hinauf nach Hannberg, auf die Höhe zum Modellschreiner, um den Sarg. Er freut sich schon auf den Berg. Recht weh soll es ihm tun, recht lang der Weg dauern. Der Schreiner hätte, wenn's nach dem Hans ginge, gar nicht näher wohnen dürfen. Nach Bayreuth würd er rennen, wenn es helfen würde.

Ans Laufen ist er jetzt gewöhnt. Nach dem Schreiner will er zurück ins Tal, zum Totengräber. Der muss das Loch machen auf dem Friedhof. Und seine Leut muss er ausschwärmen lassen, um zur Leich zu bitten. Die Einladung zur Beerdigung. Das kann der Hans nicht tun, ist nicht seine Aufgabe. Und auch müsste er dafür reden. Das will er nicht. Nicht einmal mit den Eltern der Kuni, die noch leben. Die es doch erfahren müssen. Aber dort müsste er anhalten, müsste er innehalten. Nein, der Hans läuft lieber zum Totengräber. Die schlimme Nachricht und die Einladung zur Beerdigung wird überbracht werden von der Frau des Totengräbers und von seiner Schwägerin, wie es sich gehört. Auch der Totengräber selbst wird losgehen zu ein paar ausgewählten Adressen. Sie werden ihren Spruch aufsagen und dafür ein Ei bekommen, eine Münze, einen Schnaps. Und die Einladung, sich hinzusetzen und zu erzählen. Sie werden nicht rennen. Es wird ein langsamer Gang werden, der Kreise zieht, fein verästelt, bedächtig, aber dafür gründlich. Wenn sie wieder gehen, wird vieles besprochen sein. Aber noch mehr geredet werden.

Der Hans dagegen, der noch einen weiten Weg hat, folgt einem geraden Seil, das ihn bergauf zieht und bergab, an einem guten, sauberen Sinn entlang, das ihm kaum ein Wort abfordert und dessen Ende er zu seiner Freude noch nicht sehen kann. Seine Schuhe klackern wild.

Manche ziehen die Vorhänge zurück. Einige strecken den Kopf aus dem Fenster. Aber keiner hält ihn auf. In der Gasse ist es schön still. Doch die Saat seiner Botschaft geht in seinen Fußstapfen auf.

Da knistert es und wispert, da summt es und brummt und hummelt und saust. Und immer springt einer auf und geht rasch über die Straße, ins Nachbarhaus. Die Frau des Gendarmen erzählt es ihrer Schwester. Die Frau vom Ott muss es der Nachbarin sagen. Die Magd vom Arzt trägt es den Mägden in den Nachbarhäusern weiter. Die Spitznerin muss es den anderen im Kirchenchor berichten, wo sie doch sicher auf der Beerdigung singen werden. Der Pfarrer kann nicht umhin, seiner Haushälterin einige tröstende Worte zu spenden. Die muss es als Autoritätsperson ihren Freundinnen weitergeben. Der Bender hat es, während er das Pferd anschirrte, dem vorbeikommenden Schwarzhans erzählt, der es ins Wirtshaus trägt. Dort springt es um die Tische und wird in die

Häuser und Höfe getragen. Wie Kugeln sausen die Sätze, ein Artilleriebeschuss, eine Feuerwalze. Sie rollt über Waischenfeld, nach Neusig und Löhlitz. Der Hans rennt auch, um ihr zu entkommen.

»Die Kunigunda. Dem Ziegler sei Frau.«

»Herrjeh, ach herrjeh. Herrgott und oweh«, so summen die einen. Und schlagen die Kreuze und küssen den Rosenkranz. »Und dabei war sie am Morgen noch in der Kirch.« »Und war doch alles so wohlgeraten.« »Die armen Eltern, auf ihre alten Tage.« »Keiner sollt seinem Kind ins Grab schauen müssen.« Und während letzte Hand gelegt wird ans Sonntagsessen, laufen die Blicke durch die Fenster, durch die Stuben. Es ist der Moment, sich doch einmal zu versichern, wo die eigenen Kinder sind. Wo die Männer, die Eltern. Ein bodenloses Gefühl ist das. Schlag das Kreuz und bet ein *Vaterunser.* Herausgerissen. Die Kunigunda. Noch spürt man den Schreck, der einen an den Rocksäumen fasst. Im nächsten Moment hat man sich daran gewöhnt, dass sie nie mehr da sein wird. Der Alltag ist zäh wie Teig, füllt die Lücke, schon fließt er ein. Sie wird ein Sterbebildlein sein. Ein leerer Platz in der Kirchenbank.

»Aber warum nur, warum?«

»'s ist besser, man fragt nicht.«

Aber gefragt wird sich doch. Es wird gerieben, gerührt, gehobelt, gewalkt, gewrungen, gewaschen, gebunden und geschürt. Sonntag ist's, aber noch keine Ruh. Erst das Essen, dann wieder der Stall. Gemolken, gemistet, gefüttert – alles muss weitergehen. Das Fragen passiert im Rhythmus dazu.

»Kein Wunder. Kein Wunder«, summt es hier. Hat er nicht schwarz gehandelt mit Würsten und Geräuchertem, der Bauer, der »Ziegler von Kugelau«, wie er unter ihnen hieß, wo es nicht nach den Namen im Personalausweis ging, sondern nach Herkommen und Hof. Schwarzmarktgeschäfte also. Hat er die nicht gemacht? Hat er nicht letzten September auf der Neusiger Kirchweih vor allen damit geprahlt? Dass er reich würde, weil er sich drauf verstünde? Dass die anderen blöd wären, es nicht genauso zu halten? »Der hat sein Fleisch und Speckseiten einem aus der Stadt verkauft, bei Nacht und Nebel.« »Als gäb's die gesetzlichen Preise nicht.« »Gold hätt's ihm gebracht, hat er behauptet. Münzen und Schmuck. Das waren seine eigenen Worte.« »Hat getan, als hätt er Schätze daheim.« »In seiner Truhe, die ihm der Hund bewacht.«

Ja, der Hund, der war ein paar Gedanken wert. Ein nachtschwarzes Vieh, das Kongo hieß und Wolfsblut hatte, das beschwor der Ziegler gern und auch vor Zeugen. Er lief an der langen Kette, der Hund, und musste zurückgehängt werden, wenn Besuch auf den Hof wollte. Weil er jeden Fremden anging. Der Kongo bekommt viel Lob.

Der Ziegler bekommt für seine Hehlerei keines. Man wiegt die Köpfe. »Wer sich auf so was einlässt.« »Selbst schuld«, heißt es sogar, aber das wird nur geflüstert. Der Ziegler ist einer von ihnen. Und den Mord, den haben ganz sicher andere begangen. Welche von auswärts.

Fremde waren es; das weiß das Dorf schon, ehe es irgendetwas weiß. Noch ehe der Schmied und der Steffer sich erinnern, dass damals auf der Kirchweih in der Wirtsstube beim Erl zwei komische Gestalten dabei gewesen waren. »Die müssen gehört haben, wie der Ziegler von seinen Schätzen erzählt hat.« Die Polizei wird bald davon erfahren. Wird die geraubten Schätze auf 1520 Mark und 25 Pfund Rauchfleisch beziffern. Man wird die beiden Landstreicher sogar finden, dank der Beschreibung: lang und hager der eine, mit einer Narbe vom Ohr zum linken Mundwinkel – ein Schurke wie aus einem Groschenroman, na bitte. Der andere? Untersetzt und glatzköpfig. Sie finden sich, werden allerdings ein gutes Alibi haben: Eingesperrt in einem Spritzenhaus waren sie zur Tatzeit, arretiert von anderen Gendarmen in einem anderen Dorf, anlässlich einer anderen Kerwa. In Creußen nämlich. Sie waren eingeschlossen. Das schließt sie aus. Aber wenn's die nicht waren, dann waren's solche wie die. »Das waren keine von hier.« Wie sollte man denn leben, wenn es anders wäre?

»Das Leben ist ein Kreuz!« Vor allem die Älteren erinnern sich an vieles, was zu dieser Erkenntnis geführt hat: »Erst der Krieg, dann die Seuche.« »Und grad, dass man net hungert.« »Kartoffel und Rüben. Und so ist das Leben.« »Man weiß nicht Tag noch Stunde.« »Kartoffeln und Rüben und Arbeit und Plach.« »Zu verstehn is des net.« »Des soll der Pfarrer verstehn, dem ist des sein Beruf.« So summen sie und müssen dann in den Stall, weil das Vieh gemolken sein will, und müssen auf das Feld, denn das Heu will gemacht sein, und es sieht nach Regen aus.

»Aber die Kuni?« Die Kuni vom Ziegler ist fort. Sie ist zur »dreiundfünfzigjährigen Ökonomiefrau Kunigunda Adelhardt« geworden, von der man in der Zeitung liest, im *Wiesentboten* etwa oder gar in der *Bayreuther*, aus der der Pfarrer seiner Köchin vorliest.

Man erinnert sich, dass sie kurz zuvor noch die Hochzeit der Tochter erlebt hat, eben mit dem Hans. Ein guter Tag. Es gab doch auch das Schöne. Man war helfen gekommen, die Küchlein backen, das Haus schmücken. Das Schwein schlachten. Der gewohnte Metzger konnte nicht, weshalb ein junger Bursche aus Waischenfeld eingesprungen war, ohne Anstellung, aber vom Fach. Und geschickt. Einem fällt ein, dass dieser Metzger doch seltsam gut mit dem Kongo konnte. »Kein Wunder, ganze Brocken hat er ihm hingeworfen.« »Trotzdem war's wie ein Wunder; das Tier hat ihm ja am Ende die Stiefel geleckt.« »So hat sich der Kongo noch nie verhalten.« Dieses Gebrumm ist leiser, aber hartnäckig. Es ist aber auch wirklich seltsam. Man steckt nicht drin in so einem Tier. Und wenn am Ende …? Just sieht man den Schlachter später im Garten etwas verbrennen; Kleider gar? Da könnte Blut daran gewesen sein. Das Blut von der Kuni. *O Haupt voll Blut und Wunden.* Über und über muss der Mörder das Blut von der Kuni an sich gehabt haben; das wird die Polizei später sagen. Die Kripo, die aus

Bayreuth kommt, um die örtliche Gendarmerie zu unterstützen. Die alles richtig macht und trotzdem nichts findet. Dieser Satz wird umgehen im Dorf: »Der Mörder muss das Blut des Opfers an sich gehabt haben.« Ein Satz zum Niederknien. Wie aus der Bibel. Zum Gruseln. Zum Noch-mal-in-sich-Gehen. Er wird so oft wiederholt, bis er glatt ist wie eine Rosenkranzperle.

Der Metzger aber schlüpft allen durch die Finger. Er hat seinen eigenen Satz: »Ich war's nicht.« Den hält er dagegen und wiederholt ihn so oft wie das *Vaterunser*, einmal öfter, als die Polizisten ihre Fragen wiederholen. Und weil ein freundlicher Hund und ein Gartenfeuer nicht reichen, um einen zu hängen, und das Blut keiner gesehen hat, kommt er am Ende wieder frei.

Wenigstens stimmt jetzt der Glaubenssatz wieder: »Des war keiner von hier.« Und das ist auch was wert.

Allerdings: Der Kongo war zurückgehängt. Das hat man schnell erfahren. Und auch darüber gibt's ein Stimmensaus und -braus. Die Kette vom Kongo war verkürzt und befestigt worden, wie die Zieglers es machten, wenn sie Besuch auf den Hof lassen wollten. Und für wen würde die Kuni den Kongo zurückhängen? Für fremdes Gesindel doch wohl nicht? (Für den Metzger, der den Kongo eh nicht fürchten muss, vermutlich auch nicht. Aber darüber hat keiner geredet.) Für wen also, für wen? »Es kann keiner von hier gewesen sein« wird so oft gesagt, bis auch dem Letzten klar ist, was dahinter lauert: *Muss* es nicht sogar einer von hier gewesen sein? Nur für einen Bekannten tät die Kuni doch den Hund zurückhängen. Alles hängt am Kongo.

Auch dem Pfarrer kommt der Verdacht, dass das mit dem Fremden nicht stimmen kann, eben wegen dem Kongo. Aber wie der Verdacht aus seinem Kopf in die Welt gelangt, das ist geheimnisvoll. Von der Kanzel verkündet er ihn nicht. Von der Kanzel wird er am Tag, an dem die Tote unter die Erde kommt, verkünden, dass man auch für den Mörder beten müsse, damit Gott ihm vergebe.

Hat er da schon bedacht, dass es am Ende eines seiner Schäfchen sein könnte? Wollte er auf diesem Umweg keinen der Seinigen an die Hölle verlieren?

Die Schäfchen allerdings finden diese Predigt nicht gut, sie murren und brummen und hummeln und summen und würden dreinschlagen, sie hätten ihn denn. Haben sie aber nicht. Der Pfarrer betet sicherheitshalber für den Sünder. Und der eine oder andere denkt sich was: Die Bäuerin ist während der Messe getötet worden. Also kann's keiner gewesen sein, der in der Messe war. Wer betet, mordet nicht. Jedenfalls nicht zur selben Zeit.

Wer also war nicht in der Messe? Es findet sich einer, alles findet sich, die Welt ist klein, ist grad so groß wie Waischenfeld, Zeubach, Kugelau und Neusig. Hannberg, wenn's hochkommt. Das ist die Welt, man kennt sich. Und wer nicht in der Kirche war, den kennt man auch. Darüber wird nicht laut geredet, nur ein ganz leises Summen ist das. »Da war doch einer.« Einer hat am Vortag auf der Kirchweih in Eichenbirkig zu viel getrunken und ist sich am Sonntag den Kopf durchpusten gegangen. Dafür eignet sich die freie Natur besser als das weihrauchdurchwölkte Kirchenschifflein, in dem alle dicht an dicht hocken. Sagt er, als die Polizei ihn fragt.

»Im Wald will er gewesen sein?«

Im Wald. Mehr weiß man nicht.

Und dann ist da noch einer. Das fällt ihnen beim Heuen ein, beim Rübenziehen, beim Kartoffelgraben, die Frauen voran, die die großen einsammeln, die Kinder hinterdrein, das Viehfutter einzutun in die Körbe. Auf den Knien rutscht man, schwitzt man, da kommt alles raus, die Gedanken werden warm.

»So ein schönes Paar, die Traudl und der Hans.« »Und dann, gleich nach der Hochzeit, die Mutter tot.« »Als läg kein Segen drauf.« »Dabei waren sich alle so einig.« »Dem Hans sein Vater hat sogar ohne Murren ein Kalb extra gegeben.« Aber war da nicht einer, dem die Traudl auch gefallen hatte? »Ganz neidig hat der gschaut, als es zur Hochzeit kam.« »Und der war nicht in der Kirche?« Der war nicht in der Kirche. »Und ist es einer von uns?« Gottlob, sein Elternhaus steht noch ein Dorf weiter. Also raus mit dem Namen und die Polizei hingeschickt. Aber als die Polizei kommt, ist der auf und davon. Nach Amerika. Just am Morgen des Mords. Aber das war lange vorher geplant, heißt es. Er hatte ja schon gepackt. Und aufgeregt war er nur wegen der Reise. Jetzt ist er weg.

Die Leute aber sind da. Waren immer schon da. Ihre Großeltern und Urgroßeltern haben hier gelebt. Ihre Kinder werden die Höfe übernehmen. Jetzt beginnen die Zwanzigerjahre, danach kommen die Dreißiger, und so geht es dahin. Aber dass die Kuni tot ist.

Und keiner weiß, warum. Nicht mal der Pfarrer.

Die Polizei ermittelt so gemächlich, wie ein Ochsengespann pflügt, aber gründlich. Furche um Furche gräbt sie um, bringt ans Licht, sortiert die Steine aus, pflanzt ihre Fragen, erntet die Antworten. Alles geschieht zu seiner Zeit. Aber am Ende kommt kein Mörder zum Vorschein. Da ist schon Zeit vergangen und hat getan, was Zeit tut, hat abgeschliffen, Schneid genommen, Schnitter Tod war gekommen im August, im Winter fällt der Schnee von Gestern, und man wartet auf den nächsten Frühling.

Der Hans weiß das jetzt noch nicht. Der Hans läuft. Es ist schon Nacht, und er läuft noch immer. Ist durch mit der Runde, vom Gendarm zum Ott und zum Bender, vom Arzt zum Pfarrer, dann zum Modellschreiner und zum Totengräber, bei dem alles endet. Aber nicht dem Hans sein Lauf. Während sie hinter seinem Rücken ausschwärmen, ihr Sprüchlein auf den Lippen: »Ihr sollt so gut sein und auf die Leich gehn …«, läuft der Hans weiter, in die Dunkelheit hinein. Vor ihm liegt der Rückweg. Vor ihm liegt der Hof. Er denkt an sein Heu, denkt an seine Kühe und dass im Stall eine Bohle morsch ist, die muss er ersetzen, ehe ein Viech sie durchtritt und sich was bricht. Er muss rennen. Anders geht es nicht. Wenn er schnell genug rennt, einmal um die Welt, dann kommt er vielleicht wieder heim und sieht das Haus und die Astern und den Balken für die Schubkarre am Misthaufen, die Kette vom Kongo klirrt, wenn er kommt und ihm an den Schuhen schnuppert, und sein Schwiegervater sitzt vor dem Haus und repariert den Rechen, und seine Frau sitzt drinnen und sengt eine Gans ab und hebt den Kopf und schaut ihn an und lacht, weil es nichts zu weinen gibt, denn alle sind da, auch die Schwiegermutter, die Kuni, die noch spült mit nassen Armen, die Ärmel bis über die Ellenbogen aufgerollt. Und im Herrgottswinkel brennt das Licht, und darauf läuft er zu, der Hans, läuft und läuft ans Ende der Nacht. Und vielleicht wird alles noch gut.

... KANN SICH VON DER LÜGE NICHT TRENNEN ...

DIE RAUBMÖRDERIN CHRISTINE HILPERT, NÜRNBERG 1849

In der kleinen Gasse Am Sand, nahe der Insel Schütt unterhalb des Herrenschießhauses gelegen, wurde Anfang Dezember 1849 die dreiundfünfzigjährige Leihhaus-Kassierswitwe Margarethe Berringer vermisst. Die Nachbarinnen im Haus, nämlich die Aktuarsfrau Helene Oppelt und die Näherin Melanie Klatzkopf, wussten zwar, dass Frau Berringer, die seit dem Tod ihres Mannes sehr einsam lebte, sich seit einiger Zeit mit dem Gedanken trug, weniger des Lohnes als der Gesellschaft wegen eine Stelle als Haushälterin anzunehmen, fanden es aber gleichwohl sonderbar, dass sie fortgegangen sein sollte, ohne Abschied zu nehmen und ohne anzugeben, wohin. Eine Meldung beim Polizeibüro indes gaben sie nicht ab, versetzten allerdings mit ihren Mutmaßungen, die auch eine Mordtat nicht ausschlossen, die Nachbarschaft in Aufruhr, sodass der Distriktsvorsteher August Passing, dem die Gerüchte zu Ohren kamen, sich am Mittwoch, 5. Dezember, veranlasst sah, das plötzliche Verschwinden der Margarethe Berringer zur Anzeige zu bringen, woraufhin deren Wohnung polizeilich geöffnet wurde. Man fand die Zimmertüren darinnen unversperrt und alle Kommoden und Behältnisse unversehrt, mit steckenden Schlüsseln, lediglich ein Nähtisch schien gewaltsam geöffnet, und auf dem Wohnzimmertisch stand ein heruntergebranntes Talglicht, das aufgrund der anhaftenden Rußspuren den Eindruck machte, es sei in der Wohnung hin- und hergetragen worden; zudem wurden Unschlitttropfen auf dem Fußboden festgestellt. Des Weiteren befand sich auf eben jenem Tisch, auf dem das Talglicht stand, ein Teller mit einem halb gegessenen Stück Mohnkuchen. All dies erweckte zumindest den Eindruck, die Inhaberin der Wohnung habe dieselbe in ungewöhnlicher Eile verlassen; ob Geld oder Wertgegenstände fehlten, ließ sich vorerst nicht sagen.

Noch am selben Abend aber, als die Dunkelheit hereingebrochen war und die Gendarmen das Haus verlassen hatten, geschah etwas Merkwürdiges. Während die Nachbarinnen Oppelt und Klatzkopf sich vor ihren Wohnungstüren in der ersten Etage über die Geschehnisse des Tages austauschten, hörten sie, wie unten jemand die Haustür aufsperrte, eintrat und die Tür wieder hinter sich zuzog.

»Wer ist da?«, fragte Helene Oppelt.

»Nur Besuch«, gab eine weibliche Stimme zurück, »Besuch für Frau Berringer, sie ist wohl nicht zu Hause?«

»Nein, aber wie kommt es, dass Sie einen Schlüssel haben?«

»Ich habe keinen Schlüssel.«

»Sie müssen einen Schlüssel haben, Sie haben aufgesperrt.«

»Nein, Sie irren sich, die Haustür war unversperrt, ich habe keinen Schlüssel.«

Mit diesen Worten begab sich die fremde Person eilig wieder aus dem Haus und zog die Tür ins Schloss.

Am nächsten Vormittag traf Elisabeth Berringer in Nürnberg ein, einzige Tochter der Vermissten, die in Bamberg eine Stellung als Gouvernante hatte. Sie inspizierte die verlassene Wohnung und gab hernach eine lange Liste von Gegenständen zu Protokoll, die im Haushalt fehlten und also entwendet worden sein mussten, darunter eine Vielzahl von Kleidungsstücken sowie Schmuck und Silberbesteck. Ein guter Teil von Margarethe Berringers Garderobe war neuwertig gewesen, hatte doch das verheerende Hochwasser im Januar dieses Jahres auch ihre Wohnung betroffen und einiges an Mobiliar und Kleidung verdorben. Noch während der Gesamtwert der fehlenden Gegenstände errechnet wurde, der sich auf stattliche fünfhundert Gulden belief, trat ein Gendarm mit der Meldung dazu, Margarethe Berringer habe am Freitag, 30. November, Besuch empfangen. Die Frau eines Schreiners in der Inneren Laufer Gasse, Friederike Hirschmann, war einige Tage bei Verwandten in Hersbruck gewesen und hatte daher von der Affäre, welche bereits die ganze Nachbarschaft beschäftigte, nichts mitbekommen. Nun sagte sie aus, sie habe an jenem Freitag gegen zehn Uhr Frau Berringer aufgesucht, um die Rechnung für einen neuen Kleiderschrank einzukassieren. An der Haustür sei ihr eine Dame begegnet, die knapp dreißig Jahre zählen mochte und wohl soeben einen Besuch im Haus beendet hatte. Frau Berringer habe ihr ungefragt erzählt, es habe sich um ihre Großcousine gehandelt, die sie schon länger nicht mehr gesehen habe, und dass sie gekommen sei, um ihr einen Brief zu bringen, der ein ganz neues Licht auf eine alte Gerichtsstreitigkeit werfe, in der sie, die Berringer, damals unterlegen sei. Außerdem könne sie ihr eine Stelle als Haushälterin in Marktbreit vermitteln, sie sei nämlich die letzten zwei Jahre in Würzburg in Stellung gewesen und habe in Marktbreit Verwandte ihrer Dienstherrschaft kennengelernt. Die Schreinersfrau Hirschmann konnte sich auch noch an den Namen dieser entfernten Cousine erinnern, den Margarethe Berringer ihr genannt hatte: Christine Hilpert.

*

Jakob traut seinen Augen nicht, als er im Ludwigsbahnhof aus dem Zug steigt. Beinah hätte er sie nicht wiedererkannt, die Christel. Sie schaut ganz anders aus als noch vor zwei Wochen. Oder doch schon drei? Auf jeden Fall ist viel passiert, seit sie sich das letzte Mal gesehen haben. Sie kommt auf ihn zu.

»Jakob! Kennst mich denn nimmer?«

Sie drückt ihm einen Kuss auf den Mund.

»Doch. Freilich.«

Die Lokomotive schnauft und zischt, als sei sie auf der Fahrt von Fürth nach Nürnberg gehörig außer Atem gekommen. Der stolze Herr über die rollende Dampfmaschine sieht erstaunlich jung aus, sogar ein wenig jünger als Jakob könnte er sein. Es ist nicht mehr nur der englische Ingenieur, der sie führt. Mittlerweile haben auch einheimische Handwerksgesellen den Beruf von ihm gelernt, und die Bahngesellschaft hat weitere Lokomotiven angeschafft. Vielleicht hätte auch er, Jakob, umsatteln sollen auf diesen Beruf, der Zukunft hat, im Gegensatz zu seinem, der bald mit Dampfkraft in Manufakturen ausgeübt wird. Aber er ist ein sesshaft veranlagter Mensch, er will in seiner Werkstatt bleiben und kann sich nicht einmal vorstellen, jeden Tag mehrmals zwischen Nürnberg und Fürth hin und her zu fahren, geschweige denn nach Bamberg oder gar Augsburg.

Eigentlich müsste er jetzt weiterreden, müsste eine ganze Menge mehr sagen, er, der Metallschlägermeister Jakob Brandhof aus Fürth, anstatt so schwerfällig dazustehen in seinem Sonntagsgewand. Aber ihm geht ganz erheblich viel mehr im Kopf herum, als man in zwei Sätzen unterbringen kann, und mehr als zwei Sätze auf einmal sagt er selten.

»Freust du dich denn gar nicht?«

»Doch. Freilich«, sagt er und merkt nicht, dass er sich wiederholt. Natürlich hat er ihren Brief gelesen, den sie ihm zwischendurch geschrieben hat. Da ist dringestanden, dass sie bald ein kleines Vermögen erben wird. Und dass er sie nicht aufgeben soll. Und dass sie von ihm in guter Hoffnung ist. Aber den hätte er sehen mögen, der ihr hätte widerstehen können, so, wie sie sich ihm an den Hals geworfen hat.

»Komm«, sagt sie jetzt und fasst ihn an der Hand, »gehen wir rüber in die Rosenau.«

»Aber …«

»Nix ›aber‹«, sagt sie und lacht dabei dieses schelmische, spitzbübische Lachen, das ihm anfangs gefallen hat, weil es ihr so hübsche

Grübchen um die Mundwinkel zaubert, bis er kennenlernte, was sich dahinter verbarg. »Das können wir uns jetzt leisten. Ich lad dich ein. Komm mit!« Sanft zieht sie an ihm.

Jakob ist ein bärenstarker Mann, und seine Hände sind bestimmt doppelt so groß wie ihre. Doch er lässt sich mitziehen, wenn auch zögerlich. Das bemerkt sie.

»Oder hast du dir eine andere angelacht?«

»Nein«, lügt er, »nein«, und sagt nicht, was nach dem »aber …« hätte kommen müssen.

»Na, dann –«

Letztes Mal waren sie im Wirtshaus *Zum Mondschein* gewesen, ebenso wie die Rosenau nur ein paar Schritte vom Bahnhof entfernt, doch in der entgegengesetzten Richtung, in Gostenhof. Fürs *Mondschein* wären sie heute fast zu fein angezogen. Er in seinem schwarzen Anzug und sie in ihrem tiefblauen Tuchmantel mit versilberten Knöpfen und Pelzkragen. Darunter ragt ein ebenfalls blauer Rock hervor, plissiert, mit weißen Blumenstickereien. Und nochmals darunter ein Paar glänzende schwarze Stiefeletten. Nicht zu vergessen die Wintermütze mit Pelzbesatz, weshalb Jakob sie auch zuerst beinah nicht erkannt hätte.

Sie gehen den abschüssigen Weg zur Rosenau hinunter. An Sommerabenden und an verschneiten Wintertagen eine märchenhafte Parklandschaft mit Restaurant und Biergarten, einem Orchesterpavillon und einem Teich, darinnen eine Insel, auf dem im Sommer verliebte Pärchen Boot fahren und im Winter die Jugend Schlittschuh läuft. Sogar einen kleinen orientalischen Palast mit vergoldeten Dächern gibt es, die in manchen Nächten im Schein eines bengalischen Feuers funkeln.

Aber heute nicht. Heute hängt ein trüber, milchiger Himmel über der Stadt, aus dem vereinzelte Schneeflocken zu Boden taumeln. Zu wenige sind es, zu kraftlos sind sie auch, als dass sie sich zu einer Schneedecke formen könnten, und so wirkt die Rosenau wie eine verwaiste Theaterbühne, von der man die farbenprächtige Herbstdekoration voreilig entfernt hat, ohne sich um den rechtzeitigen Aufbau der weißen Winterkulisse zu sorgen, und allein die Tatsache, dass der heutige Tag im Kalender als der erste Advent vermerkt ist, genügt nicht, um vorweihnachtliche Stimmung zu erzeugen.

An der Tür zum Restaurant prangt der Hinweis, dass der Zutritt auf abonnierte Gäste beschränkt ist. Jakob zögert. Christel zieht so etwas wie ein Billett aus der Manteltasche und macht dazu ein triumphierendes Gesicht, als hätte sie soeben das Restaurant gekauft. Dieses Gesicht kennt er gut. Sie hat es auch schon in der Zeit, als sie noch ihr verschlissenes schwarzes Dienstmagdkleid am Leib hatte und ihm ausmalte, wie schön sie es bald haben würden, öfter zur Schau getragen.

Dann sitzen sie einander gegenüber. Sie hat sich einen Karpfen blau bestellt. Er ein echtes Wiener Schnitzel mit Petersilienkartoffeln und Selleriesalat und außerdem schon das zweite Bier.

»Gut schaust du aus«, sagt er und meint damit auch ihre Haare, die nicht mehr glatt und strähnig, zu einem Knoten gebunden, am Kopf anliegen, sondern ihr Gesicht in Wellen umfließen. Dabei hat sie ihm auch vorher schon gut gefallen. Nicht umsonst ist sie von ihm in guter Hoffnung. Sagt sie jedenfalls. Aber eine richtige Heiratspartie, hat Jakob zu seinem Kollegen, dem Bähr Heiner, gesagt, ist deine Schwägerin nicht. Da hab ich das gleiche Elend wie vorher. Schau mich doch an. Siebenundzwanzig Jahre alt und schon Witwer. Und warum? Weil die kleine Werkstatt keine zwei Leute trägt und meine Lisa in der Spiegelfabrik hat arbeiten müssen und am Quecksilber krank geworden ist und deswegen schließlich im Kindbett gestorben ist.

Jetzt aber könnte alles anders werden. Die Christel ist offenbar wirklich zu Geld gekommen, und nun rutscht ihm die Frage heraus, die er eigentlich gar nicht hatte stellen wollen. Weil es nämlich mit der Christel oft so ist, dass sie, wenn er ihr eine Frage stellt, auch auf alle möglichen anderen Fragen, die er ihr gar nicht gestellt hat, Antwort gibt.

»Wo hast du denn das alles her?«, fragt er unbeholfen und meint damit: die neue Frisur, den pelzbesetzten Mantel, das Geld, von dem sie ihn einladen will, die Goldkette mit der Brosche und vielleicht auch die tief ausgeschnittene Bluse, die ihm beinah zu sehen gibt, was in den letzten Wochen durch seine Erinnerungen spukte.

Da lacht sie wieder, hält dabei den Blick auf ihn geheftet und schiebt sich eine Gabel voll Kartoffelsalat in den Mund.

»Ich hab dir doch geschrieben, mit meiner Mutter wird es nicht mehr lang gehen. – Nein, sie ist noch nicht gestorben. Aber sie hat eingesehen, dass man besser mit warmen Händen gibt. Und da hab ich endlich meine Sachen vom Pfandhaus auslösen können.«

Jakob hört zwar zu. Aber Christels Lachen ruft in ihm noch andere Worte wach, die er aus ihrem Mund gehört hat und die er niemals hätte hören wollen. Dass sie in Würzburg nicht in einem Haushalt gedient, sondern eineinhalb Jahre Zuchthaus verbüßt hat, wie sie ihm nach ihrer ersten gemeinsamen Nacht offenherzig gestand, wäre noch nicht das Schlimmste gewesen. Was ihm indes, wann immer er daran dachte, die Haare zu Berge stehen ließ, waren ihre Geschichten von jener Maria, die sie im Zuchthaus kennengelernt hatte, die lebenslängliche Maria Ramstöck, von der sie sprach, als handele es sich um eine ihrer liebsten Kameradinnen aus der Schulzeit.

»Die Maria«, hatte sie ihm nicht nur einmal erzählt, »ist wegen einem richtigen Mord im Zuchthaus!«, und das hatte geklungen, als hielte sie sich für gering, weil sie es nur zu Diebereien und Betrügereien gebracht hatte. »Die Maria hat eine reiche Bankierswitwe in ihre Wohnung gelockt«, hatte sie ihm in unbefangenem Plauderton erzählt, als spräche sie von einem Streich in der Schule.

»Dort hat sie ihr mit einem Messer die Kehle durchgeschnitten. Die Leiche hat sie dann mit einem Beil in Stücke geschlagen. Damit sie sie leichter wegschaffen kann. Jede Nacht hat sie heimlich ein paar Stücke weggebracht und in die Pegnitz geworfen. Oder in einer Dunggrube versteckt.«

Jakob fühlte sich von dieser Geschichte bis in seine Werkstatt verfolgt, bis er statt des Metalls, das er mit Hammerschlägen bearbeitete, einen Frauenkörper auf dem Amboss liegen sah.

»Und was hat das deiner Maria gebracht? Draufgekommen ist man ihr doch, und sie ist im Zuchthaus gelandet«, hatte er eingewendet.

»Ja, schon. Aber wenn du immer anständig bleibst, ist doch von vornherein schon alles verloren. Du schleppst dich bei deiner Dienstherrschaft weiter von Jahr zu Jahr. Oder du in deiner Werkstatt. Und weißt genau: So wird es immer weitergehen. Du kannst auf deinen Amboss einhämmern, soviel du willst, du wirst niemals ein reicher Herr sein.«

Das geht ihm durch den Kopf, während er eines der besten Schnitzel isst, die er je gegessen hat. Nicht umsonst wird die Rosenau jedem auswärtigen Besucher ans Herz gelegt. Nebenbei denkt er an die Braut in spe, die er heute versetzt hat. Vor Jahren hat er noch gelacht, als ihm ein Freund beim Bier sagte, eine Frau wieder loszuwerden sei für ihn ein viel größeres Problem, als eine kennenzulernen. Jetzt versteht er.

»Kommst du noch mit zu mir?«, fragt Christel, und dieser Satz tut nur so, als wäre er eine Frage. »Ich möchte dir so gern meine schönen Sachen zeigen, die ich jetzt wieder hab.«

Wer könnte da Nein sagen?

Das bescheidene Zimmer in der Neuen Gasse – ein Bett, ein Tisch, ein Stuhl, ein Schrank –, das sie nach einem halbstündigen Spaziergang unter einem dunkler werdenden Himmel erreichen, der nun die Regentropfen ebenso zögerlich fallen lässt wie vorhin den Schnee, steht nun freilich in starkem Kontrast zu den Kleidungs- und Schmuckstücken, von denen sie einige auf dem Bett ausbreitet. Entscheidender für Jakob aber ist der Kontrast zwischen der bekleideten und der unbekleideten Haut, die Christel immer wieder zur Schau stellt. Splitterfasernackt steht sie da und angelt neue Röcke, Blusen, Kleider und Wäschestücke aus einem Koffer, um sie anzulegen. Bis Jakob sich seinerseits aus dem Sonntagsgewand reißt, die Christel aufs Bett zerrt und in sie hineinstößt. Dabei liebt und hasst er sie zugleich. Weil sie schwach ist. Weil sie stark ist. Weil sie über ihn gesiegt hat. Weil sie sich an ihn klammert, als hätte sie sonst keinen Menschen auf der Welt. Weil er sie will. Weil er sie fliehen möchte. Weil sie vielleicht gelogen hat und erst jetzt von ihm schwanger wird. Weil hinter ihrer Lüge Wahrheit steckt und sie von ihm ein Kind gebären will, weil sie ihn liebt. Weil das Gefühl, ein Kind zu zeugen, ihn erregt. Weil er einen Kern in ihr spürt, der Liebe sucht. Weil er überhaupt nicht mehr weiß, wie er dran ist. Weil er das Leben einfach haben möchte. Weil er sich wünscht, dass eine Frau ihm das Leben einfach macht, nicht kompliziert. Dann ist es vorüber, und sie schmiegt sich an ihn und sagt: »Jetzt möchte ich zu dir. Nimmst du mich mit?«

*

Am 11. Dezember wurde die Tuchbereiterswitwe Mathilde Geyer aus der Vorderen Beckschlagergasse, der einige Gerüchte zu Ohren gekommen waren, bei der Polizei vorstellig. Sie gab an, es sei bei ihr ein wertvoller Mantel zum Reparieren abgegeben worden, und zwar von einer gewissen Christine Hilpert. Man legte denselben der jungen Frau Berringer vor, die ihn sogleich als Eigentum ihrer Mutter erkannte.

Dies nahm Polizeiaktuar Thomas Röder zum Anlass, Christine Hilperts Domizil in der Neuen Gasse aufzusuchen, das nur zirka einhundertfünfzig Meter von Margarethe Berringers Adresse entfernt war. Ihre Logisfrau Juliana Stammler erklärte, Christine Hilpert schon mindestens eine Woche lang nicht mehr gesehen zu haben, wiewohl diese das Zimmer erst zum 31. Dezember gekündigt habe und die Miete für den laufenden Monat nicht schuldig geblieben sei. Röder ließ sich das verwaiste Zimmer aufschließen und fand darinnen einen Koffer, einen Wäschekorb sowie einen auf dem Bette liegenden Unterrock, den er mitnahm, um ihn Margarethe Berringers Tochter vorzulegen. Auch dieses Kleidungsstück konnte sie als ihrer Mutter gehörig identifizieren.

Polizeiaktuar Röder ersuchte nunmehr um eine Gerichtskommission, die noch am selben Nachmittag in einer Kutsche vorfuhr und in der Nachbarschaft nicht geringes Aufsehen erregte. Es handelte sich um den Untersuchungsrichter und Stadtgerichtsassessor Sebastian Meißner, den Polizeioffizianten Friedrich Gerstacker und den Protokollführer Georg Büttner. Von der Wache in der Theresienstraße kamen die beiden Gendarmen Zach und Hornauer.

Da die Logisfrau Juliana Stammler bereits von dem Besuche am Vormittag so erregt worden war, dass sie einen Schwächeanfall erlitt und sich hinlegen musste, wurden die Herren von deren Sohn in Empfang genommen, dem Mechanikus Adam Schaller. Bereitwillig schloss er das Zimmer der Christine Hilpert noch einmal auf, nicht ohne fortwährend zu räsonieren, dass, wäre es nach ihm gegangen, diese Weibsperson niemals in diesem ehrlichen Hause hätte Logis bekommen, da ihr die Liederlichkeit für denjenigen, welcher dergleichen lesen könne, ins Gesicht geschrieben stünde, ferner, dass sie nur kurz eine Dienstmagdstelle beim Nagelschmied Zahn in der Prechtelgasse innegehabt, doch von demselben wegen ihrer Untauglichkeit bald wieder entlassen worden sei, worauf sie geglaubt habe, sich auf einfachere Weise Geld verdienen zu können, die Herren wüssten schon, was er meine, doch habe er diesem Treiben im wahrsten Sinne des Wortes allabendlich einen Riegel vorgeschoben. Assessor Meißner gebot ihm schließlich Einhalt und ersuchte ihn, sich von der gerichtlichen Augenscheinnahme des Zimmers fernzuhalten.

Es handelte sich bei diesem Zimmer eigentlich um den ein paar Stufen treppaufwärts gelegenen Nebenraum eines schon längere Zeit leerstehenden Ladengeschäfts, dessen bescheidene Ausmaße verrieten, dass er ursprünglich nicht für Wohnzwecke vorgesehen war, sondern das zum Laden gehörige Bureau beherbergt haben mochte, weshalb die drei Herren vom Stadtgericht und die zwei Gendarmen Mühe hatten, allesamt darin unterzukommen; Polizeioffiziant Gerstacker wies Letztere an, sich vor das Haus zu begeben und etwaige Neugierige, die sich davor versammelten, zum Weitergehen aufzufordern.

Bei näherer Betrachtung der Gegenstände im Zimmer fanden sich Blutspuren am Wäschekorb sowie auch, nachdem man das Bett von seinem Standort weggerückt hatte, in erheblicher Menge auf dem Fußboden, teilweise mit Sand bestreut, ebenso an der Wand. Im Koffer entdeckte man einen blauen, baumwollenen Unterrock, der insbesondere im Rücken von eingetrockneten Blutflecken bedeckt war. In der Schublade des kleinen Tisches befand sich ein Schnappmesser mit Blutanhaftungen an der Klinge, außerdem ein Zettel, dessen Aufschrift der Protokollant Büttner auf Befehl des Untersuchungsrichters nach kurzem Räuspern vortrug: »Ist auf acht Tage verreist. Kassier Berringer.« Der Name hallte einen Moment im Raum nach.

Meißner wandte sich an den Polizeioffizianten. »Gibt es Fragen von Ihrer Seite, Herr Kollege?«

Gerstacker ließ seinen Blick durch den Raum schweifen. »Kann man feststellen, ob das Bett vorher an anderer Stelle gestanden ist?«

Meißner schickte den Gendarmen Zach, er solle Herrn Schaller noch einmal herholen. Dieser gab auf Befragen an, dass das Bett ursprünglich an der entgegengesetzten Zimmerwand gestanden habe.

Es musste also eigens zu dem Zwecke, die Blutspuren zu verdecken, an seine jetzige Stelle gerückt worden sein.

Nachdem all dies im Protokoll festgehalten war, wandte sich die Kommission dem Ladengewölbe zu, das in seinem rückwärtigen Teil auf einen kleinen Hinterhof mündete und von demselben durch ein Tor abgeschlossen war. Direkt am Tor befand sich ein Holzstock mit Beil; auch diesem hafteten geringe Blutspuren an. Schließlich stieß man in einem abgetrennten Bereich des Gewölbes auf die Dunggrube, die von einem zweiflügeligen hölzernen Deckel verschlossen war, an dem ebenfalls Blutanhaftungen festgestellt wurden. Es half nichts, die Dunggrube musste geöffnet und inspiziert werden. Für dieses übelriechende Geschäft holte man Zach und Hornauer herbei, die sich allerdings für die Durchsuchung erst eine passende Gerätschaft in Gestalt eines Rechens in einem benachbarten Hause besorgen mussten. Schon bald stießen sie beim Stochern in der Grube auf einen Gegenstand, der nach Größe und Beschaffenheit ein menschlicher Körper sein konnte. Sie schoben, während Meißner und Gerstacker sich ein paar Schritte zurückzogen, den darüber befindlichen Unrat beiseite und legten tatsächlich eine Leiche frei, die mit dem Gesicht nach unten lag und weibliche Kleidung an sich trug. An dieser Stelle gab Meißner Anweisung, die Untersuchung vorerst abzubrechen; die Gendarmen ließ er mit der Anordnung zurück, für eine ununterbrochene Bewachung des Verbrechensschauplatzes Sorge zu tragen.

*

Der fünfunddreißigjährige Gendarm Josef Zach, seit drei Jahren im Dienst der Nürnberger Stadtpolizei, hat soeben für sich und seinen Kollegen Hornauer in der *Fleischmann'schen Wirtschaft* ein paar Häuser weiter eine Brotzeit mit Stadtwurst und Preßsack besorgt und auch zwei Bier dazu. Hier in der Stadt kann man sich solche Wartezeiten wenigstens angenehm gestalten. Zach war lange Jahre an der bayerisch-böhmischen Grenze stationiert gewesen, wo man stundenlang allein im Wald ausharren musste, bei Hitze, Regen oder Schnee.

Aber nun muss die Brotzeit warten. Nach eineinhalb Tagen Wacheschieben hat die Beschaulichkeit jäh ein Ende. Erneut fährt der Wagen vor, und diesmal entsteigen ihm nicht nur die drei Herren der Gerichtskommission, sondern außerdem ein Gendarmenkollege und eine blasse Frau in Handschellen. Die trotzige Miene, die sie zur Schau trägt, kennt Zach gut. Die Schmugglerinnen, die er früher festgesetzt hat, haben ebenso dreingesehen. Besser gesagt: die Komplizinnen der Schmuggler, die ihnen den Rücken freihalten sollten, auch, indem sie dreist versuchten, mit den Gendarmen anzubandeln, um sie abzulenken, wenn ein paar Stück böhmisches Vieh über die Grenze getrieben werden sollten. Frauen, die niemals von irgendetwas gewusst haben, niemals im Leben einen der Schmuggler, oder Schwirzer, wie man in Zachs oberpfälzischer Heimat sagt, gesehen oder gar gekannt haben wollten, wenn man denn je einen erwischte. Und wenn man bei ihnen zu Hause Schmuggelgut fand, Tabak etwa, so hatten sie vorgeblich nicht die geringste Ahnung, wie dasselbe dorthin gekommen war.

Nicht anders wird sich die verhaftete Christine Hilpert benehmen, das weiß Zach jetzt schon, als er sie mit seinem Kollegen Hornauer zu ihrem Logiszimmer eskortiert, wo Meißner das Wort an sie richtet.

»Das blutige Messer, das wir Ihnen gestern gezeigt haben, und das Sie als Ihres erkannt haben, wurde in dieser Tischschublade gefunden. Wie ist es dorthin gekommen?«

»Da müssen Sie den Herrn Schaller fragen, er hat ja den Schlüssel. Ich selbst bin bestimmt schon zehn Tage nicht mehr hier gewesen. Was, um Gottes willen, ist denn nur während meiner Abwesenheit geschehen?«

Protokollant Büttner schreibt getreulich mit, und Assessor Meißner weist als Nächstes auf die Blutflecken auf dem Boden und an der Wand. Ob sie dafür eine Erklärung habe?

Christine Hilpert gibt einen Laut des Entsetzens von sich. Dann sprudelt sie hervor: »Was hat der Herr Schaller hier nur getan, als ich weg war? – Ich hätte wissen müssen, dass dies kein anständiges Haus ist. Schon am zweiten Abend habe ich ihn ertappt, wie er mir nachstellte und versucht hat, durchs Schlüsselloch zu sehen. Wer weiß, ob er nicht eine Dame hier hineingelockt hat, um sich an ihr zu vergehen und sie dann beiseitezuschaffen?«

Zach steht mit Hornauer an der Tür und betrachtet die Szenerie mit einer unbewegten Miene, die seinem Innenleben nicht entspricht. Er hat einiges erlebt in seinen Grenzerjahren. Schmuggler, die sich nicht gescheut haben, auf einen Gendarmen zu schießen, und einmal musste er sogar mit seinen Kollegen die Polizeistation Eslarn gegen eine Horde von zwanzig Mann verteidigen, die allesamt bewaffnet waren und einen verhafteten Schmuggler befreien wollten. Drei wurden bei dem Schusswechsel getötet, und er, Zach, erlitt eine Schusswunde am Oberarm, die ihm immerhin dazu verholfen hat, in die Stadt versetzt zu werden. Aber hier geht es um eine Frau, die mit einem Messer gemordet haben soll, und das ist ihm bislang noch nicht begegnet. Außerdem, wenn er sich die Hilpert so ansieht, muss er durchaus an ganz andere Dinge denken als an Mord. Die ist doch wirklich ein sauberes Weibsbild und sollte keine Schwierigkeiten haben, die richtige Partie zu finden und es sich im Leben einzurichten. Andererseits, was er und Hornauer während ihres Wachdienstes über sie gehört haben, spricht wahrhaftig nicht für sie. Der Nagelschmied Zahn, bei dem sie gerade einmal zwei Wochen angestellt war, verdächtigt sie noch heute, Geld aus seiner Schatulle genommen zu haben.

Meißner zieht seine Taschenuhr aus der Rocktasche, wirft einen Blick darauf und erklärt die Augenscheinnahme des Zimmers für beendet; nunmehr soll die Dunggrube aufgesucht werden. Hornauer und Zach nehmen die Hilpert wieder in ihre Mitte und führen sie durch das Ladengewölbe, gefolgt von der Gerichtskommission.

Am Vortag sind sie für zwölf Stunden von den Kollegen Klughardt und Mayer abgelöst worden und haben bei der Gelegenheit erfahren, dass die Hilpert bereits in der Untersuchungszelle sitze. In Fürth sei sie verhaftet worden, bei ihrem Bräutigam. Sie dort aufzufinden sei kein Problem gewesen. Die Kollegen hätten einfach nur die Adresse aufgesucht, die sie im August, nach ihrer Entlassung aus dem Würzburger Zuchthaus, innegehabt hatte, nämlich diejenige ihres Schwagers, und seien von dort an einen Metallschlägermeister in der Bäumenstraße verwiesen worden.

Die Hilpert muss geglaubt haben, dass man ihr nie draufkommt. Dabei haben sich inzwischen auf einen Zeitungsaufruf hin Silberschmiede und Juweliere aus Nürnberg und Fürth gemeldet, denen sie Teile des Schmucks und des Tafelsilbers der Berringer verkauft hat. Die ganze Nachbarschaft erzählt davon. Und nun glaubt sie, dass sie sich aus der Affäre ziehen kann, indem sie die Ahnungslose spielt, so wie jetzt wieder, als Meißner Anweisung gibt, die Dunggrube zu öffnen, gleich darauf einige Schritte zurücktritt und sich ein Taschentuch vor Mund und Nase hält. Zach machen die aufsteigenden Gerüche nichts aus, er ist auf einem Bauernhof aufgewachsen.

Die Hilpert ruft: »Jesusmaria! Da liegt ja ein Mensch!«

Auf die nächste Aufgabe, die sie aufgetragen bekommen, haben sich Zach und Hornauer schon vorbereitet. Mit zwei geliehenen Schaufeln stemmen sie den Leichnam hoch, ziehen ihn aus der

Grube und wenden ihn um. Die Tote weist eine tiefe Schnittwunde am Hals auf.

»Kennen Sie die Person?«, will Gerichtsassessor Meißner fragen, aber schon lässt sich die Hilpert mit dem Aufschrei vernehmen: »Das ist ja die Madame Berringer!« und schlägt die Hände vors Gesicht.

Der einbestellte Distriktsvorsteher August Passing, der vor wenigen Minuten eingetroffen ist, betrachtet die Leiche eingehend und bestätigt schließlich: Ja, das sei wahrhaftig die Madame Berringer.

»Unfassbar!«, bringt die Hilpert unter Tränen hervor, »da habe ich doch wirklich in einem Mordhaus logiert!«

»Wie kann die Leiche dorthin gekommen sein?«, fragt Meißner, und die Hilpert starrt ihn mit tränenfeuchten Augen an.

»Das fragen Sie *mich?* – Sie meinen doch nicht etwa, ich kann eine Frau in diese Grube gebracht haben, die eben zwei Gendarmen mit vereinten Kräften herausgeholt haben? Fragen Sie nur den Herrn Schaller, der ist ein kräftiger Mann und wird die Antwort schon wissen!«

Auch Zach bezweifelt in diesem Moment, dass die Frau, die ganz nah neben ihm steht, wirklich ganz allein die Leiche hierher befördert haben kann. Nicht, dass sie schwächlich wirken würde. Aber einen toten Menschen von mehr als einem Zentner Gewicht vom Zimmer hierherzuschleifen, da gehört schon was dazu. Außerdem: Hätte sie nicht damit rechnen müssen, von einem der Mitbewohner überrascht zu werden? Nicht nur der Sohn der Hauswirtin wohnt hier im Haus, sondern außerdem noch eine Schneiderin und ein Student. Aber er ist eben kein Gerichtsassessor und auch kein Polizeioffiziant. Und nun meldet sich auch noch der Distriktsvorsteher zu Wort und sagt, man finde nicht leicht einen so grundehrlichen, rechtschaffenen Menschen wie den Adam Schaller. Wem soll man nun glauben?

*

Als Christine Hilpert im Hause des Jakob Brandhof in der Bäumenstraße zu Fürth verhaftet wurde, trug sie Kleidung am Leib, die sich rasch als Eigentum der Margarethe Berringer herausstellte. Mit dieser Tatsache konfrontiert, gab sie an, dass sie dieselbe von Mechanikus Schaller ausgehändigt bekommen habe, ohne ihn nach deren Herkunft befragt zu haben. Damit jedoch begannen die Widersprüche, in die sie sich zunehmend verstricken sollte. Hatte sie noch bei ihren ersten Vernehmungen zu Protokoll gegeben, dass sie über die Blutspuren in ihrem Zimmer nichts wisse und dass sie Frau Berringer Ende Oktober zum letzten Mal gesehen habe, so äußerte sie nunmehr – konfrontiert mit der Aussage der Schreinersfrau Hirschmann, sie sei am Freitag, 30. November, bei Frau Berringer angetroffen worden –, dass sie tatsächlich an jenem Tage im Auftrag des Mechanikus Schaller zu ihr gegangen sei, um ihr auszurichten, dass dieser ihr eine Haushaltungsstelle in Marktbreit vermitteln könne. Am Vormittag darauf habe Schaller sie wiederum zur Berringer geschickt mit der Mitteilung, dass man ihre Antwort erwarte, und sie solle ihn dieserthalben noch am selben Tag aufsuchen. Daraufhin habe sie, die Hilpert, den weiteren Vormittag bei ihrer Hauswirtin Juliana Stammler verbracht. Erst am Nachmittag gegen zwei Uhr sei sie wieder in ihr Logiszimmer hinuntergegangen; dort habe sie zu ihrer Überraschung den Schaller angetroffen und auch die Blutflecken auf dem Fußboden bemerkt sowie ein blutiges Rasiermesser. Schaller habe sie gepackt und mit den Worten bedroht, es werde ihr übel ergehen, wenn sie einem Menschen verrate, dass hier etwas vorgegangen sei. Also sei sie dem Befehl des Schaller gefolgt, sie solle Sand besorgen, um den Boden damit zu bestreuen. Bei ihrer Rückkehr habe Silberzeug auf ihrem Tisch gelegen, Messer, Gabeln, Löffel,

Zuckerzange, Zuckerdose und dergleichen, das Schaller ihr zur Belohnung bot, wenn sie weiterhin still schweige. Dieses Silber wiederum habe sie am Samstag sogleich in Teilen verkauft, nämlich an den Juwelier Merklein um vierundzwanzig Gulden, an den Goldarbeiter Förderreuther um fünf Gulden, an den Goldarbeiter Häberlein um zwölf Gulden und den Goldarbeiter Billmann um ebenfalls zwölf Gulden. Am Sonntagabend, dem 2. Dezember, sei sie dann zu ihrem Bräutigam nach Fürth gefahren, Montagmittag wieder in ihr Logis zurückgekehrt und habe dortselbst weitere Gegenstände aufgefunden, Kleidungsstücke insbesondere, welche sie in ihren Koffer gepackt habe, woraufhin sie wieder nach Fürth retourniert sei. Als sie schließlich am Dienstag wiederum in der Neuen Gasse erschienen sei, habe ihr die Wirtin Juliana Stammler kurzerhand das Zimmer gekündigt.

Obzwar sich der Mechanikus Schaller eines tadellosen Leumundes erfreute, den nicht zuletzt Distriktsvorsteher Passing zu bestätigen wusste, wurde gleichwohl dessen Alibi überprüft, und es fand sich, dass Schaller am 1. Dezember, um zwei Uhr nach dem Mittagessen, das er bei seiner Mutter zu sich genommen, ganz nach seiner Gewohnheit den *Weißen Stern* in der Laufer Gasse aufgesucht habe, wo er alle Samstage an einer Schachgesellschaft teilzuhaben pflege. Auch ging aus den Akten der vergangenen Betrugsdelikte, welche der Christine Hilpert eineinhalb Jahre Zuchthaushaft eingebracht hatten, hervor, dass sie ohne Skrupel immer neue Lügengebäude errichtete, was den Stadtgerichtsassessor Meißner zu den Worten veranlasste: »Hilpert ist mit der Lüge so identifiziert, dass sie auch dann, wenn sie die Wahrheit reden *will,* sich von der Lüge nicht trennen kann.«

Tatsächlich verwarf Christine Hilpert die Aussage ihrer ersten Vernehmung, bei der sie noch unter Tränen und bei Anrufung Gottes beteuert hatte, die Wahrheit und nichts als die Wahrheit zu sagen, und schilderte den Tathergang nunmehr dergestalt, dass sie gemeinsam mit Schaller den Mord an Margarethe Berringer geplant und verübt habe. Adam Schaller nämlich, erst ein halbes Jahr zuvor aus Amerika retourniert, habe sich mit dem Gedanken getragen, erneut dorthin zu reisen, um mit einem dort ansässigen Kompagnon eine Manufaktur zu gründen; dazu jedoch hätte er eines Vermögens bedurft, das er sich nicht mit ehrlichen Mitteln beschaffen konnte. Sie selbst wiederum habe den Metallschläger Brandhof in Fürth ehelichen wollen, der eine Heirat vom Vermögen abhängig machte, das die Braut mitbringe.

»Es ist alles schon am Vormittag passiert«, gab Christine Hilpert am 21. Dezember 1849 zu Protokoll, während sich die frühe Dunkelheit auf die Stadt herniedersenkte. »Ich hab die Madame Berringer zu uns ins Haus gebracht. Ich sollte sie auf meiner Stube in ein Gespräch ziehen, so hatten wir es ausgemacht. Der Schaller ist derweil im Gang auf der Lauer gelegen. Dann ist er, wie wir verabredet haben, ins Zimmer gesprungen, hat der Madame Berringer eine Handvoll Asche ins Gesicht gestreut und sie zu Boden geworfen. Mit seinem Rasiermesser hat er ihr dann die Kehle durchgeschnitten. Ich hab sie festgehalten, damit sie sich nicht wehren kann. Und dann …«

»Sie sagen: Mit seinem Rasiermesser?«, unterbricht Meißner. »Das heißt, nicht mit dem Klappmesser, das wir in Ihrer Schublade gefunden haben?«

Protokollant Büttner lugt verstohlen auf die Uhr, blickt alsdann missmutig auf die Delinquentin. Was hat sie nicht schon Tinte gekostet, vergeudet allein dafür, Lügen aufs Papier zu bringen. Und nun ist sie auch noch drauf und dran, ihm den verdienten Feierabend zu verderben.

»Ja, mit seinem Rasiermesser.«

»Und was ist mit dem Klappmesser?«

»Mit dem Klappmesser haben wir danach der Madame Berringer den blutbesudelten Rock vom Leib geschnitten.«

»Fahren Sie fort, Frau Hilpert. Herr Schaller hat ihr die Kehle durchgeschnitten, Sie haben sie festgehalten. Was ist dann geschehen?«

»Wir haben die tote Madame Berringer zur Dunggrube geschleift und darinnen versenkt. Vorher haben wir ihre Schlüssel aus der Manteltasche geholt, um Zugang zu ihrer Wohnung zu haben. Ich hab sie ja oft genug besucht und hab gewusst, was bei ihr zu holen ist.«

Meißner betrachtet sie nachdenklich. Wie schnell das geht bei ihr. Der Wechsel von der reuigen Sünderin, die tränenüberströmt gelobt, fortan nichts als die Wahrheit zu sagen, zur bekennenden Verbrecherin, die mit, er ist fast versucht zu sagen, Stolz von ihren Taten spricht, wie ein Mensch, der sich über die anderen herausheben möchte, ohne über ein Talent zu verfügen, mit dem er sich die Anerkennung verschaffen kann, nach der er dürstet. Doch Christine Hilpert, das zeichnet sich jetzt schon ab, wird ihren großen Bühnenauftritt noch bekommen. Es wird der einzige bleiben, und das Schwurgericht wird ihn beschließen. Auf der Grundlage dessen, womit der geplagte Protokollant die Papierbögen füllt und was sich allmählich in Wahrheit wandelt.

*

Die Reise von Fürth nach Ansbach dauert im Sommer fünf Stunden mit dem Eilpostfuhrwerk. Im Winter noch länger. Jakob Brandhof hat die beschwerliche Fahrt auf sich genommen. Er ist schon am Vortag angereist, hat Quartier in einer erbärmlichen Herberge bezogen und begibt sich nun am Morgen des 14. Februar 1851 zum Richtplatz. Nein: Nicht nur er begibt sich dorthin, eine ungeheure Menschenmenge strömt vor dem Gerichtsgebäude zusammen. Was führt sie alle hierher? Mägde, Bauernburschen, Schulkinder, hohe Herrschaften, alle sind in einem ungeheuren Gedränge in

Bewegung, mühsam in Schach gehalten von Gendarmen und berittenen Soldaten. Warum so viele? Nur er hat doch eine Einladung bekommen, nur er, Jakob, hat von Christel einen Brief bekommen, nein, zwei. Den ersten im Spätsommer.

»Ich habe den 4ten August ein Kind von dir geboren«, ist daringestanden. Und: »Es ist ein Knabe, gesund und kräftig, und er soll daher heißen Jakob wie du, und er hat auch dein schwarzes Haar. Man hat ihn mir nach 1 Monat weggenommen und gesagt, er wird zu Pflegeeltern kommen, aber vielleicht wird es auch nur ein Waisenhaus. Gewiss wird er nicht den Namen Hilpert tragen, damit er niemals weiß, dass eine Mörderin ihn geboren hat, aber es ist ein Jakob, und so kannst du ihn eines Tages vielleicht doch finden und ihn zu dir nehmen, weil es doch dein Kind ist ebenso wie meines, und du brauchst ihm auch nicht erzählen, dass seine Mutter für das Zeitliche verloren und auf immer im Zuchthaus ist oder ein noch schlimmeres Ende gefunden hat, und wenn er bloß ein wenig nach dir geraten ist, so kann ein anständiger Mensch aus ihm werden.« Der zweite Brief hat ihn im Januar erreicht. Der letzte Termin sei nun bestimmt, es handle sich um den 14ten Februar. Sie bereue alles, was sie ihm und anderen Menschen angetan habe, und er möge ihren gemeinsamen Sohn nicht vergessen. Jakob trägt wieder seinen Sonntagsanzug, seinen einzigen Sonntagsanzug, den er vor einem Jahr und, er rechnet nach, etwas mehr als zwei Monaten angehabt hat, als er eigentlich seine neue Braut hat aufsuchen wollen und von der Christel am Bahnhof in Empfang genommen und in die Restauration Rosenau eingeladen wurde.

Jakob, der Metallschläger, steht wie ein Felsen in der Menschenbrandung und fühlt sich doch so hilflos, als wäre er sein eigenes, erst sechs Monate altes Kind. Halt suchend tastet er nach der Brusttasche, in der er die beiden Briefe mit sich trägt. Sie knistern leise. Selbst inmitten der johlenden Menschenmenge kann er es noch hören. Oder bildet er es sich nur ein? Nein, er bildet es sich nicht ein, es ist still geworden, das Urteil wird verlesen, und er ist der Einzige, der nicht zuhört, der Einzige, dem während der Urteilsverkündung die Seele umgerührt wird, von den Worten aus den Briefen, die keiner außer ihm kennt, geschweige denn auswendig kennt. Hätte er sie, die Christel, bewahren können, fragt er sich, hätte er besser niemals von Geld sprechen sollen, ist er womöglich schuld daran, dass sie jetzt auf dem Schafott steht, so ungekannt blass, als habe der Tod schon seine Finger nach ihr ausgestreckt? Jakob will, dass sie weiß, dass er da ist zum letzten Rendezvous, zu dem sie ihn eingeladen hat, sucht ihren Blick und möchte fast »Hier bin ich!« rufen, da trifft der Schrei »Mörderin!« sein Ohr, »Mörderin!« schreit ein Bursche so laut, dass es Jakob schmerzhaft in den Ohren gellt, und unwillkürlich rammt er ihm den Ellbogen in die Rippen. Dass es mit solcher Wucht geschieht, war gar nicht seine Absicht, aber der Bursche, noch keine zwanzig Jahre alt, so wie er aussieht, sackt in sich zusammen. Jakob will sich bücken, ihm aufhelfen, aber es geht nicht, das Urteil ist verlesen, die Menge wogt zum Richtplatz, jeder drückt gegen jeden, jeder will sehen, wie der Scharfrichter den Schwertstreich führt, der Bursche liegt am Boden, schon steht einer auf seinen Beinen, ein anderer auf seinem Leib, seinem Kopf, Jakob wird von ihm weggeschoben, auch Jakob will sehen, noch einen letzten Blick erhaschen, hat sie ihn denn gesehen?, doch im nächsten Augenblick, als die Menge aufschreit, schließt er die Augen, auch wenn er nicht weiß, ob er diese merkwürdige Frau jemals geliebt hat oder nicht.

*

»Sie haben sie gekannt?«, fragt der schnauzbärtige Mann in Uniform und mustert Brandhof misstrauisch.

»Nein, richtig gekannt hab ich sie nicht.«

Die Menge hat sich längst zerstreut. Freilich sind die Straßen immer noch belebter als an einem gewöhnlichen Werktag; an jeder Ecke, vor jedem Laden stehen Menschen beisammen und erzählen sich gegenseitig, was sie gesehen und gehört haben, ein Durcheinander von Stimmen, kaum einer hört zu, jeder will nur seins loswerden, jeder hat etwas anderes gesehen. Noch mehr Menschen jedoch sind in die Gasthäuser geströmt; es ist, als hätte jeder Wirt heute seine eigene Leichenschmausgesellschaft.

Vielleicht, denkt Jakob, wäre er auch besser ins Gasthaus gegangen. Er bereut, den Gendarmen angesprochen zu haben. Er hätte sich an jemand ganz anderen wenden müssen, vielleicht an die Gefängnisdirektion schreiben. Aber die knisternden Briefe in seiner Brusttasche haben keine Ruhe gegeben.

Der Gendarm sieht ihn noch immer an. Jakob weiß nicht, wie er fortfahren soll.

»Ich bin aus Fürth«, sagt er. »Die Christine Hilpert war mit einem Kollegen von mir verwandt. Bei dem hat sie gewohnt. Und ich soll von dem Kollegen einen schönen Gruß sagen, und wo das Kind ist. Ob es vielleicht in ein Waisenhaus gekommen ist.«

»Lesen Sie keine Zeitung?«, fragt der Gendarm.

»Nur manchmal.«

»Sagen Sie Ihrem Kollegen, das Kind ist gestorben. Es ist nur ein paar Tage alt geworden.«

»Nur ein paar Tage? Aber …«

Jakob bricht ab und weiß nicht, was für Tränen es sind, die ihm in die Augen steigen. Ist er wirklich traurig? Oder sind es Tränen der Wut? Der Verzweiflung?

Der Gendarm legt ihm die Hand auf die Schulter.

»Aus so einem Kind wäre sowieso nichts geworden. Gehen Sie jetzt weiter. Trinken Sie am besten ein Bier.«

Diesem Ratschlag folgt Jakob gern.

*

Am übernächsten Tage nach seiner Rückkehr liest Jakob Brandhof im *Fürther Anzeiger* die Nachricht von der Ansbacher Hinrichtung, die wie folgt schließt:

»Als vor dem Stadtgerichtsgebäude der Stab über die Unglückliche gebrochen war, die übrigens aufrichtigste Reue über ihr Verbrechen zeigte und sich auch äußerst standhaft bis an ihr Ende benahm, bewegte sich der Zug mit solcher Eile dem Richtplatze zu und die escortirende Kavallerie brachte zugleich eine solche Unordnung hervor, daß ein Bauernbursche im Gedränge das Leben verlor. Es hatte sich nämlich zu diesem gräßlichen Schauspiele eine unübersehbare Menschenmenge aus Nah und Fern eingefunden, so daß seit Jahren Ansbach solche Massen (gegen 20.000 Menschen) nicht gesehen. Der Hieb des Scharfrichters war glücklich geführt; die Execution verlief überhaupt ohne weitere Störung.«

Er blickt von der Zeitung auf. Der Gendarm hat wohl recht gehabt. Aus so einem Kind wäre nichts geworden. Ein Kind, dessen Mutter wie auch dessen Vater einen Menschen auf dem Gewissen haben.

»KÖNIG ARMLEDER« – EIN DOKUMENTARFILM-EXPOSÉ

DIE VON ARNOLD VON UISSIGHEIM GEFÜHRTEN POGROME IN UNTERFRANKEN 1336

Wie anfangen? Mit dem Grabmal? Da liegt ein Ritter im bodenlangen Gewand, die Augen geschlossen; langsame Kamerafahrt von den Füßen bis zum Kopf, neben dem der Schild liegt; man sieht die langfingrigen Hände überkreuzt, vielleicht gefesselt, und quer über die Kehle – hier müsste akustisch ein Signal gesetzt werden, vielleicht ein Orgelmissklang – zieht jemand ein Schwert. Das Grab steht an der Südseite der Uissigheimer Pfarrkirche St. Laurentius; Gelegenheit für einen Schwenk über das Dorf, vielleicht mit Ausblicken auf die schöne Taubertal-Landschaft. Man müsste von den angeblichen Wundertaten des Grabmals erzählen, von den Prozessionen und dem sogenannten Arnoldskasten, in den die Bauern bis ins 18. Jahrhundert ihre Gaben legten. Das gäbe schöne Schnittbilder mit Trachten und Fleckvieh und ländlicher Musik. Dazu ein munteres Voiceover, leicht ironisch, das von der Sage erzählt und dem Glauben bis heute, dass Steinstaub, abgekratzt vom Grabstein und ins Viehfutter gemischt, Seuchen zu verhindern weiß.

Aber das würde in die Irre führen.

Allein schon das Schwert: Zwar ist Arnold von Uissigheim mit einem solchen geköpft worden – aber als verurteilter Verbrecher, nicht als Opfer eines feigen Mordanschlags, wie es die Sage in fast völliger Umkehr der Realität ausspinnt. Er hat selbst zu der Waffe gegriffen, durch die er umkam. Statt Wunder zu wirken hat er zu Lebzeiten Pogrome veranstaltet. Da ging es nicht darum, etwas Wasser in Wein zu verwandeln, eher schon darum, Schulden in Luft aufzulösen, was bestenfalls als ein blutiger Zaubertrick bezeichnet werden kann. Wie fängt man den Zusammenhang in Bildern ein?

Also alternativer Anfang: mit den Weinbergen. Hügel um Hügel mit den Zeilen der Weinstöcke. Eine vermeintlich liebliche, uralte Kulturlandschaft; das im Licht leuchtende grüne Laub, die durchscheinenden Beeren. Dazu Bütten und Pressen, Fässer und Kannen und nicht zuletzt den Silvaner im Glas, gegen das Licht gehalten. Weinfranken war schließlich der Ort dieser Pogrome. Und der Weinbau mit seinen monokulturellen Risiken und Kosten war es, der so viele Bauern zwang, bei den jüdischen Geldverleihern Kredite aufzunehmen.

Im Anschluss noch mehr Landschaft, Felder, Bauernhäuser, möglichst klein und verfallen, dazu Misthaufen, wieder Kühe, mager, wenn es geht, mit schmutzigen Flanken, dürre Hunde. Das Voiceover diesmal mit Männerstimme, sonor und bedeutsam. Von den Hungersnöten 1315 und 1317 sollte die Rede sein. Und von der Missernte im Vorjahr der Ereignisse, 1335. Eventuell Komparsen in historischer Kleidung zeigen, zottige Haare, schmutzige Gesichter, wütender Ausdruck. Leute, die zusammenstehen und schimpfen. Es wird schließlich ein Pöbelaufstand werden. **Anmerkung:** *Die Not wird man erklären können. Warum es den Notleidenden ausgerechnet einfiel, ihre jüdischen Mitbürger verantwortlich zu machen – das leuchtet schon weniger ein. Wobei doch heute Ähnliches passiert: soziale Misstände tauchen auf – und man sucht Sündenböcke und beschwört die Nation. Statt eine gerechtere Verteilung der Ressourcen zu verlangen, gehen die Abgehängten der Gesellschaft sich gegenseitig an die Kehle. Muss man das am Ende gar nicht erklären?*

Sollte man auf Arnold von Uissigheims Vorgeschichte eingehen? Die Ruine der Burg zeigen, die seiner Familie gehörte? Die Landschaft drumherum? **Anmerkung:** *Ein Rechercheteam vor Ort klären lassen, was das Areal optisch hergibt. Das Dorf und die Kirche sind ja noch da, auch das Grab. Aber das lieber am Schluss.*

Vom jungen Uissigheim ist nicht viel zu erfahren: 1298 geboren, vermutlich. Nichts über die Kindheit und Jugend. Man könnte das aber mit Archivbildern unterlegen, über das Ritterleben im Mittelalter. Wir werden doch etwas haben über Pagen und Knappen und das soziale Leben auf einer Burg, von Stall bis Kemenate. Die Leute mögen das. Apropos Kemenate: Eine Mutterfigur wäre gut. Es gibt grundsätzlich zu wenig Frauenrollen in der Geschichte. Also geben wir ihm eine sanfte Mutter, warum nicht. Dazu ein Kinderdarsteller, jemand mit Locken und einem offenen Blick, der über einen Burghof tollt, die Hunde streichelt und lächelnd den Kopf hebt, wenn diese Mutter ihn ruft. So könnte man Arnold menschlich näherbringen. Als Gegengewicht zum Unmenschlichen nachher. (Fallhöhe!)

Die Familie von Uissigheim, sogenannte Edelfreie – **Anmerkung:** *Klären, was das ist* –, gehörte zu dem Kleinadel, dessen Miniaturbesitztümer den Flickenteppich von Herrschaften bildete, aus dem Deutschland damals bestand. Sie waren kaum weniger verschuldet als ihre Bauern, bei denselben Juden im Übrigen, wegen der Missernten, aber auch, weil sie meist zu ehrgeizig waren in ihren kriegerischen Unternehmungen, die Pferde erforderten, Rüstungen, Waffen und Reisige. Und mit ihren Hofhaltungen, diesen besseren Bauernhöfen, denen sie doch Glanz zu verleihen wünschten mit Jagden und Festen. Die Historiker nennen es »erhöhte Kreditaufnahme kleiner und mittlerer Herrschaftsträger zur Befriedigung überwiegend repräsentativer und militärischer Bedürfnisse«. Die Uissigheims waren sicher keine Ausnahme. Wie viele andere haben sie die Steuern erhöht und die Fronpflichten aufgestockt, um sich gerade so über Wasser zu halten, »Herren« zwar, aber am Ende nur adliges Lumpenproletariat, nicht so viel besser als die Hungerleider in den Dörfern, über die sie herrschten.

Man könnte also im Vordergrund des Burghofes Klein-Arnold zeigen mit seinem Holzschwert beim unbeschwerten Spiel, und im

Hintergrund den Vater, der mit einer wütenden Abordnung Bauern verhandelt, die gegen die Ausweitung ihrer Hand- und Spanndienste protestiert. In Lumpen die einen, der andere aber auch nur Herr einer schmuddeligen Burg mit matschigem Innenhof und ein paar wenigen, schlechten Pferden im Stall. **Anmerkung für die Visualisierung:** *Der Burghof nicht zu sauber, mit Schweinen, Schafen und einem Schmied, der in einem halb offenen Unterstand arbeitet. Ein allgemeiner Eindruck von Frösteln und Kälte, frühes Frühjahr. Und klären, ob das eine dieser Zeiten war, in denen eine kleine Zwischeneiszeit herrschte, so wie im Dreißigjährigen Krieg.*

In der folgenden Szene sieht man den Jungen, wie er näher an die streitende Gruppe tritt. Noch begreift er nicht, doch sieht man seine Verstörung, die ersten Risse in seiner heilen Welt. Man ahnt, wie sich erste Bilder in ihm einprägen von Mangel und Demütigung. Erinnerungen, die den Mann formen, der er einmal wird. Wie formt man einen Antisemiten?

Das ist die große Frage. Und auch die Kehrseite der Medaille will bedacht sein: Wie zeigt man die Geldverleiher? Schon das Wort weckt Antipathie. Der Balanceakt zwischen Verständnis für die armen Bauern und Begreifen der historisch gewachsenen Zwangslage der jüdischen Bevölkerung muss gelingen. Zudem muss das Wesen des mittelalterlichen Finanzwesens erläutert werden. In folgenden Punkten daher filmischer Erklärungsbedarf: religiöses Verbot des Zinsnehmens für Christen einerseits, Bedürfnisse der sich entwickelnden Wirtschaft nach Krediten andererseits. Das darf nicht zu massiv und theoretisch rüberkommen. Ich denke da an dazwischengeschnittene Szenen: Der Kaiser als sozusagen allerhöchster Kreditnehmer verlangt nach Geld für seine Verwaltung und Kriegszüge. Woher nehmen? Eine höfische Spielszene, die in ein Voiceover zu europäischen Finanzzusammenhängen übergeht. Oder nehmen wir gleich den Papst: Alexander III. erlaubte 1179 den Juden ausdrücklich das Zinsnehmen. Von dem Mann gibt es sogar ein Bild; zwar mit Friedrich Barbarossa, aber da lässt sich sicher eine Montage erzeugen, die ihn zum Beispiel mit einer Abordnung jüdischer Bankiers zeigt. Also Papst Alexander, der Kaiser. Muss das mit dem Verbot von Zünften und Handwerken für Juden auch erklärt werden? So würde klar: Sie hatten keine beruflichen Alternativen. Das gäbe auch schöne Bilder von Werkstätten mit eifrigen Schreinern, Webern, Töpfern, Malern und – **Anmerkung:** *Klären, was für Gewerke es damals gab* – viel mittelalterliches Ambiente. Möglicherweise kann man auf Spielszenen aus Historienfilmen zurückgreifen. Bevorzugt Szenen in engen Gassen mit Fachwerkhäusern. Dazu eine Art »Wir müssen draußen bleiben« – wäre es zu dick aufgetragen, einen jüdischen Jungen zu zeigen, der als Lehrling abgewiesen wird? **Anmerkung:** *Mit Historikern sprechen, ob diese direkte Art der Interaktion wahrscheinlich war.*

Das alles darf nicht zu weit von Arnold wegführen. Mögliche Szene: Arnold als Jugendlicher an der Seite des Vaters, bei einem Besuch in der großen Stadt. Würzburg. Dabei könnten die obigen Szenen zwanglos ins Bild kommen. Eventuell auch das Getto zeigen. Wenn z. B. der Vater sich dorthin zu einem Geldverleiher begibt. Arnold könnte sich vom Vater lösen, durch die Gassen stromern, dabei allerlei beobachten, das man dann erweitert, um etwas über Zünfte etc. zu erklären. Ja, das hätte Potenzial.

Bei alldem sollte man nicht vergessen: Der Antisemitismus von Arnolds späteren Raubzügen war wohlfeil, ein bisschen behaupteter Hostienfrevel, eine angebliche Brunnenvergiftung. Man hat sich nicht viel Mühe gemacht mit den Vorwänden. »Sie haben unseren Herrn gekreuzigt«, das musste auch schon genügen. Viel wichtiger war den Mördern die Forderung, dass die Schulden der Beteiligten gelöscht und die Pfänder, die die Schuldner bei den Geldverleihern hinterlegt hatten, sämtlich zurückgegeben würden. Mir scheint, zur Judenfeindlichkeit hat Arnold gegriffen, wie er mit der Rechten nach seinem Schwert griff. Eine Waffe, die fertig für den Gebrauch im Waffenschrank auf ihn wartete. Eine von den Vätern geerbte Keule, schartig und alt, aber immer wieder gut in der Hand liegend.

Gerade höre ich vom Rechercheteam, die Burg der Uissigheims steht nicht mehr, nur der Burgfried ist noch da und dient heute als Turm der Kirche St. Laurentius. Alles mitten im Ort; da wird sich gar nichts inszenieren lassen. Für den Dreh müsste man auf eine der Ruinen in der Gegend ausweichen. Aber das wäre es wert. Man könnte von den Jugendbildern in Würzburg einen Zeitsprung machen zum jungen Erwachsenen Arnold, der auf der ererbten Burg über Rechnungen sitzt. Oder eine leere Geldtruhe zeigen. So oder so: Er muss in Geldnot gewesen sein, denn mit knapp dreißig wird er verurteilt wegen Raubritterei. Das war die übliche Methode damals, als verarmter Kleinadliger zu Geld zu kommen. Man überfiel bevorzugt Reisende auf den Handelsstraßen.

Unbedingt zeigen sollte man aus dieser Episode: Arnold von Uissigheim zu Pferde, mit Brustpanzer und ledernem Armschutz, der ihm später den Spitznamen eintrug, unter dem er die Pogrome anführte: König Armleder. Für einen König Stahlarm, einen Ganzkörperpanzer, hat es ganz offenbar finanziell nicht gereicht. Er trug mit ziemlicher Sicherheit Helm und Schwert und war zu Pferde, doch ihn begleiteten nur wenige Männer. Die meisten bei dem Angriff, den man nachstellen sollte, stürmen zu Fuß den Hang hinunter, ein Durcheinander von gespitzten Stangen, Heugabeln, Dreschflegeln und Knüppeln schwingend, gekleidet in Lumpen und zusammengewürfelte, zusammengeplünderte Teile von Rüstungen. Mit dem Mut der Verzweiflung und entsprechender Brutalität stürzt sich der armselige Haufen auf den Kaufmannszug: Ochsenkarren, vermute ich, einige Reiter, meist »Pfeffersäcke«, reich gekleidet, aber schwach bewaffnet. Möglicherweise gab es Geleitschutz. Da voll ins Detail gehen; es ist ja der Vorklang der späteren Gemetzel: Bilder von den Plünderern zeigen, die die Wagen entern, die Ochsen ausspannen, die Planen entfernen, Stoffe, Gewürze, Töpferwaren herunterzerren und wegschleppen. Vielleicht ist ein Buchhändler dabei; die Straße führt immerhin über Würzburg nach Frankfurt. Großaufnahme von Büchern, die im Dreck landen. Jemand tritt drauf. Schnitt. Das wäre ein tolles implizites Statement.

Abends dann Lagerfeuer und blakendes Licht, lachende Gesichter, verschmiert mit dem Fett der Ochsen, die man geschlachtet hat. Arnold abseits in einem improvisierten Zelt – oder zurück in der Burg in einem Raum mit offenem Kamin –, wie er Inventur macht und rechnet. Es muss klar sein: Die Beute ist so arm wie der, der sie geraubt hat. Ein Leben von der Hand in den Mund. Freibeuterei ohne jede Romantik.

Im Herbst 1332 wird er deswegen verurteilt: 10 Jahre Verbannung aus der Heimat. Verbannung, das heißt, er darf sich nicht in einem Umkreis von 40 km um Wertheim aufhalten. Jagt einem nicht unbedingt eine Gänsehaut über den Rücken. **Anmerkung:** *Soll man den Aspekt der Heimatlosigkeit betonen? (Wie muss man sich das überhaupt vorstellen: Zog er einfach auf die Burg eines Onkels 45 km weiter, wo er dann herumhing als Kostgänger? Sich vielleicht aber auch nützlich machen konnte? Oder lebte er in der Tat auf der Straße?) Oder soll man lieber das aus heutiger Sicht Lächerliche betonen? Die Kleinräumigkeit des Lebens?*

Auch hält er sich ja nicht an das Urteil. Schon 4 Jahre später sucht er just die Gegend mit seinen Pöbelhaufen heim, die ihm verboten wurde. Ob man das extra erwähnen sollte? Es scheint mir Trotz darin zu liegen. Andererseits: Wohin hätte er sonst gehen sollen?

Auf jeden Fall: Das Gerichtsurteil zeigen, den Spruch, eine Verlesung in einem Amtszimmer, Steinboden, Holztäfelung, jemanden mit einer Rolle – oder hatte man schon Quartformate für seine Dokumente? – und einer Feder. Die Tracht muss geklärt werden: Talar? Barett? Bodenlanger Mantel oder nur bis zu den Knien? Der nun erwachsene Arnold von Uissigheim – ich denke da an den Darsteller des Kommissars Fleischer aus dem Franken-*Tatort,* Andreas Schadt, oder einen ähnlichen Typ. Nicht schön, einen Tick verlebt. Schadt ist im *Tatort* älter, als Arnold damals war, aber das passt. Man alterte sicher nicht gut im 14. Jahrhundert. Und der Kontrast der hohen Stirn zu den Jugendlocken wäre von Vorteil. Jedenfalls: Arnold steht aufrecht. Sehr aufrecht. Gesicht steinern. Abwesend. Man soll sehen: Er ist wütend. Und dieser Staat ist nicht seiner. Auch wenn er nicht protestiert gegen das Urteil, innerlich hat er sich verabschiedet. All das sollte man in seinem Gesicht lesen.

Vielleicht befindet sich ein zweiter Mann an seiner Seite, ein Verwandter oder Freund. Jemand, der ihn trösten will und eine Abfuhr erhält. Der Zeuge des wütenden Vorsatzes wird, es heimzuzahlen und schon an ein Auskommen zu gelangen.

Anmerkung: *Einen Namen für diesen »Freund« geben die Quellen nicht her. Aber überlegen, in welchen weiteren Szenen er als eingeführte Bezugsperson und als Handlanger zu gebrauchen ist. Dazu noch zwei, drei weitere wiederkehrende Gesichter für Nebendarsteller des »Haufens«, damit eine visuelle Kontinuität entsteht und die Kämpfer als Gruppe wahrgenommen werden. Den »Freund« als Kleinadligen wie Arnold anlegen, dann noch einen Bauern, einen Tagelöhner, einen Handwerker, um alle Gruppen abzudecken. Sie später immer wieder in Arnolds näherer Umgebung als eine Art »Garde« zeigen. Gibt es wirklich keine Möglichkeit, hier eine Frau einzufügen?*

Unbedingt brauchen wir, ehe es zu den Aufständen kommt, einen Einschub über frühere Pogrome: etwa die »Rintfleischverfolgung« 1298, das war ja auch in Franken. Was Arnold da tut, das muss klar werden, ist nicht neu und steht in gewissen Traditionen. Gut wäre: eine historische Karte, handgemalt auf Pergament, und per Animation aufflammende Feuer dort, wo es Pogrome gab, oder Blut, das sich durch das Pergament frisst, so in der Art. Der Zuschauer soll auf einen Blick sehen, wann und wo. Zahlen wären gut, wenn es sie gibt, über Tote, abgebrannte Häuser, heimgesuchte Städte, ein bisschen Grauensstatistik. Falls sich Opferverzeichnisse finden, ein schnelles Entlangfahren an den Namenslisten. Die Visualisierung der historischen Vorgänger kann dann übergehen in die konkrete Darstellung der Armleder-Verfolgungen.

Schnitt, Closeup: Arnold, erneut zu Pferd, wie damals als Raubritter. Wieder in seinem »Ornat«. Er ist ein wenig älter jetzt, auch düsterer, der Haufen um ihn sehr viel größer, abgerissener, brutaler. Dicht um ihn die Dreiergarde und der »Freund«. Nahaufnahme: Ihre schmutzigen Gesichter spiegeln seine Entschlossenheit. Daneben vielleicht eine gewisse Verlorenheit, wie Menschen, denen alles egal ist. Arnold dagegen: ganz Energie. Er ist jetzt so weit. Schwenk, Halbtotale: eine unschuldige fränkische Gemeinde, eng aneinandergeduckte Giebel, ahnungslos im Grün der Weinbaugegend, mit Stadtmauern. Heranwehendes Glockengeläut, Muhen und Hähnekrähen. Der Befehl zum Angriff. Schnitt. **Anmerkung:** *Recherchieren, welche Gemeinden von fern noch dieses geschlossene Ensemble bieten. Wir brauchen etwas ohne Gewerbegebiete und Neubausiedlungen. Kann man das notfalls am Computer nachbearbeiten?*

Schnitt vom Panorama der anzugreifenden Gemeinde zurück auf die Karte, die nacheinander die Städte und Dörfer anzeigt, die Arnold überfällt. In vermutlicher Reihenfolge: Röttingen, Ochsenfurt, Aub, Mergentheim, Iphofen, Kitzingen. Dazu vier weitere. **Anmerkung:** *Herausfinden, welche das waren.* Vor Würzburg war er mit seinen Horden auch, aber umsonst. Tauberbischofsheim hat er dreimal vergeblich belagert; beides nehmen wir vorerst aus der Dokumentationssequenz heraus, da wird dann die Erzählung mit Spielszenen wieder einsetzen.

Also erst mal die Karte. Voiceover mit Erläuterung des Verlaufs. Dazwischengeschnitten einzelne, sehr kurze, aber umso einprägsamere Gräuelszenen: Alte Männer werden erschlagen, Häuser durchwühlt und angezündet; Schreie von Frauen und Kindern, Feuer und Rauch. Wir brauchen erhobene Arme, offene Münder, spritzendes Blut – alles fast in Standbildqualität, zugespitzt auf den Moment der größten Brutalität, des unmittelbarsten Schreckens. Wir dürfen nichts auslassen, nichts beschönigen. Wichtig dabei: die Musik. Etwas Dramatisches, dazu die Schreie, Schläge, darübergelegt und diese durchbrechend, damit es unmittelbar wirkt. Nicht reißerisch, aber berührend.

Anmerkung: *Quellenstudium, um zu klären, ob sich genug belegbare Details finden, die man benutzen kann; wir sollten nichts erfinden müssen.* Ich fürchte, wir werden nichts erfinden müssen. Sicher ist: Es geht wieder und wieder um Menschenjagd. Um Mord aus niedersten Beweggründen. Die Menschen werden vernichtet, um die Schulden löschen zu können. Diesen Aspekt visualisieren, z. B. durch die Suche nach den Pfändern in den geplünderten Häusern; deren triumphale Wegführung, wie Trophäen, während die Leichen zurückbleiben, ganze Familien: ausgelöscht. Alte, Frauen, Kinder – die Angreifer haben vernichtet, wen sie fanden.

Rhythmisiert wird das durch längere Szenen, die den schnellen Wechsel von Schnitt und Gegenschnitt aufbrechen und Ruhepole bilden. 1. Möglichkeit: Kitzingen. Dort hatte der Stadtrat beschlossen, seine jüdischen Bürger zu schützen und die Tore verschlossen zu halten. Aber es gab Sympathisanten, die die Tore heimlich geöffnet haben. Das wäre eine Gelegenheit für eine nächtliche Szene, vielleicht sogar zugespitzt zu einem Kampf zwischen Gegner und Befürworter der Pogrome: Der eine drückt das Tor auf, der andere stemmt sich dagegen, um es zu schließen. Das würde den Konflikt durch die Personalisierung optisch gut umsetzen. Es gäbe auch einen Spannungsmoment: die Chance auf Rettung, das Ringen, dann der Einbruch der Horden, die in die Gassen schwemmen und Gewalt und Zerstörung bringen. **Anmerkung:** *Möglicherweise könnten die Kontrahenten dazu noch ein Wortgefecht führen, mit*

Info-Input über die Hintergründe des innerstädtischen Konflikts. Oder wäre das over the top? Generell: Sollte die zeitgenössische Bezeichnung »Judenschläger« übernommen werden?

2. Möglichkeit für eine längere Szene: Würzburg. Der Brocken, der zu groß ist für Arnold von Uissigheim. Die Tore bleiben zu. Die Mauern kann ein so schlecht gerüsteter Haufen unmöglich einnehmen. Schnitt von den Belagerungssequenzen zu Innenszenen: der Bischofssitz. **Anmerkung:** *Das muss unbedingt farblich überarbeitet werden für eine optimale Symbolwirkung: draußen-drinnen, arm-reich, aber auch Wut und Aberglaube gegen Aufklärung und Vernunft – das müssen klare Gegensätze werden. Draußen Brauntöne, drinnen, denke ich mir, Blau-Rot-Gegensätze. Über die Musik nachdenken. Draußen: keine Musik! Wind, Tierstimmen, Klirren von Waffen. Unbedingt jede Opulenz vermeiden. Drinnen: Spinett vielleicht? Rechercheauftrag Musik im 14. Jahrhundert geben.*

Der Erzbischof von Würzburg befiehlt den Widerstand. Die Quellen besagen, dass damals vonseiten des Klerus ein Bericht über Arnold erstellt wurde, ein warnender. Ein Notar hat ihn verfasst für den Erzbischof von Trier; offenbar fürchtete man, die Aufstände könnten den Rhein überschreiten. Diesen Notar – **Anmerkung:** *Name herausfinden* – könnte man ins Bild bringen. Dazu wieder eine Karte des mittelalterlichen Deutschland, auf der man sieht, wie die Angst vor den brutalen Mordbanden in die Welt hinauswandert. Arnold darf nicht zu klein wirken mit seinen weinfränkischen Untaten; in der Tat handelte es sich bis dahin um eines der größten deutschen Judenpogrome. Vielleicht sogar vom Erzähler die Frage in den Raum werfen lassen: Was, wenn das alles weitergegangen wäre? Wenn das Feuer sich ausgebreitet hätte? Und das in einer Zeit der schwachen Zentralgewalt. Kaiser und Papst hatten so ihre Probleme. **Anmerkung:** *Ansätze für eine alternative Geschichtsschreibung sichtbar machen. Aber nicht zu weit gehen. Ich setze dafür max. 3 Minuten an. Reines Voiceover.*

Unbedingt muss die Doku bei der Darstellung all der Gräuel irgendwo innehalten: entweder vor Tauberbischofsheim (vergebens belagert) oder vor Würzburg (ebenfalls vergebens belagert, aber da bieten die Bischofsszenen sich für eine andere Verwendung an, siehe oben der Notar. Also Würzburg eher nicht.) Oder an dem Punkt, an dem das Blatt sich wendet und eine kleine Armee gegen König Armleder aufgestellt wird. Ja, das ist es vielleicht. Wir illustrieren den Wendepunkt: August 1336. Der Schauplatz ist Kleinochsenfurt. Wenn doch die Namen etwas sexyer wären; nun gut, dafür wirken sie knorrig. Wir müssen aus den Namen und Bildern das Altdeutsche herausholen, so gut es geht.

Das Budget reicht nicht für eine Schlacht, ein paar Einzelszenen Pars pro toto müssen genügen. Unbedingt brauchen wir aber wartende Ritter auf der Würzburger Seite, blanke Rüstungen, bunte Wimpel, stampfende Pferde. **Anmerkung:** *Herausfinden, in welcher Größenordnung wir uns bewegen. Die Chronik spricht von 47 Gefangenen. Was bedeutet in diesem Kontext die Aussage, dass es »viele« Tote gab?* Auch diese Unklarheit spricht dafür, kein Schlachtengetümmel zu zeigen.

Arnold wird bei diesem Aufeinandertreffen weder gefangen noch getötet. Dass er aber entscheidend angeschlagen ist, sollte man durch den Tod seines »Freundes« darstellen. Eventuell opfert man auch noch einen oder zwei der Darsteller aus der Dreiergarde in individuellen Einstellungen. Closeup ihrer Tode. Danach ist klar: Es geht dem Ende zu.

Tatsächlich ist unklar, wann und wo Arnold selbst in Gefangenschaft gerät. Es muss irgendwann im Oktober desselben Jahres sein, spätestens Anfang November. Überliefert ist nur, dass ein gewisser Gottfried III. von Hohenlohe-Brauneck ihn gefangen nahm, wohl im Auftrag des Würzburger Bischofs. Was diesen Mann angeht: gestorben 1353; vermutlich war er etwa in Arnolds Alter, max. 6 Jahre jünger; die Hohenlohes waren Grafen, ein edleres und prominenteres Geschlecht als die Uissigheims. Der Mann saß auf einer Burg bei Creglingen und schien keine Schulden gehabt zu haben. Auch war er sozialer gesinnt als Uissigheim, der Mord für eine Option hielt, um seine leeren Kassen zu füllen. Jedenfalls wurde aus Gottfrieds Nachlass in Aub ein Spital finanziert. Reicht das, um ihn als Person ins Bild zu bringen? Um mehr als nur ein positives Gegenbild eines verantwortungsvoll-patriarchalen Adels zu präsentieren? Ein Porträt ist nicht zu finden.

In der Tendenz, und weil die Abläufe dieses Teils der Geschichte unklar sind, wäre es besser, auf die Details der Gefangennahme nicht einzugehen. Damit fällt auch von Hohenlohe weg. Besser wäre es, in der Zeit zu springen und Arnold gleich als Gefangenen zu zeigen, im Kitzinger Zehnthof, wo er auch hingerichtet wird. Ein endlich gebändigter Arnold, außer Atem, mit Blut im Gesicht und in Gesellschaft seines letzten Gefolgsmanns, den man auch mit ihm zusammen als Gefangenen zeigen könnte. Im Gegensatz zu Arnold, der als Adliger ein Recht darauf hatte, mit dem Schwert hingerichtet zu werden, würde man ihn vermutlich rädern und hängen, oder? **Anmerkung:** *Details der Hinrichtung abklären, aber vielleicht ist die Szene auch überflüssig. Noch einmal: Ist es gar nicht möglich, irgendwo eine Frauenrolle einzuflechten? Wenigstens bei den Zuschauern der Hinrichtung?*

Die Bilder werden mit einer Erzählstimme unterlegt, die das zerfasernde dramaturgische Band der tatsächlichen Ereignisse zusammenfasst und bündelt. Sie informiert über die Niederlage bei Kleinochsenfurt und führt hin zu Arnolds Tod. Die Hinrichtung soll am besten bis zum Ausholen des Schwerts in Szene gesetzt werden; dann Stopp. Die Klinge sollte über seiner Kehle zu liegen/zu halten kommen, als klare Reminiszenz an das Grabmal. Die über die Szene gelegte Erzählerstimme wird aber eine Distanz zu Arnolds Tod herstellen, die den Mitleidseffekt mit dem Sterbenden minimiert und seinen Tod als klare Folge seines Handelns einordnet.

Überlegungen zum Ende: Wenn man das Bild vom Schwert an Arnolds Kehle als Schlussbild wählt, wäre ein Filmbeginn mit dem Grabmal doch die bessere Option. Dann könnte man noch einmal auf die Perfidie eingehen, dass Arnold mit diesem Grabmal tatsächlich als Opfer eines jüdischen Attentats geschildert wird. Denn auf dem Grabmal hält kein Henker das Schwert, sondern ein seltsamer Gnom, in dem man wohl ein antisemitisch verzerrtes Abbild eines Juden sehen darf. Die zugehörige Legende verklärt Arnold ja zum Opfer eines vermeintlichen jüdischen Anschlags. Der blutbesudelte Täter als angeblich bemitleidenswertes Opfer – weiter kann eine Lüge kaum gehen. Sollte das der Schlusston sein? Ich überlege.

Der Erzähler muss ja mit einer Art Taschenspielertrick verdecken, dass Arnolds Gefangennahme »irgendwann später« erfolgt ist als seine entscheidende militärische Niederlage. Bei Wikipedia steht dazu, er sei vermutlich »zugleich mit dem Erntebeginn« gefasst worden. Diese Formulierung lässt mich nicht los; »Erntebeginn« – das hat etwas. Die Zeile vom *Schnitter Tod* klingt da an. Man könnte Bilder dazu zeigen von Bauern in Kornfeldern mit Sensen, vor allem aber von der Weinlese, und so andeuten: Das Leben geht weiter. All die blutigen Anschläge haben daran nichts geändert. Der ewige Kreislauf. Das hätte nach all den Gräueln etwas unverfänglich Tröstliches. Es schlüge auch einen schönen zweiten Bogen zurück zum Anfang des Films mit den Aufnahmen von den Weinbergen. Wenn wir diesen Anfang wählen. Vermutlich werden wir einen kombinierten Beginn aus Grab und Weinstöcken finden müssen.

Zu diesem Ende gehören für mich auf der akustischen Ebene: Glockengeläut in der Ferne, vor allem aber Erntegesänge. Das Wetter jetzt sanft golden. Überlegenswert, ob man dazwischen Closeups von jüdischen Grabsteinen schneidet. Weil das Leben ja leider nicht für alle weiterging. Gibt es in der Gegend noch intakte jüdische Friedhöfe? Müsste recherchiert werden. Ich mag die Idee.

Auch das ergäbe eine schöne formale Parallele zur Anfangssequenz: die langsame Kamerafahrt an Grabsteinen entlang. Ich hab etwas gelesen von jüdischen Klagegesängen für die Opfer der Pogrome. Wäre gut, wenn man da vielleicht Partituren bekäme. Oder einen Musikhistoriker auftreibt, der weiß, wie die klangen. Dann könnte man aus dem Gegeneinander von Erntelied und Klagelied am Ende eine Collage schaffen, bei der das eine in das andere übergeht. Trauer und Versöhnung. Ob das möglich ist?

DER GRÜNE MANTEL

EIN FALL VON WEINDIEBSTAHL, DARGESTELLT IM VOLKACHER SALBUCH 1504

Niklas Brobst von Effelt wich einer Herde Schweine aus, die sich mit gesenkten Schnauzen durch den Abfall im Schatten der Fachwerkfassaden wühlten. Er blieb stehen und klopfte sich den Staub aus dem schwarzen Talar. Quer über den Markt mit seinen Ständen aus Holz und Tuch hinweg erwiderte er den Gruß eines Nachbarn, ehe er in sein Haus trat. »Barbara?«

»Du kommst spät«, begrüßte ihn seine Frau. Sie kam mit der Magd aus der Küche und hatte die Ärmel zurückgekrempelt. Es roch nach angesengten Federn. »Und hast noch Arbeit dabei«, stellte sie fest, als sie die Tuchmappe unter seinem Arm sah.

»Es war viel Trubel auf dem Rathaus.« Er ging die Treppe hinauf in die Stube, wo der schwere Eichentisch stand, an dem er seine privaten Geschäfte zu erledigen pflegte. Weinhandel vor allem. Dort legte er die Mappe ab und löste das Band. Die steifen Büttenpapierblätter rutschten heraus und verteilten sich auf der Tischplatte.

»So weit bist du schon«, stellte Barbara fest, die ihm nachgegangen war. Gemeinsam beugten sie sich über die Seiten, die locker beschriftet, vor allem aber mit bunten Bildern geschmückt waren. »Da ist ja der Jobst Beringer, ich erkenn ihn an seinen blonden Haaren.« Sie lachte.

Nicht unzufrieden betrachtete Niklas Brobst sein Werk: Die Darstellung des Ratskollegen, wie er dem Bürgermeister seinen Amtseid leistet, war ihm in der Tat gut gelungen. Und er war fleißig gewesen, hatte sämtliche Räte abgebildet, dazu alle Ämter, die es in der Stadt gab, vom Türmer bis zum Weingartenhüter, sowie die wichtigsten Gebäude, die Märkte, die Gewerbe. Es war sein Ziel, die Herrschaftsverhältnisse in der Stadt, all ihre Gesetze und Regeln, nach denen sich das tägliche Leben abspielte, aufzulisten und im Bild festzuhalten. Eine nötige Arbeit, fand er. Denn es gab nicht einen, sondern mehrere Herren in Volkach: Die Grafen von Castell hatten ihren Besitz beim Vererben wieder und wieder geteilt und dabei Anteile an die Herren von Limpurg, von Weinsberg und von Henneberg verkauft. Der Würzburger Fürstbischof andererseits vergrößerte seinen Teil seit Jahren durch geschickten Erwerb und Politik; schon hatte er die Limpurger und Weinsberger aufgekauft. Aber noch hielten dreierlei Herren Vögte in der Stadt, galt in manchen Bereichen dreierlei Recht und wollten drei Verwaltungen um Erlaubnis gefragt werden. Das machte alles kompliziert.

»Und wer ist das?«, riss Barbara ihn aus seinen Gedanken.

»Der Hurenwirt«, erwiderte er knapp.

Sie neigte den Kopf. »Ein schöner Mann.« Sie lachte wieder, als sie seinen Gesichtsausdruck bemerkte. »Nicht schöner als du.«

Er ließ es zu, dass sie seine schulterlangen, nun schon grauen Haare zauste. Als Versöhnungsgeste zog er das Blatt heraus, auf dem er sich selbst mit einem kleinen Lächeln abgebildet hatte.

»Der Stadtschreiber und Notar«, stellte sie zufrieden fest. »Mein bester Mann. Hunger?«

Er verneinte. Stattdessen fragte er: »Ist Sebastian da? Ich will ihm etwas zeigen.«

Niklas Brobst hatte nämlich den Rat seines Sohns befolgt, wie er seinem Ärger über die Herrschaftsverhältnisse in Volkach doch ein wenig Luft verschaffen konnte. Der Fürstbischof und die adligen Herren waren einander in fast allem feind, aber an einem hielten sie gemeinsam fest: Die Zünfte waren verboten. Das fuchste den Notar. Sebastian hatte ihm geraten: »Male die Handwerker. Setz sie in Szene und zeig allen, wie wichtig sie für die Stadt sind.«

Das hatte er getan. Er freute sich schon auf Sebastians Lachen, das laut und herzhaft war und manchmal auch ein wenig boshaft. Aber nie so, dass einer es ihm verübelte. Im Gasthaus jedenfalls nicht. Dort mochten ihn alle, ihn und seine Geschichten, ihn und sein Lachen. Und Sebastian mochte die Gasthäuser, vielleicht ein wenig zu gern.

»Ich dachte, er wäre mit dir in den Amtsstuben. Ist er denn nicht dein Gehilfe?« Barbara Brobst ging, ohne auf seine Antwort zu warten. Auf der Treppe blieb sie stehen, als wollte sie doch noch etwas dazu sagen, meinte dann aber nur: »Ich bring dir trotzdem etwas Grütze und Gänsfleisch.«

Niklas Brobst setzte sich an den Tisch und starrte auf seine Hände. Nein, Sebastian war nicht mit ihm im Rathaus gewesen. Den ganzen Tag schon hatte er ihn vermisst. Sicher, es war nur ein Hilfsamt, das er ihm da verschafft hatte, und es würde wohl keine dauerhafte Stellung daraus werden. Aber ernster sollte Sebastian die Anstellung schon nehmen. Verdammt, dachte Niklas Brobst in aufwallendem, wohlvertrauten Ärger, sein Sohn sollte langsam einmal überhaupt irgendetwas ernst nehmen.

Als er aufschaute, stand da Barbara mit der Zinnschüssel. Quer obendrauf lag ein Kanten Brot, den sie ihm als Erstes hinschob, dann das Messer, den Löffel. »Er meint es nicht bös«, sagte sie, genau wissend, woran ihr Mann dachte.

»Wenn er wenigstens Pläne hätte. Der Junge ist einfach nicht zu fassen.« Niklas Brobst öffnete und schloss die schwere Hand. »Ich weiß nicht, was er sich dabei denkt. Geistlicher hätt er werden können. Und was tut er? Läuft einfach davon und verheiratet sich.« Er spürte eine Enge in der Brust und musste nach Atem ringen.

Barbara trat hinter ihn und klopfte ihm auf den Rücken, ihre Hand so gelassen und geduldig wie ihr Ton. »Wie der Vater, so der Sohn.«

Anklagend schaute er zu ihr hoch. »Und das sagst du einfach so.«

Sie lächelte. »Du hattest doch schon die niederen Weihen, als du es dir anders überlegt hast und lieber mich zum Weib nahmst, als Priester zu werden. Und hast auch keinen um Erlaubnis gefragt.«

»Barbe, Barbe.« Er bekreuzigte sich rasch. »Red nicht leichtfertig.« Dabei musste auch er lächeln. Sie hatte ja recht. Nachdem er Barbara zum ersten Mal gesehen hatte, hielt es ihn nicht mehr im stillen Ebracher Kloster, und eines Nachts waren sie auf und davon gegangen. Bis in den Schwarzwald, wo er in Wildbad eine Schulmeisterstelle antrat. Kein Jahr danach kamen die Zwillinge zur Welt, Antonia und Sebastian.

»Bereust es?« Ihre Hand war von seinem Rücken geglitten. Rasch nahm er sie und führte sie an den Mund. Wie hätte er es bereuen sollen? Er erinnerte sich noch gut an sein Hochgefühl damals. Er war frei, hatte sein Auskommen, eine Familie. Als der Vater ihn endlich aufgespürt hatte und ein vorwurfsvoller Brief ihn erreichte, schrieb er selbstbewusst zurück. Dass es ihm gut gehe, dass er sich allen denkbaren Glücks erfreue. Und dass er der festen Überzeugung sei, dass Gott sein jetziges Leben ebenso recht sei, wie wenn er Priester geworden wäre. War das eine Sünde gewesen?

»Nein«, antwortete er auf die Frage seiner Frau. Er versuchte, so viel Gewissheit und Stärke wie möglich in das Wort zu legen. »Dich geheiratet zu haben, das hab ich nie bereut.«

Sie schenkte ihm einen schwer deutbaren Blick und ein Lächeln, ehe sie ging.

»Barbara?«, rief er ihr nach.

»Eiklar, ich weiß.« Sie wandte sich nicht mehr um, doch er konnte hören, dass sie ihm nicht bös war. Die Magd brachte wenig später drei frische Eier.

Sorgsam platzierte Niklas Brobst von Effelt sie auf der Tischplatte, genoss ihre Form, die Schwere, sah zu, wie sie ein wenig wegrollten, und stoppte sie im letzten Moment, indem er sein Pinseletui davorlegte. Dann bereitete er sich darauf vor, mit der Arbeit an seinen Bildern fortzufahren.

Er hatte sich viel vorgenommen. Den kompletten Ablauf eines Prozesses wollte er darstellen, von dem Moment, in dem der Angeklagte zum Marktplatz geführt wird, wo der Rat ihn auf einer eigens gezimmerten Tribüne namens Schranne erwartet, bis hin zu dem Augenblick, in dem der überführte Verbrecher am Galgen aufgeknüpft wird. Er war sich nur noch nicht sicher, welchen Fall er darstellen wollte. Es musste ein Kapitalverbrechen sein, das war klar, etwas, das mit dem Tode geahndet wurde. Ein Mord, ein Raub, Verrat. Mit dem Drumherum hatte er begonnen: dem Faulturm, aus dem der gebundene Angeklagte schreiten würde, herausgeführt am Strick von den zwei Gerichtsdienern, Franz und Veit, erwartet von einer Gruppe Bewaffneter, die seinen Weg durch die Stadt sicherten. Wie oft hatte er solche Gänge schon miterlebt? Die Schaulust der Gaffer, das Gedränge und Geschubse, die obszönen Schimpfereien, die Kinder, die es für einen Spaß hielten, den Angeklagten mit Steinchen zu bewerfen, oder für eine Mutprobe, ihn zu berühren und ihm zum Beweis einige Haare oder ein Stück aus dem Hemd zu reißen suchten. Lausbengel, die den ganzen Tag auf der Straße lebten. Es gab gerade mehr denn je von ihnen, denn die Ernten waren mager und die Zeiten schlecht. Das Siech- und das Seelhaus konnten die Menschenmassen gar nicht fassen, die dort Zuflucht suchten. Aber daran wollte er jetzt nicht denken.

Mit langsamen, geübten Bewegungen reihte er die tönernen Behälter mit den Farbpulvern auf, legte die steinerne Platte als Palette zurecht, das Schälchen für das Eiklar, mit dem er die Pulver anmischen würde, die dünnen Dachshaarpinsel, den Gänsefederkiel, der neu zurechtgeschnitten werden wollte. Mit dem dünnen

Messer stocherte er in der Tinte aus Ruß und Fett für die Vorzeichnung und wischte die Messerspitze an seinem Talar ab. Schwarz auf Schwarz, das würde Barbara gar nicht bemerken.

Nach kurzer Überlegung entschied er sich, heute Abend nichts Neues mehr zu zeichnen; bald würde er Kerzenlicht brauchen, und seine Augen waren nicht mehr die besten. Vierundfünfzig war er inzwischen. Nein, er würde sich die fertige Zeichnung vom Faulturm vornehmen und mit dem Farbauftrag beginnen.

Er wählte grün. Grün für den Mantel des ersten Gerichtsdieners, grün für den des dritten, der halb vom Turm verborgen blieb. Die Kappen dann, die Dächer und die Hosen des Verbrechers würde er rot färben, rot für den Dieb oder Mörder, damit dieser im Mittelpunkt stünde. Rot, das für Blut steht und für Tod.

Für sein Werk war es ein Segen, dass der Volkacher Markt so reich und seine Beziehungen weit gespannt waren. Man konnte Basler Ofenkacheln und Venezianisches Glas erwerben, ein Luxus, den er sich nicht leisten mochte. Man bekam aber auch Färberwaid aus den Thüringer Gegenden und Ultramarin, das von jenseits des Meeres kam, wie der Name schon sagte. Und Ocker, den sie in Italien gruben, Siena genannt. Sogar Sepia hätte er kaufen können, schwarze Tinte, die man aus seltsam monströsen Fischen gewann. Doch er begnügte sich mit einer Tinte aus Ruß und Fett. Und für das Grün nahm er Kupfergrünspan und Grünerde.

Vorfreudig schüttete er ein wenig Pulver auf die Steinplatte.

Gewiss, er war kein Künstler, doch wenn er die Farben rieb, wenn er sie mit Eiklar und Fischleim vermengte und das Ergebnis mit dem Pinsel aufnahm und diesen über das Papier laufen ließ, dann breitete sich ein wunderbarer Frieden in ihm aus. Gelernt hatte er das Malen vor über dreißig Jahren, im Kloster, wo er als junger Mann nach dem Willen seines Vaters eingetreten war, um zu studieren und Priester zu werden. Er konnte die Klosterbibliothek in Ebrach vor sich sehen, als hätte er sie gestern erst verlassen. Wie still und friedlich war es doch in der Abtei gewesen. So ganz anders als in dem lebhaften Rathaus, wo die Parteien ein und aus marschierten und ständig ein Amtmann, Kläger oder Bittsteller klopfte. Wo seine Ratsbrüder nach Gutachten und klärenden Gesprächen verlangten. Dazu der Markt vor der Tür und in der Kaufhalle im Erdgeschoss. Und die Schaulustigen, die sich vor den Kellerfenstern drängten, wo die kleinen Diebe einsaßen, die Trunkenbolde und Schläger, die mit leichten Strafen davonkommen würden. Manchmal war es einfach die Familie, die dort zugange war, um einem Inhaftierten Essen zu bringen, Zuspruch und Unterhaltung. Aber für wie viele war es eine Form der Unterhaltung, dort herumzulungern. Es ärgerte ihn jedes Mal, wenn er das sah. All die bunten Haufen. Heute erst hatte er das Fenster geöffnet und einen kräftigen Brüller losgelassen, dass sie alle auseinanderstoben. Mit dem Malen aber kam der Klosterfriede zu ihm zurück.

Er hörte ein Krachen.

»Barbara?«, rief er. Dann, voller Hoffnung: »Sebastian?« Niemand antwortete ihm, aber aus der Küche schienen fluchende Stimmen zu kommen. Niklas Brobst nutzte die Unterbrechung, um aufzustehen und eine Kerze anzuzünden, deren unruhiger Schein sich auf die glatten Holzflächen des Tisches und der Truhe daneben legte, aber nicht bis in die Ecken des Raums reichte. Diese wurden dadurch noch düsterer. Eine kleine gelbe Kapsel aus Licht entstand, in die er sich zurückzog.

In der Klosterbibliothek war sein Mentor Bruder Abelardus gewesen, groß und hager, der in seiner Kutte dahergekommen war wie ein wandelnder Kirchturm. Seine Hände waren riesig; aber mit welch einer unglaublichen Ruhe hatten sie den Pinsel geführt. Feinste Striche gezogen und kleine Wunder geschaffen von erstaunlicher Präzision. Abelardus hatte ihm geduldig alles beigebracht, was er wusste: wie man das Azurit zu Pulver mahlte, für das Blau, das wunderbare Blau des Mantels der Jungfrau Maria, das stärker leuchtete und länger hielt als das einfache Färberwaid. Er hatte ihm Koschenille gezeigt, die rot wie Blut floss und von Tierchen stammen sollte, kaum größer als grober Sand. Gottes Welt und Werke waren wahrlich unfassbar! Damals war er ausersehen gewesen, sie mit seinem Leben zu preisen. Und was hatte er stattdessen getan?

Unten hörte er Barbara lachen. Ja, er hätte es bereuen sollen, sie geheiratet zu haben, statt ein Mönch zu werden. Aber es war ja alles gut gegangen. Der Vater hatte ihn zurückgeholt, ihm ein Haus gekauft und ihn mit seinen Verbindungen hier in Volkach untergebracht. Niklas Brobst hatte Karriere gemacht. Gott hatte ihm den kleinen Verrat längst verziehen. Das hatte er doch?

Wie zur Antwort klopfte es im selben Moment, und jemand betätigte mit Macht den Bronzeschwengel an der Haustür. Niklas Brobst stand schon, als seine Frau außer Atem die Treppe heraufeilte. »Die Gerichtsdiener. Und zwei Bewaffnete. Du sollst kommen.« Sie war bereits wieder halb auf dem Weg nach unten, als ihr einfiel, dass sie das Wichtigste vergessen hatte. »Es hat einen Einbruch gegeben.«

Er verlangte seinen Mantel und folgte ihr.

»Franz. Veit«, grüßte er die Gerichtsdiener. Veit hielt eine Fackel, die den leeren Markt unruhig beleuchtete und im kühlen Nachtwind fauchte. Die Bewaffneten trugen kurze Filzumhänge und hielten ihre Spieße fest in der Faust. Sie waren die Schanwächter Volkachs, die nächtens in den Straßen patrouillierten, im Gegensatz zu den Türmern, die von oben nach Feuer und Gefahr Ausschau hielten. Zweifellos würde den Türmern auch der kleine Zug nicht entgehen, der sich jetzt durch die Gassen auf den Weg machte, sich Schritt für Schritt vorantasteten in die Nacht, die am Himmel von Tausenden Sternen erleuchtet war, sich zwischen den Häusern aber zu bedrohlicher Schwärze verdichtete.

»Der Rat Jobst Beringer und der Heinz Schwan sind auch unterwegs«, raunte Franz, die Stimme rau vor Aufregung. Niklas

Brobst nickte, als er die Namen hörte; ehrenwerte Männer, aber keiner hatte studiert oder viel Sinn für größere Zusammenhänge. Familienväter alle beide, die jetzt sicher lieber daheim säßen. Zu den Aufgaben der Räte gehörte es zwar, Verbrechen festzustellen und sie vor Gericht zu verhandeln, aber nicht jeder hatte die Nerven dafür, in die Nacht hinauszulaufen, um Verbrecher zu fangen. Auch war nicht immer so viel Sachverstand im Spiel, wie Niklas Brobst es sich gewünscht hätte. Das war ebenfalls einer der Gründe, warum er sein Buch verfasste: Es sollte einmal genau festgehalten werden, wie es dabei von Rechts wegen zuzugehen hatte.

Er richtete sich innerlich auf. Vielleicht war dies das Geschenk des Schicksals, das er sich gewünscht hatte: sein Fall, den er in Wort und Bild in seinem Buch darstellen würde. Er würde ganz genau vorgehen. Mustergültig.

»Was gibt es denn?«, erkundigte er sich deshalb betont gelassen, während sie durchs Obere Tor mit dem Faulturm zurück in die Stadt gingen. Ein Weindiebstahl, erfuhr er. Auf Wein basierte der Wohlstand Volkachs. Es gab eigene Wächter für die Weingärten, Eicher, die das Fassungsvermögen der Fässer amtlich prüften, Beamte, die den Weinpreis festlegten. Nur Volkacher Bürger durften überhaupt mit Wein handeln. Beim Wein, da verstand die Stadt keinen Spaß. Auf Weindiebstahl stand der Tod.

»Wer da?« An der Kirche trafen sie auf die beiden anderen Räte. Ihre Gesichter waren die von Männern, die bereits geschlafen hatten, müde und ein wenig verwirrt. Gemeinsam hielten alle inne für ein kurzes Gebet, ehe sie ihren Weg wieder aufnahmen. Entschlossen bekreuzigte sich Niklas Brobst und führte dann den Trupp an.

Als sie bei dem bestohlenen Winzer ankamen, war dort im Hof der ganze Hausstand versammelt. Weib, Kinder, Knechte, Mägde, alles lief und schrie durcheinander. Es handelte sich um eines der typischen Bruchsteinhäuser mit großem Tor und hoher Fassade, bei dem im Erdgeschoss die Geschäfts- und Wirtschaftsräume lagen und sich hinter dem Tor ein großer Innenhof auftat, um den sich Scheunen und Lagerräume drängten. Auch der Weinkeller lag nicht unter dem Haus selbst, sondern unter den Nebengebäuden, und war über eine enge, halb gewendelte Treppe zu erreichen. Schon am Eingang roch Niklas Brobst den Geruch von jungem Wein und feuchten Steinen.

Der Raum, voll hoher Fässer, mit gestampftem Lehmboden, war von mehreren Fackeln erleuchtet. Jeder wollte zuerst erzählen, was er gehört und wie sich alles zugetragen hatte. Offenbar hatte der Hund angeschlagen, und man hatte Licht bemerkt in der Kellertür, die nicht hätte offen stehen dürfen. Man hatte den Dieb überrascht. Hatte ihn fast schon gehabt. Hätte es ihn schon spüren lassen! Vor allem die Söhne des Geschädigten waren erregt und schüttelten die Fäuste.

Es war alles recht offensichtlich, dachte Niklas Brobst von Effelt. Auf dem Boden lag der hölzerne Krug, den der Dieb mitgebracht hatte, um ihn zu füllen, und der Zapfhahn, den er zu diesem Zweck in die Fasswand hatte treiben wollen. Vorsatz war damit deutlich erkennbar, Beweismittel waren vorhanden. Er stieß mit dem Fuß gegen den Krug. Wie wenig der fasste. Und dafür hatte einer nun sein Leben verwirkt. Manchmal war es schwer, die Menschen zu verstehen. Aber es waren harte Zeiten, und die Zahl der Verzweifelten nahm täglich zu. Wer war er, diese Menschen zu verurteilen? Er war nur der, der sie richten würde. Der Rest lag bei Gott.

»Das nehmen wir alles mit«, verkündete er, ließ sich von dem Winzer einen Sack geben und wollte gerade einem der Schanwächter befehlen, alles aufzusammeln und hineinzustecken, als sein Blick auf etwas Gelbgrünes fiel.

»Was ist das?«, fragte er. Und ahnte es doch bereits. Es war ein Mantel, der dort lag. Sein Herzschlag setzte für einen Moment aus. Wenn er ihn aufhob und entfaltete, würde er sicher die Stelle unter dem linken Arm finden, wo Barbara das hellgrüne Tuch beim Ausbessern ausgegangen war.

»Das tut es auch«, hörte er sie noch sagen, während sie den Mantel ihres Sohnes ins Licht der Kerzen hielt. »Hat fast denselben Ton.«

»Dass du ihm das alles machst«, hatte er sie damals getadelt. »Hat er nicht eine eigene Frau?«

Statt einer Antwort hatte sie ihre Arbeit mit schräg geneigtem Kopf gemustert. »Ich sollte alles neu mit Birkenblättern färben.«

Niklas Brobst wischte das Erinnerungsbild weg. Mit breiter Hand fuhr er sich über das Gesicht, auf dem er Schweißtropfen spürte. »Das muss auch mit«, verlangte er dann und wies mit kaum zitternder Hand auf den Mantel. Ihm war, als sähe er von oben auf eine Szene in seinem Buch. Als wäre er ein Figürlein aus Tinte, das rasch, verdächtig rasch den Mantel aus Veits Händen riss, in den Sack stopfte und obendrauf die übrigen Beweismittel packte. Der Gerichtsdiener wollte ihm die Last abnehmen, doch Niklas Brobst bestand darauf, sie selbst zu tragen. Ihm war, als pulsierte das Bündel wie ein lebendiges Herz. Als würde es gleich explodieren. Auseinanderreißen und brüllend sein Geheimnis verkünden.

Er musste husten, bezwang sich, so gut es ging, richtete sich keuchend auf, atmete tief ein und fragte mit allem Mut, was er fragen musste. Mustergültig. »Hat irgendwer den Dieb erkannt?«

»Ein junger Kerl.« Mehr wusste die Winzersgattin nicht. Er hatte sie im Hof gegen die Mauer gestoßen, als er geflüchtet war, aber es war dunkel gewesen, und sie hatte keine Details erkennen können. »Kräftig war er.«

»Und blond«, fügte einer der Söhne hinzu. »Das konnt ich gut sehen, als er die Treppe hochkam. Er lief ja ohne Mantel und Kapuze hinaus.«

»Löcher hatte er im Hemd«, wusste die Magd.

»Wer soll es schon gewesen sein!« Das war der Winzer. Und der Name, den er nannte, war den meisten Anwesenden vertraut. »Der hat hier gestern schon herumgelungert«, erklärte er den Räten. »Da hab ich ihn noch vertrieben mit einem Fußtritt. Und heute Nacht schleicht er sich wieder herein.«

»Es wäre nicht das erste Mal«, beeilte Niklas Brobst von Effelt sich zu bestätigen, als er den Namen hörte. »Nicht das erste Mal, das ist wahr.«

»Dann befragen wir ihn?« Rat Beringer versuchte nicht einmal, Entschlossenheit in seine Stimme zu legen.

Der Verdächtige lebte bei seinen Eltern, im Fischerviertel nahe dem Main, das häufig überschwemmt war. Dort mussten es die Ärmeren aushalten, die sich kein Haus in der hoch gelegenen Altstadt innerhalb der Mauern leisten konnten. Es waren Tagelöhner, arm bis auf die Knochen, und schon der Vater war regelmäßig eingesessen in den Zellen unterm Rathaus. Auf seinem Rücken hätte man die Narben vom Stäupen gefunden. Der Mutter, einer Wäscherin, hatte man, nachdem sie eine Nachbarin schwer verletzt hatte, weil diese behauptete, sie hätte ihr eine Zwiebel gestohlen, die Wangen durchstochen und sie der Stadt verwiesen. Die beiden Männer und eine unklare Anzahl Geschwister hausten also nun alleine, in Unordnung und Schmutz, wie man hörte.

»Wir müssen sofort hin, ihn festnehmen.« War er das gewesen, der diesen Satz gesagt hatte? Niklas Brobst spürte seine Beine nicht. Unwahrscheinlich, dass sie ihn überhaupt trugen. Und doch eilte er die Treppe hinauf, wie einer, der wusste, was er tat und seine guten Gründe hatte. Aufrecht, aufrichtig und schnell, vielleicht ein wenig zu schnell, so schnell er nur konnte. Nur weg von dem Hof, dem Anwesen, hinaus an die frische Luft. Er musste den anderen voraus sein, so rasch handeln, dass er allen zuvorkam.

Vom Turm der Stadtkirche schlug es Mitternacht. Niklas Brobst bekreuzigte sich und wandte den Blick ab, als er an der Statue des

Heiligen Borromäus vorbeikam. Nicht ich habe den Namen ins Spiel gebracht, sagte er sich. Oder sagte er es dem Heiligen? Nicht ich habe den Mann verdächtigt. Sie haben es ganz von alleine getan. Und seien wir ehrlich: Er ist einer, der früher oder später ohnehin am Galgen landen wird.

Niklas Brobst hielt den pochenden Sack an die Brust, in dem sein riesenhaft vergrößertes Herz schlug. Hielt ihn mit aller Kraft fest. Und schritt dabei aus, dass sein Talar rauschte und sein Grauhaar wehte, ganz der Notar und Rat, der er war. In amtlichen Angelegenheiten unterwegs. In Sachen Tod. Innerlich zitterte er. Doch er hielt nicht an.

Ins Fischerviertel kam er nicht oft. Vor fast zwanzig Jahren war er gern am Fluss gewesen, damals, nach seiner Rückkehr, und hatte Sebastian auf seinen Schultern die neue Heimat gezeigt. So etwas wie den Main hatte der Junge noch nicht gesehen. Unbedingt wollte er übersetzen mit der Astheimer Fähre. Unbedingt in die Fischkästen greifen. Und dass der Boden schlammig war, hatte dem Fünfjährigen gerade gefallen. Niklas Brobst konnte ihn noch vor sich sehen, seinen ganz und gar unschuldigen Sohn am sonnigen Mainufer. Jetzt lag der Main schwarz unter dem Mond. Man roch Schlamm und Unrat und spürte die Feuchtigkeit kalt an den Knöcheln.

»Dort ist das Haus.« Veit hielt die Fackel hoch, um den Eingang zu beleuchten.

Niklas Brobst spürte einen Stich in der Brust. Die Scham. Und die übergroße Liebe zu seinem Kind, diesem lebendigen Zeichen Gottes, dass ihm verziehen war.

Wie Sebastian damals durch die Weinberge gestürmt war, statt bei der Arbeit zu helfen. Das war ihm nicht abzugewöhnen gewesen. »Nicht einfach bei den Nachbarn pflücken!« Er erinnerte sich noch an seine väterliche Ermahnung. »Das ist Diebstahl, du kommst in den Kerker dafür!«

»Wirklich?«, hatte der Junge gefragt, halb lachend und doch mit Sorge in den Augen.

»Nein, keine Angst«, hatte er geantwortet und ihm übers Haar gestrichen. Und sich geschämt, dass er einem Kind so Angst einjagte, wegen nichts als einer Näscherei. Hätte er doch damals einen Stock auf seinem Rücken zerbrochen!

»Öffnet die Tür!« Die Stimme von Niklas Brobst zitterte nicht. Als niemand antwortete, traten sie die hölzerne Pforte ein. Die Schanwächter stürmten als Erste hindurch.

Sie standen in einem ärmlichen Raum mit gestampftem Boden, in dem sich der säuerliche Geruch von Schweiß und altem Schmutz mit der Nachtluft mischte. Der Gesuchte lag auf einem Strohlager, schnarchte betrunken und wehrte sich wenig, als sie ihn weckten. Er fluchte nur zum Gottserbarmen.

Es war seine Schwester, die den meisten Ärger machte. Das Mädchen, dürr und klein und nur mit einem losen Rupfenkittel bekleidet, ging mit den Fingernägeln auf die Gerichtsdiener los und drohte, alle Brüder, Schwäger und sonstigen Verwandten auf den Plan zu rufen.

Niklas Brobst hielt sich in dem Durcheinander zurück und schaute sich um, bis er fand, was er suchte: einen kurzen Mantel. Eigentlich hatte das Kleidungsstück den Namen nicht verdient, so löchrig und abgeschabt war es. Aber der Notar war dennoch der glücklichste Mensch der Welt, als er es aufhob und unauffällig, ohne dass jemand es bemerkte, in seinen Sack stopfte. Er begegnete dem Blick seines Kollegen Jobst Beringer, als er sich wieder aufrichtete. Rasch sagte er: »Bringen wir ihn in den Faulturm.« Zu seiner Erleichterung drehte Beringer sich anstandslos um und gab die entsprechenden Anweisungen. Dann fragte er Niklas Brobst: »Bringst du die Sachen ins Rathaus? Ich möcht gern wieder heim, meine Jüngste ist krank.«

»Und es ist auch spät«, bestätigte Niklas. Er besann sich seines üblichen jovialen Wesens und legte dem Kollegen den Arm auf die Schulter. Zwar hatte er nicht das Gefühl, dass von seinem früheren Selbst noch etwas übrig wäre, doch gelang ihm eine hohle Kopie. »Geh nur, geht alle. Ich sperr die Beweisstücke in die Amtsstube und setze einen Bericht für den Bürgermeister auf.«

Heinz Schwan kam, um sich ebenfalls zu verabschieden. »Wirst auch dem Stadtmeister Bescheid geben müssen«, meinte er. »Es muss mal wieder eine Schranne gebaut werden.«

Einer der Gerichtsdiener geleitete Niklas Brobst mit Fackel bis zum Rathaus, wo der Notar in den ersten Stock stieg und den Sack auf dem großen Tisch absetzte, um den tagsüber bei den Sitzungen der gesamte Rat hockte.

Endlich war er alleine. In der Ecke stand die große Truhe, in der wichtige Dokumente aufbewahrt wurden. Als Schreiber besaß er den Schlüssel dafür. Er würde die Beweisstücke dazupacken, damit sie vorerst sicher waren. Morgen würde er sie vor aller Augen hervorholen und sie, die Feder in der Hand, genau beschreiben, wie er auch ihre Auffindung schildern und einen mutmaßlichen Tatverlauf konstruieren würde. Auf dieser Basis würde er dann die Fragen formulieren, die sie dem Verdächtigen vorlegen würden. Das hatte auf der Folter zu geschehen, oder zumindest unter Androhung derselben. Ohne Folter war keine Aussage rechtsverwertbar. Er betete darum, dass nicht er der Rat sein würde, der im Faulturm die Fragen im Beisein des Henkers verlesen und die Antworten notieren musste.

»Das nicht«, murmelte er, »bitte das nicht.« Zugleich – und er bemerkte diese Gleichzeitigkeit sehr wohl – schnürte er den Sack auf und holte den Mantel vom Weinkeller heraus, den Diebesmantel. Sebastians Mantel. Seinen Bewegungen fehlte es weder an Zweckdienlichkeit noch an Entschlossenheit. Er sollte ihn sofort zusammenrollen und sich unter den Umhang stecken, dachte er. Aber er konnte nicht anders: Er schüttelte ihn aus und breitete ihn auf den Tisch, um nach der geflickten Stelle zu tasten wie nach einer Wunde. Er suchte nach dem Flicken, dem grünen, den Barbara so kunstfertig angebracht hatte, wie nach einer tröstlichen Erinnerung. Im Kloster war grün immer die Grundlage gewesen für das tröstende, alles verklärende Gold der Heiligenscheine.

Seine Finger gruben sich in den Mantel. Doch sie stießen auf keine Naht, keinen Flicken. Da war nichts, nur glatter Stoff.

Scharf einatmend hob Niklas Brobst den Mantel hoch. Er sah dem seines Sohnes in der Tat zum Verwechseln ähnlich. Doch im Licht der Kerzen wirkte die Farbe ganz anders als vorhin im Keller. Der gelbgrüne, birkenhafte Ton war fort. Was er in Händen hielt, war ein Mantel in kräftigem Grün. Grün wie die Sommerblätter der Linde. Oder das reife Laub des Weins in seinen Gärten.

Vielleicht war das der Grund, weshalb Niklas Brobst plötzlich weinen musste.

Dann durchfuhr ihn ein zweiter Schreck: Der andere Mantel, der, den er im Haus des Verdächtigen gefunden hatte. Er wühlte ihn hervor und hielt auch ihn hoch: Es war ein zierliches Ding, stellte er fest, kaum groß genug für einen erwachsenen Mann. Und das ausgebleichte Band, das jemand einmal als jämmerlichen Versuch einer Zierde an den Saum genäht hatte, zeigte, dass er einem Mädchen gehören musste oder einer zierlichen Frau. Der Notar dachte an das junge Ding, das mit den Klauen auf ihn losgegangen war. Recht hatte sie gehabt, wütend auf ihn zu sein; hatte er ihr doch den Mantel geraubt.

Er lächelte, er schüttelte den Kopf, er fuhr sich mit den Händen über das Gesicht, das jetzt nicht mehr kaltschweißig war, sondern heiß, wie im Fieber. Doch er war nicht krank, nein, er war ganz und gar gesundet. Und Gott hasste ihn nicht.

Sorgsam verschloss er den Sack wieder, der den Mantel des Verdächtigen enthielt, den seiner Schwester, den Krug und das Werkzeug. Mustergültig.

Die Schritte, mit denen er nach Hause ging, waren müde, aber zuversichtlich. Als er das Tor unter dem Faulturm passierte, bekreuzigte er sich und murmelte ein Gebet für den Menschen, der jetzt dort drinnen lag und sein Schicksal erwartete. Er, Niklas Brobst, würde ihn befragen. Er würde ihn richten. Er würde die Geschichte dazu in seinen Bildern festhalten. Er war unschuldig an dem Mann.

Und Sebastian, fiel es ihm in diesem Moment ein, Sebastian war ebenfalls ohne Schuld. Sein Sohn war rein, er hatte eine Zukunft. Die Freude darüber trieb ihn nach Hause. Der Obere Markt war still, aus der Marienkapelle und dem angrenzenden Seelhaus drang kein Licht.

»Niklas? Niklas!« Barbaras Stimme klang fröhlich. Sie lief ihm entgegen und umarmte ihn herzhaft. »Rate, wer da ist. Endlich.«

»Sebastian.« Da, in der Tür, stand tatsächlich sein Sohn. Seine Locken, dachte Niklas, waren immer noch so blond wie damals als Bub. Unwillkürlich machte der Notar einen wuchtigen Schritt nach vorn. Einen Moment sah es so aus, als wollte er sich auf seinen Sohn stürzen, ihn schlagen, ihn erwürgen. Doch mitten in der Bewegung hielt er inne, sah in die jetzt erstaunten, ein wenig entsetzten Gesichter. Dann umarmte er Sebastian heftig. Ohne einen Ton zu sagen, hielt er ihn fest, hielt ihn lange Zeit sehr fest. Schließlich löste er sich ohne ein Wort und stapfte die Treppe hinauf.

Oben setzte er sich an seinen Tisch und schickte sich an, nach frischen Blättern zu suchen. Er hatte noch so vieles zu zeichnen: das Auftreten des Anklägers vor Gericht zum Beispiel. Er würde ihm das Gesicht des bestohlenen Winzers geben, seine Statur und die ausholende Gestik. Hernach käme das Auftreten des Beklagten, der erst dreimal um die Schranne geführt werden musste – zum Beweis, dass die Folter ihn nicht zu sehr geschwächt hatte und er verhandlungsfähig war. Dann der Moment, in dem der Angeklagte gestand. Und er würde gestehen, das wusste Niklas Brobst. Dann wurde der Stab gebrochen, zum Zeichen, dass das Urteil unwiderruflich gültig war. Das würde ein eigenes, ein wunderbares Bild werden.

Folgen musste daraufhin der Zug durch das Obere Tor hinaus auf den Galgenberg. Dann ... Niklas Brobst ertappte sich bei dem Gedanken an einen Prozess vor fünf Jahren, als die Angehörigen eines zum Tode Verurteilten mehrere Söldner gedungen, zudem alle männlichen Verwandten zusammengerufen und einen wahnwitzigen Versuch gewagt hatten, diesen noch unter dem Galgen zu befreien. Es hatte drei Tote gegeben, darunter ein Gerichtsdiener. Veits Bruder, wenn er sich richtig erinnerte. Das Ergebnis war ein weiterer Prozess gewesen, noch mehr Urteile. Ein Wahnsinn.

Sollte er das auch zeichnen? Geschehen war es ja, wenn auch in einer anderen Geschichte. Es würde seinem Werk Spannung verleihen.

Niklas Brobst betrachtete die Blätter mit neu erwachender Lust an seiner Arbeit. Er begann zu zeichnen. Den Markt, die Schranne, die im Kreis sitzenden Räte, die Beweisstücke zu ihren Füßen: Mantel, Krug und Zapfhahn. Er war ein eher grober Zeichner. Aber er verstand ein wenig von Perspektive, hatte ein Auge für Details und einen Blick für Gesichter. Man sah seinen Arbeiten den Humor an, den er besaß, und die Menschenliebe.

Als er zum Mantel kam, nahm er viel Farbe auf den Pinsel und machte ihn leuchtend und makellos grün. Das Grün, das als Untergrund das Gold seiner schönsten Hoffnungen trug.

WIE MAN EINE LEGENDE ERSCHAFFT

EIN MORD IM AUFTRAG DES NÜRNBERGER RATES 1514

Wilbold Tiermann schaute missmutig auf das Markttreiben in Annaberg. Er schaute seit fast drei Monaten missmutig auf beinahe alles in dieser Stadt. Er hatte einen Auftrag zu erfüllen und gerade mal fünf Gulden erhalten für Zehrung und Unterkunft. Seit März musste ihm das reichen. Vierhundert Gulden gäbe es, wenn der Auftrag erfüllt wäre. Aber Wilbold Tiermann zögerte. Dieses Annaberg gefiel ihm nicht. Zu viel Reichtum, zu viel Silber aus den Bergwerken, zu viele Beamte des Sächsischen Kurfürsten, der dieser seiner Erz-Stadt viel Aufmerksamkeit widmete. Zu viel Wohlanständigkeit, zu viele geputzte Frauen, zu protzig der vierflügelige Klosterneubau, zu leuchtend der Putz, zu viel blauer Himmel. Zu viel von diesem seltsamen Dialekt, vor allem aber: zu viele Wachen auf den Gassen, zu beinahe jeder Zeit. Wie sollte einer da gütlich zurande kommen, wenn er jemanden erschlagen will?

»Was jetzt?«, fragte das Individuum neben ihm. Tiermann mochte ihn kaum ansehen. Hensel Unger hieß der Mann. Er hatte ihn in einer Kneipe aufgelesen und wünschte sich jetzt schon, er hätte es nicht getan. Der taugte zu gar nichts, hatte nichts im Kopf und keinerlei Schneid. Der trottete nur hinter ihm her und ärgerte ihn mit seinen dummen Fragen. Aber was konnte man schon erwarten von einem, dem man bei einem Humpen Würzbier erzählt, man sei hier, weil man sich am Mörder des eigenen Vaters rächen wolle. Und der für vierzig Gulden bereit war, einem dabei zu helfen, obwohl er einen erst zwei Stunden kannte? Tiermann wusste nicht, ob sein Vater noch lebte. Gott hab ihn selig, dachte er routinemäßig, fühlte aber nichts dergleichen. Der Alte mochte am Leben sein oder tot, ihn ging das gewiss nichts an. Und wer etwas anderes glaubte, war ein Idiot. Hensel Unger war ein Idiot, und er, Tiermann, würde diesen Namen so schnell wie möglich wieder vergessen. Aber für jetzt, das musste er sich eingestehen, war er froh, dass Hensel Unger da war, mit seiner Dummheit, mit seiner Dumpfheit, mit seiner trägen Willigkeit. Denn Wilbold Tiermann, ob es ihm gefiel oder nicht, verspürte große Angst.

Als sein Vetter zu ihm gekommen war damals, der Philipp Weißenburger, und gesagt hatte: »Die Nürnberger haben da einen, den wollen sie tot sehen, weil er falsche Briefe geschrieben hat«, da hatte er sich gedacht, er wäre der rechte Mann dafür. Vierhundert Gulden! Die konnte er brauchen. Und einen Hals umdrehen, was war das schon. Aber hier in Annaberg war die Luft so klar, und die Straßen waren so belebt, dass es ihm schien, er könne sich so gar nicht unsichtbar machen. Fast drei Monate folgte er seinem Opfer jetzt, diesem Johann Wengenmayr. Noch ein Name, den er bald vergessen haben würde, Gott sei's gepredigt. Er hatte sogar einmal noch nach Nürnberg zurückgemusst, sich neues Handgeld für die »Zehrung« geben lassen, weil es so lang dauerte. Es war keine Kleinigkeit, sich in den hiesigen Schenken herumzudrücken, mit dem auf dem Gewissen, was er vorhatte. Zuweilen schien es Wilbold Tiermann, dass alle ihn komisch anschauten, ihn, den Fremden hier. So kam's ihm vor. Und die Aussicht auf die Vierhundert hätte in manchen Momenten fast nicht ausgereicht, ihn bei der Stange zu halten. Gestern dann war der Hensel erschienen, und er hatte ihm das Märchen vom Vatermord erzählt. Es war wie ein Sprung von einer Klippe gewesen. Und jetzt galt es.

Er schaute auf den Laden, in dem Wengenmayr verschwunden war – vor wie langer Zeit nun schon? Was machte der Kerl darin? Heute am frühen Morgen waren sie ihm zur Kirche gefolgt, aber nicht zum Zuge gekommen, zu viele Gläubige hatten denselben

Weg genommen trotz der frühen Stunde. Die Morgenfrische war verflogen, die Sommersonne schien dünn auf den Platz. Es war kühl genug, dass die Hunde sich nicht in den Schatten legten. Und der Hensel und er lehnten hier an der Mauer und hatten schon zweimal die Stadtwachen vorbeikommen sehen, und es war ihnen gewesen, als trügen sie ein Mal auf der Stirn. Noch hatte sie keiner bemerkt. Und da, da kam er. Der Mann, auf dessen Kopf der Nürnberger Rat einen Preis ausgesetzt hatte. Er hatte einen teuren Mantel an, und sein Wams war aus Samt. Die Stiefel glänzten. Ob er das alles mit den falschen Briefen bezahlt hatte? Was waren das überhaupt, falsche Briefe? Was hatte dringestanden? Ihm konnte es egal sein. Sein Vetter hatte gesagt, es gelte einen Spitzbuben zu ermorden, einen so großen, dass er es selbst täte, wenn er könnte. Nun, Wilbold war der rechte Mann dafür. Er konnte. Denk an die vierhundert Gulden, ermahnte er sich, wischte sich mit dem linken Ärmel über den Mund, um den sich seltsamerweise Schweißtropfen gesammelt hatten, obwohl er doch innen so trocken war, und stupste mit der Rechten den Hensel an. »Da!«

Wie auf Verabredung stießen sie sich beide von der Mauer ab und fassten Tritt, fast im Gleichschritt. Das tat Wilbold Tiermann wohl. Es half ihm voran, vertrieb das Zittern aus seinen Beinen. Zittern? Was für ein Zittern? Er zitterte kein Stück, er beschleunigte, zog die Klinge, die er an der Seite unter dem Umhang getragen hatte, und sah den Hensel nach dem Dolch greifen – jedenfalls griff er sich an die Hüfte, nach irgendwas griff er. Wilbold Tiermann sah aus den Augenwinkeln, dass die Gasse leer war, beinahe leer. Sie befanden sich schon fast oben am Kloster, und der einzige andere Passant … nein, er sah gleich ein paar, verflixt … aber alle zu weit weg und überhaupt: Es war zu spät, die Klinge war heraus, jetzt galt es! »Heh!«, rief Wilbold Tiermann. Oder schrie er etwas anderes? Oder ächzte er nur? Oder bildete er sich das alles nur ein ganz in sich drin?

Der Ratsschreiber Johann Wengenmayr jedenfalls hörte nichts. Oder er bezog es nicht auf sich. Oder er hatte nicht mehr die Zeit, sich umzudrehen. Der Hieb traf ihn schräg über den Hinterkopf. Wilbold Tiermann hörte den Aufschlag und wusste: Getan. Geschehen. In ihm wallte es auf, war es Erleichterung, war es Verzweiflung oder doch Wut auf den Mann, wegen dem sein Leben so eine Hölle geworden war, ganz unerwartet. Jedenfalls drehte er den Gestürzten um, der kaum mehr die Hände hob, und hieb ihm noch einmal über das Gesicht. Das hätte er lassen sollen; er dachte es sich noch, während es geschah. Jetzt hatte er diese Bilder im Kopf vom Blut auf der Haut, das zwischen die Falten lief und die Stoppeln, und vom Blut zwischen den Zähnen, das mit dem Geifer verschmierte, und überhaupt vom Rot dieses Blutes, das abstach vom Augenblau, denn der Mann hatte Augen wie der Annaberger Himmel. Was musste der solche Augen haben.

Wilbold Tiermann hörte die Schreie in der Ferne. Aber war nicht alles gerade ganz fern? »Hau ab«, rief er dem Hensel zu, der nichts gemacht hatte, gar nichts. Und dafür wollte er vierzig Gulden! »Wir treffen uns am Schloss.« Er rief es schon im Laufen. Er sah die Frage in Hensels Augen, welches Schloss denn gemeint sei, und musste lachen, musste trotz allem lachen über die Blödheit dieses Mannes, der jetzt erst fragen wollte, wie es weiterging, dem er so auskam mit einer billigen Bemerkung. Und hätte ich ihm auch einen Namen genannt, schoss es Wilbold Tiermann durch den Kopf, während er schon rannte, der wäre doch zu blöd gewesen, ihn sich zu merken. Bin gespannt, an welchem Schloss der heut Nacht wohl wartet. Na, er wird vergebens warten. Das war des Wilbold Tiermanns letzter Gedanke, ehe er den Schlag vor der Brust fühlte von dem Wächter, der ihn in vollem Lauf umriss.

*

Der Ratsherr Andreas Tucher stand allein auf der Steinernen Brücke und schaute auf die abendliche Pegnitz. Um das Hallertürlein in seinem Rücken war es ruhig geworden; wie die Stadttore war es geschlossen für die kommende Nacht. Die Märkte, so der Säumarkt auf der Insel vor ihm, waren leer, das Leben hatte sich in die Häuser und Branntweinschenken zurückgezogen. Der Fluss floss ruhig dahin. Die Spiegelung der abendstillen Fachwerkfassaden im dunklen Braungrün der Pegnitz wurden nur noch selten gekräuselt vom Pfad eines schläfrigen Wasservogels. Noch sah man nirgendwo die Flämmchen der Laternen und Fackeln; der Himmel wölbte sich hoch im grünlichen Türkis des Dämmers, durchschwommen von Wolkenfetzen, die gold- und rosenfarben leuchteten vom Sonnenuntergang draußen über dem Land.

Auch die Dächer leuchteten noch warm in diesem fernen, bereits halb vergangenen Licht, das Tucher selbst nicht mehr erreichte. Er spürte die aufkommende Kühle des nächtlichen Schattens um seine Füße, die Feuchtigkeit des Wassers, die darin lag und ihn später frösteln lassen würde. Später. Noch war ihm warm, so sehr, dass er versucht war, das Barett abzunehmen und sich damit ein wenig Luft zuzufächeln. Zumindest schlug er den schwarzen Mantel zurück und öffnete die obersten Knöpfe seines Wamses mit den geschlitzten Ärmeln. Die Abendsonne ließ die Goldfäden im Brokat aufleuchten.

Tucher behagte es, das Henkershaus mit seinem nüchternen Turm im Blick zu haben. Er wusste selbst nicht, warum, und er vermied es, der Frage auf den Grund zu gehen. Stattdessen zog er ein Döschen aus der Tasche seines Wamses, eines der geschmückten, ziselierten Gehäuse, die der hiesige Uhrmacher Henlein seit ein paar Jahren herstellte und die wie Schmuck aussahen, einem dabei aber die Zeit anzeigten, wo immer man ging und stand; man trug die Zeit bei sich. Sie gehörte einem. Andreas Tucher nahm das Ding in seine fleischige, große Hand und ließ es darin warm werden. Das war seine Zeit; sie gehörte ihm. Er hatte sie, wie alles in seinem Leben, fest im Griff. Und er mochte das Gefühl. Er atmete tief ein und aus.

Friedlich, sagte er sich, alles war so friedlich. Die Häuser der Reichsstadt standen in stiller Ordnung, eine steinerne Muschelschale, die eine Perle barg. Diese Worte hatte er einmal im Rat gewählt, erst jüngst bei einer Sitzung in der Ratsstube des prächtigen neuen Saalbaus. Sein Freund Willibald Pirckheimer hatte dazu wohlwollend mit dem Kopf genickt; Pirckheimer schätzte die schönen Worte, war er doch selbst neben seiner Tätigkeit im Rat ein Gelehrter und ein Schriftsteller von Rang. Ihr Ratskollege Anton Tetzel hingegen hatte grimmig geblickt. Aber das lag sicher nicht an Tuchers Wortwahl. Tetzel wusste, dass er, Tucher, auf Pirckheimers Seite stand. Und das war zugleich die Seite Nürnbergs, seiner geliebten Stadt. Andreas Tucher streichelte seine Uhr.

Er war Vorderster Losunger von Nürnberg, damit einer der obersten Entscheider in einer Stadt, die zu den wohlhabendsten im ganzen Kaiserreich gehörte. Und seine Familie wiederum gehörte zu den wohlhabendsten der Stadt. Seine Kontore waren mit Waren gefüllt, er handelte mit den Niederlanden, mit Lyon und Venedig. Er war ein Freund des Kurfürsts von Sachsen, ein Politiker, dessen Stimme auf Reichstagen Gewicht hatte, und nicht zuletzt ein Kunstmäzen. Den Maler Albrecht Dürer, der auch schon einige seiner Verwandten so trefflich porträtiert hatte, und den Bildhauer Veit Stoß würde er demnächst persönlich für das Ausschmücken des Großen Saales im Rathaus gewinnen. Andreas Tucher hatte Pläne. Und er war daran gewöhnt, sie umzusetzen. Alles zum Wohle von Nürnberg.

Nie hatte er die Interessen der Stadt hinter die eigenen zurückgestellt. Andere dagegen schon, leider, hier und jetzt, und das sogar im Rat selbst. Tetzel war einer der Ihren, stammte von hier, wie auch sie, gehörte einer der alten Familien an, hatte die gleiche Ausbildung durchlaufen, die gleiche Karriere gemacht, hatte mit ihnen gelebt. Aber er hatte sie verraten. Tucher steckte die Uhr weg und hieb mit der geballten Faust auf den Stein.

Grimmig dachte er daran, wie sie vor Kurzem erst dem alten Feind, dem Markgrafen von Brandenburg-Ansbach, unterlegen waren. Seit Jahrzehnten mit ihm im Kampf, offen oder versteckt, in der Feldschlacht oder in verwinkelten Verwaltungsschachzügen. Und beide Parteien strebten danach, den eigenen Einfluss im Nürnberger Umland auszubauen. Diesmal war es um das Vogtamt in der Gemeinde Gräfenberg gegangen. Der Vogt verwaltete die Abgaben einer Gemeinde und sprach das Recht. Die Nürnberger hatten das Amt für sich gewollt. Sie brauchten es; es stand ihnen zu, Herrgottnochmal! Tucher fühlte inmitten des Abendfriedens den Groll in sich aufsteigen.

Es war anders gekommen, obwohl es nicht anders hätte kommen dürfen. Gräfenberg gehörte Anton Tetzel, er war der größte Grundbesitzer. Und als Rat und Losunger in Nürnberg hätte er alles dafür tun müssen, um seiner Stadt den Zugriff auf die dortige Vogtei zu sichern. Doch hatte er es getan? Behauptet hatte er es zwar, hatte versichert, dass er mit dem Kaiser verhandelt und alles versucht hätte – aber das war gelogen. Sie hatten es unter der Hand von einem der kaiserlichen Beamten erfahren. Es war eine Randbemerkung gewesen; diese Beamten interessierten sich nicht für kleine Gemeinden; sie schmiedeten europäische Politik und hielten sich nicht mit den kleinen Maschen des Gewebes auf, aus denen diese am Ende aufgebaut war, Amt um Amt, Taler um Taler.

Doch was der Mann erzählte – eine Klatschgeschichte vom Rande eines Abendessens –, war eindeutig gewesen: Tetzel hatte den Kaiser ermutigt, das Vogtamt dem Markgrafen zuzuschustern. Und später so getan, als könne er nichts für die Entscheidung. Kaiserlicher Beschluss war nun einmal kaiserlicher Beschluss, nicht wahr? Dieser Heuchler!

Was ihnen fehlte, war etwas Schriftliches, um den Verrat zu beweisen. Verräterische Briefe von Tetzels Hand etwa, die man dem Rat hätte vorlegen können. Aber sie konnten nur auf die engen Beziehungen von Tetzels Familie zum Markgrafen hinweisen, auf die vielfältigen, ja allzu vielfältigen Geschäftsverbindungen, die dort bestanden. Und hatten bei einer Ratssitzung die Frage nach Tetzels Loyalität in den Raum gestellt.

Bei dem Gedanken an die unschuldige Miene, die Tetzel daraufhin aufgesetzt hatte, wurde Andreas Tucher unruhig. Er hätte gerne etwas ins Wasser geworfen, nur ein kleines Steinchen, um den Bann zu brechen und den erlösenden Ringen nachzusehen. Tetzel hatte alle Anschuldigungen von sich gewiesen, mehr noch: Weil er wusste, dass Pirckheimer die treibende Kraft in der Gruppe derjenigen war, die ihm misstrauten, hatte er eine Schmähschriftkampagne gegen ihn angezettelt – durch seine Kreatur, diesen Wengenmayr. Den sie obendrein noch ernährt hatten, als Gerichtsschreiber, als Ratsschreiber! Er bezog noch Sold für seinen Verrat! Und Wengenmayr war auch der Mann, der noch bis vor Kurzem die Chroniken zu fast all ihren außenpolitischen Aktivitäten geschrieben hatte. Er hatte Einblick in alles: die Ratsbeschlüsse, den Briefwechsel mit der kaiserlichen Kanzlei, den Dialog mit den Landesherren und Reichsstätten. Es war kriminell, wenn man nur daran dachte. Denn musste man nicht davon ausgehen, dass das, was Wengenmayr wusste, auch Tetzel in Händen hielt? Und was der besaß, das war schon so gut wie beim Markgrafen angelangt! Der Markgraf hatte in den Personen Tetzels und Wengenmayrs zwei Spione in ihrer Mitte!

Tuchers innere Anspannung wollte nicht weichen. Vergebens sagte er sich, dass alles gut gehen würde. Sie hatten einen Mittelsmann eingeschaltet, der wiederum hatte den Richtigen gefunden. Johann Wengenmayr würde bald nicht mehr unter ihnen weilen. Das würde er seinen Kollegen im Kleinen Rat berichten, sobald ihn die entsprechende Nachricht aus Annaberg erreichte. Die politischen Geheimnisse der Stadt wären dann erst einmal wieder sicher. Und der Weg wäre frei für den Prozess gegen Tetzel.

Eine Stimme ließ ihn aufschrecken: »Werter Kollege.«

Tucher fuhr herum und starrte in das weitflächige Gesicht Willibald Pirckheimers, in dem sich die kleinen Augen misstrauisch und lebhaft behaupteten, auf die flache, wie vielfach gebrochen wirkende Nase, die der fülligen Lebemanngestalt seines Ratskollegen etwas Rohes gab. Pirckheimer hatte im Schweizerkrieg das Nürnbergische Kontingent des Schwäbischen Bundes befehligt. Nicht ohne Erfolg und nicht ohne Furor. Einen Goldpokal hatte die Stadt ihm dafür verliehen, aus dem er gerne einen kräftigen italienischen Roten trank, wenn er Gäste einlud. Lustvoll erzählte Pirckheimer dann vom Krieg. Und wenn man ihn so sah und an die Plünderungen dachte, für die seine Truppe damals bekannt wurde, so hätte er ebenso ein Landsknecht sein können wie der feinsinnige Gelehrte, der er tatsächlich war.

Zehn Jahre war seine aktive Zeit nun her, und die Fehden, in die der streitbare Rat Pirckheimer sich seither gestürzt hatte, waren anderer Natur. Er führte sie mit Worten, als Schriftsteller, Satiriker, juristischer Redner und als Beauftragter des Rats in heiklen politischen Fragen. Zuweilen in sehr heiklen. So wie derzeit.

»Hier«, sagte Pirckheimer und drückte ihm ein Schreiben in die Hand. Das Siegel war bereits erbrochen. Stückchen davon fielen auf den Boden, als Tucher das Schriftstück umständlich entfaltete und in das schwächer werdende Licht hielt.

»Sie haben ihn?«, murmelte er erschrocken.

»Fast unmittelbar nach der Tat, wie es aussieht.« In Pirckheimers Stimme klang unterdrückte Wut. »Und er hat geredet.«

»Hm, hm.« Tucher überflog die Namen der Auftraggeber, die Wilbold Tiermann seinen Häschern genannt hatte; es war eine ganze Liste. »Er war offenbar nicht faul.«

»Er war ein Idiot«, stellte Pirckheimer klar. »Und jetzt werden wir aufgefordert, uns dazu zu äußern.«

Tucher wollte schon den Kopf schütteln und etwas sagen, als er eine weitere Gestalt bemerkte, die unten an der Viehtränke im zertrampelten Gras stand. Wie lange war der Mann schon da? Mit einer Kopfbewegung machte er Pirckheimer auf ihn aufmerksam und faltete den Brief wieder ein.

Sein Amtskollege setzte ein joviales Lächeln auf und winkte. »Herr Albrecht, kommt doch zu uns herauf.« Er und der Maler Albrecht Dürer waren Freunde; er konnte sich ihm schlecht entziehen.

»Herr Tucher«, sagte Dürer lebhaft, als er herangetreten war, wischte sich die vorfallenden Locken hinter das Ohr und ließ ein Stück Kohle über das Papier fahren, das er in einer aufgeschlagenen Mappe vor der Brust hielt. »Behaltet diesen Ausdruck noch einen Moment, das Licht reicht so gerade eben.« In seiner Stimme schwang eine gut gelaunte Aufregung. »Als ich euch da vorhin stehen sah, dachte ich: Er sieht aus wie die leibhaftige Melancholie.« Er strichelte sein Bild fertig und erläuterte dabei: »Vor wenigen Tagen erst hatte ich einen Einfall zu einem Bilde, das die Melancholie darstellen soll. Ein Stich soll es werden, und genauso denke ich mir den düsteren Engel: mit wachem Blick, willig zu Taten, und doch zugleich völlig gehemmt und in sich verstockt, sodass nichts geschieht. Nichts geschieht«, wiederholte er murmelnd, während er zeichnete.

»Und ich dachte, der Stich sollte eine Studie werden über platonische und archimedische Oktaeder.« Pirckheimer bemühte sich um ein unverdächtiges Lachen. An Tucher gewandt – und während er den Brief von jenem zurücknahm und unauffällig unter seinem Umhang verschwinden ließ – fügte er hinzu: »Wir sprachen erst jüngst miteinander über den Plan zu dem Bilde, Albrecht und ich. Aber so sind die Künstler, sie finden ihre Inspiration auf der Straße ebenso gut wie in den Schriften der Philosophen.«

Nichts geschieht, wiederholte Tucher sich die Worte des Künstlers und schnaubte. Aber genau genommen war ja auch gar nichts geschehen an diesem friedlichen, stillen Juniabend. Nicht in Nürnberg. Und auch in Annaberg würde bald wieder alles friedlich werden, wenn sie geschickt vorgingen. Er musste auf seinen Gesichtsausdruck achten.

»Auf Ehre und Gewissen«, stellte Dürer fest, der ihn erneut taxierte, über den Kohlestift hinweg. »Wer es nicht besser wüsste, würde einen schweren inneren Kampf vermuten.«

»Kein Kampf«, beeilte Tucher sich zu erwidern. »Nur ...«

Pirckheimers erneutes Lachen leistete ihm Schützenhilfe. »Nur ein schweres Mahl und ein Übermaß an Wein, da wette ich.« Er klopfte seinem Ratskollegen auf die Schulter. »Habt Ihr schon Nachricht bekommen aus Ansbach?«

Das war eine Frage, die wunderbar von dem heiklen Thema ablenkte. Dazu eine, die dem Ratsherr Tucher wohltat. Eifrig nickte er. »Der Markgraf hat sich bereit erklärt, uns in Fragen des Geleitschutzes entgegenzukommen. Er wird es wohl langsam leid, diesen Straßenräubern, dem Konrad Schott und dem Fuhrmann Kunz, wieder und wieder Obdach zu gewähren, wenn wir sie verfolgen. Sie sind zwar einerseits wie er von Adel, aber andererseits doch schlichtweg Räuber, und sie würden nicht zögern, auch Kaufleute, die unter seinem Schutz stehen, zu überfallen oder sich an seinen Bauern zu vergreifen. Der Markgraf weiß das. Ich denke, wir werden bald eine Abordnung ins Geleithaus nach Fürth schicken können, um dort ein Abkommen mit ihm auszuhandeln.«

»Gut, gut«, stellte Pirckheimer fest. »Die Ansbacher sind zuständig für die Straßen von Fürth nach Uffenheim und Kitzingen; das sind die wichtigen Routen zu den Messen in Frankfurt. Einen weiteren feigen Überfall wie den durch Götz von Berlichingen vor zwei Jahren darf es nicht geben.« Er knirschte mit den Zähnen, als sähe er die Szene vor sich und stünde kurz davor, selbst wieder das Schwert gegen den Raubritter zu schwingen. »Fünfundneunzig Kaufleute! Fünfundneunzig ehrbare Männer, um ihre ehrliche Leistung und ihre Habe gebracht! Beraubt von einem Straßenräuber mit Adelsprädikat! Und er hat die Stirn, es eine Fehde zu nennen. Eine angeblich ehrliche Fehde nach geltendem Recht. Was soll das für eine Fehde sein, die erst angekündigt wird, nachdem der Überfall geschehen ist?« Pirckheimer schnaubte. »So einen sollte man hängen, und hinterher erst den Prozess gegen ihn führen, dann hätte man es ihm rechtens heimgezahlt.«

»Aber hat nicht der Kaiser«, fragte Dürer dazwischen, »die Reichsacht gegen ihn verhängt? Wir haben doch unsere Genugtuung.«

»Die Acht wird nicht genügen«, stellte Pirckheimer fest. Es war sein Lieblingsthema. »Genau wie der Landfrieden nicht genügt, der die Fehden allesamt verbietet. Wir haben das Recht auf unserer Seite, aber es nützt nichts. Weil die adligen Landesherren nicht mitspielen. Der Landfrieden und das Fehdeverbot sind nichts wert, wenn sie nicht mit dem Schwert durchgesetzt werden. Wenn die Landesherren keinen Finger rühren, um die Kaufmannszüge zu geleiten, oder gar selbst mit den Räubern gemeinsame Sache machen, dann sind wir aufgeschmissen. Ihr wisst das, Tucher.« In dem Blick, den er seinem Ratskollegen schickte, lag noch etwas anderes. Sorge, Wut, eine Frage? Aber sie konnten jetzt nicht offen reden.

Brav antwortete Tucher daher nur: »Es ist mühsam, Ihr kennt den Markgrafen. Er ist jähzornig und adelsstolz. Es fällt ihm schwer, sich von dem Gedanken zu lösen, dass nicht jeder Adelige nach Belieben mit dem Schwert dreinschlagen und ganz nebenbei ein wenig Geld damit verdienen darf.«

»Er gehört einem aussterbenden Zeitalter an«, schnaubte Pirckheimer.

Die Bemerkung machte den Maler lachen. Die beiden Räte schauten ihn an und fragten sich, wann er wohl endlich mit seiner Arbeit fertig wäre und sie in Ruhe ließe.

»Er hat unsere Emissäre angehört«, versicherte Tucher über Dürers Scheitel hinweg. »Wir stehen kurz vor einem Abschluss. Einen Vorfall wie vor zwei Jahren, wo wir bewaffnet aufeinanderstießen, wird es nicht mehr geben, da bin ich mir sicher. Ich wage zu sagen, wir finden zusammen.« Er dämpfte seine Stimme ein wenig. »Er hat hohe Schulden.«

Pirckheimer schnaubte. »Sagt so etwas nicht. Ihr klingt schon wie Tetzel.« Er zischte das »Z« in dem Namen seines Widersachers.

Alarmiert hob Tucher den Kopf. Es war nicht gut, wenn der Name öffentlich fiel. Aber Pirckheimer ritt der Teufel, seine Augen glühten kurz auf, und betont fügte er hinzu: »Geld, Geld, alles will er mit Geld lösen, der Tetzel. Als würden wir es scheißen und nicht mit Mühe verdienen. Mit den Mitteln der Stadt wirft er um sich, nur bei sich selbst, da ist er geizig, sogar die eigene Schwester übervorteilt er, wo es möglich ist.«

Tucher hätte am liebsten mit den Armen gewedelt, um zu verhindern, dass Pirckheimer weitersprach. Aber nun waren die Worte in der Welt. Wie würden sie wirken?

Beide behielten sie Dürer im Auge bei diesen Worten, Pirckheimer auf Zustimmung lauernd oder ein Zeichen des Amüsements, Tucher voller Sorge. Aber der Maler schien sich nicht für den Klatsch zu interessieren und fügte seiner Zeichnung leichthändig und ohne zu stocken eine Schraffur hinzu.

Tucher wollte sich schon beruhigen, schnappte dann aber nach Luft, als Pirckheimer wie für sich selbst hinzufügte: »Wir haben den Kontrakt, den Tetzel durch Wengenmayr für seine Schwester hat aufsetzen lassen und den er selbst gesiegelt hat. Und wir können nachweisen, dass das Dokument rechtlich nicht haltbar ist.« Er lächelte fein. »Wenn das kein Skandal ist. Und wir haben auch die falschen Quittungen, die Wengenmayr vor bald zehn Jahren für unser Landsknechtkontingent ausgeschrieben hat, im Landshuter Erbfolgekrieg. Er hat weit weniger Männer ausgehoben, als er hernach entlohnt und verköstigt haben will. Und es war überwiegend Gesindel, nicht das vorgeschriebene Menschenmaterial. Das ist Betrug. Und auch hier war Tetzel sein Genosse; die beiden waren schließlich damals gemeinsam in diplomatischer Mission unterwegs.«

Pirckheimer nickte grimmig. »Es leuchtet doch wohl ein, dass ein Mann, der Unterschlagungen begeht und sogar die eigene Schwester übervorteilt, der mit dem politischen Gegner mauschelt und das Geld der Stadt Wegelagerern hinterherwirft, dass so ein Mann nicht tragbar ist in den höchsten Ämtern der Stadt. Oder?«

Tucher war heiß geworden, aber er begriff langsam, was sein Kollege da tat: Er erprobte ihre Geschichte an einem ersten, vertrauten Zuhörer. Leider zeigte Albrecht Dürer noch immer wenig Reaktion. Also half Tucher nach: »Ja, aber wird der Rat den Landesverrat glauben?«, fragte er, als wollte er Dürer die Frage zum Wiederholen vorsagen.

»Glauben?« Pirckheimer riss die kleinen Augen auf und starrte ihn an. »Das ist keine Glaubensfrage, Tucher. Dass das Gräfenberger Vogtamt uns entgangen ist, ist eine Tatsache. Tetzels Politik ist verheerend, im Kleinen wie im Großen. Er würde Nürnberg langfristig nur schaden. Er würde alles untergraben und aufs Spiel setzen, wofür wir gearbeitet haben. Denkt doch nur an die schwierigen Gespräche auf dem letzten Reichstag in Augsburg.«

Bei diesem Stichwort wurde Albrecht Dürer aufmerksam. Er beendete seine Skizze. »In Augsburg«, sagte er, an niemand Besonderen gewandt, »habe ich seine Majestät den Kaiser Maximilian porträtiert. Es war ein mühsames Geschäft, er wollte nicht stillhalten. Aber es hat mir viel Lob eingebracht und den Auftrag für das Fechtbuch. Und mit Gottes Hilfe wird es mir zu einer Leibrente verhelfen.« Sein Blick war in unbekannte Fernen gerichtet, auf künstlerische Einfälle vielleicht, die er erst noch haben würde, oder auf Rentiersfreuden. Und so verabschiedete er sich.

Die beiden Ratsherren starrten ihm nach. »Wird er es weitertragen?«, fragte Tucher besorgt.

»Das hoffe ich doch«, meinte Pirckheimer. »Er legt sich selbst nie fest, er ist ein kluger Kopf. Aber ein Klatschmaul wie jeder andere. So.« Er schnaufte. »Die Saat ist gesät. Das Gerücht kann jetzt arbeiten. Und es wird zu unseren Gunsten arbeiten. Vertraut mir.« Er hob die Stimme, um einem Einwand Tuchers zuvorzukommen. »Jeder, dem wir künftig von Tetzels Verrat erzählen, wird das umso plausibler finden, da es ja schon die Spatzen von den Dächern pfeifen.«

Tucher ließ einen Moment verstreichen, ehe er nachfragte: »Und was machen wir jetzt in der Causa Wengenmayr?«

»Wengenmayr ist erledigt«, erwiderte Pirckheimer und schlug sich dort auf die Brust, wo der Brief unter seinem Wams verwahrt war. Es knisterte leise.

»Ja, aber wer zum Teufel ist dieser Hensel oder Hansel, den Tiermann sich da zum Genossen genommen hat? Das zieht alles immer weitere Kreise.« Tucher biss sich auf die Lippe und überlegte. Andererseits, dachte er, war damit nicht zu rechnen gewesen? Man konnte von solchem Volk kein kluges Vorgehen erwarten. Spätestens, wenn man ihnen die Foltereisen zeigte, wurden sie gesprächig; er kannte ihresgleichen aus so vielen Prozessen. Im Grunde konnte er es ihnen nicht einmal verdenken. Was erwartete sie noch? Nur das Gerädertwerden oder das Vierteilen. Und sie mussten auch an ihr Seelenheil denken. »Wir sollten erst einmal keine Stellungnahme abgeben«, sagte er und stellte befriedigt fest, dass Pirckheimer dazu nickte. Rasch überlegte er weiter: »Vielleicht könnte man den Weißenburger dazu bringen, dass er alles auf sich nimmt. Zumindest vorerst«, fügte er hinzu. Seine Gedanken überschlugen sich. Nein, Gefahr drohte ihnen nicht von diesem Gericht, sondern von viel höherer Stelle. Dem Kurfürst von Sachsen würde es gar nicht gefallen, dass die Nürnberger ihre schmutzige

Wäsche in seiner Erz-Metropole gewaschen hatten. Es würde diplomatische Verwicklungen geben, so viel war klar. »Ob man das mit Geld regeln kann?«, murmelte er, mehr zu sich selbst.

Aber Pirckheimer verstand seinen Kollegen bestens: »Vierhundert Gulden für die Witwe würde ich für angemessen halten«, meinte er. »Was die übrigen Beteiligten angeht …«

»Der Kurfürst«, warf Tucher ein.

Pirckheimer nickte. »Da schlage ich viertausend vor. Aber wir sollten die Sache erst einmal hinausschieben, die Wogen sich glätten lassen.« Er vollführte eine entsprechende Handbewegung. »Dann den Boden sondieren und beim nächsten Reichstag zack«, er hieb die Faust in die offene Hand, »Nägel mit Köpfen machen. Wichtig ist nur, dass der Herzog die Gespräche mit dem Kaiser nicht unterminiert.«

Tucher fügte hinzu: »Natürlich müsste schriftlich festgehalten werden, dass mit der Zahlung kein Schuldeingeständnis verbunden ist.« Er rechnete laut: »Also viertausend für den Herzog, vierhundert für die Witwe. Ach ja, und vielleicht eine Spende für den Klerus vor Ort, so etwas ist nie verkehrt. Wengenmayr wird ja wohl dort begraben werden. Ich habe gehört, dass die Stadtkirche in Annaberg einen neuen Altar gut gebrauchen könnte.« Er überschlug Summe und Vorgehensweise im Kopf. Es durfte nicht wie ein Schuldeingeständnis aussehen. Einen Moment lang ärgerte er sich, dass er nicht gleich vorhin die Gelegenheit beim Schopfe gepackt und Dürer gefragt hatte, ob er wohl bereit wäre, ein Altarbild zu gestalten. Dürer hatte ja bereits recht anmutige Zeugnisse seiner Kunst in dieser Art geliefert. Dann wieder dachte er, dass er Dürer doch lieber für den Großen Saal engagierte. Für Annaberg täte es auch ein minderer Maler, einer aus Annaberg selbst, Hans Hesse etwa. Man durfte es nicht übertreiben. Jetzt lächelte er über sich selbst. Einen Dürer zu senden, das wäre dann doch beinahe ein Schuldeingeständnis.

»Was amüsiert Euch?«, erkundigte sich Pirckheimer.

Mit einem Schlag wurde Tucher wieder ernst. »Tetzel wird nicht so leicht loszuwerden sein.«

»Wir wissen, was wir wissen«, sagte Pirckheimer langsam, jeder Halbsatz wie ein Zentnergewicht. »Und unser Wort wird zählen vor dem Rat. Die Gräfenberger Angelegenheit wiegt schwer.« Er packte Tucher bei der Schulter. »Wir müssen Tetzel das Handwerk legen.« Eindringlich fuhr er fort: »Wir machen aus eigener Kraft Schluss mit den Fehden. Der Schwäbische Bund ist so weit, die Reichsstädte sind sich einig. Die Vernünftigen unter dem Adel sind dabei, auch der Bamberger Bischof hat eingelenkt. Das Heer ist aufgestellt, das die Unruhestifter und Mordbuben ein für alle Mal befrieden wird. Unser Bundesheer wird sie zur Vernunft bringen. Der Kaiser braucht dem Feldzug nur noch zuzustimmen. Und dann wird eine neue Zeit anbrechen.«

»Spart Euch die Rede für den Rat.«

»Es darf nicht wieder Tetzel als Gesandter gehen.« Pirckheimers Gesicht rötete sich. »Dieser Narr würde alles hintertreiben. Würde wollen, dass wir nicht kämpfen, sondern dass wir zahlen, um unbehelligt zu bleiben, hübsch still und bescheiden und immer nur zahlen.«

»Geld löst so manches Problem«, gab Tucher zu bedenken. Es hatte vierhundert Gulden gekostet und fünf Gulden Spesen, damit einer loszog, Wengenmayr zu erledigen. Eine Ausgabe des Rates, für die es in der Registratur keine Unterlage gab.

Pirckheimer schüttelte den Kopf. »Ich weiß, dass der Kaiser sich wünscht, wir kämen hier ohne Kriegszug aus. Er hat andere Sorgen und will gen Rom ziehen mit seinem Heer. Er will, dass wir stillhalten und zahlen.« Er lachte bitter. »Am Ende, dass wir dem Götz von Berlichingen Geld zahlen, damit er uns in Ruhe lässt. Mit dem Geld wird der sich dann aus der Acht kaufen, um hernach wieder fröhlich am Straßenrand auf der Lauer zu liegen und uns was zu rauben? Noch mehr Geld. Dann kann der Kaiser dem Berlichingen eine neue Geldstrafe aufbrummen, die dieser dann mit unserem Geld begleichen wird. Der Kaiser hat leicht reden: Am Ende landet alles in seinen Taschen. Nein.« Pirckheimer war inzwischen puterrot im Gesicht.

»Gut, gut.« Tucher nickte begütigend. »Dann bleiben wir dabei. Als Nächstes wird der Rat hören, dass es ist, wie wir alle vermutet haben: Anton Tetzel hat falsche Briefe ausgestellt und Geld veruntreut. Und das alles mit dem Ziel, uns zu schaden gegenüber dem angestammten Feind, dem Markgrafen.« Er machte eine Pause. »Und der Schreiber Wengenmayr wird nichts Gegenteiliges behaupten, wage ich zu sagen.«

Bei der Erwähnung des Namens verstummten sie für einen Moment, jeder seinen Gedanken nachhängend. Die Häuser längs des Ufers steinere Schalen, die Perlen hüteten. Fledermäuse schossen lautlos über den Dächern hin und her. Steile Wolken türmten sich graudunkel in den schwärzer werdenden Himmel. »Wenn der Rat erst einmal überzeugt ist«, begann Pirckheimer schließlich erneut, »dass Tetzel den Markgrafen gegen die Stadt unterstützt hat, dann wird er keine Gnade kennen.«

Tucher schnaubte. Natürlich würde es keine Gnade für Tetzel geben. Aber ... »Einen Tetzel kann man nicht einfach erschlagen«, wagte er anzumerken. Man könnte ihn vor Gericht stellen, verhören, verurteilen ... aber das gäbe Protokolle, peinliche Bekenntnisse, noch mehr ausgeplauderte Geheimnisse. Tetzel war mit den Tiefen der Nürnberger Politik vertraut. Und er war einer der Ihren. Das Schwert verbot sich.

»Man könnte ihn doch in den Fünfeckturm sperren«, schlug Pirckheimer vor. »Isoliert von der Öffentlichkeit.« Grimmig fuhr er fort: »Zu so einem gefährlichen Mann lässt man am besten nicht einmal die eigene Familie vor.«

Tucher nickte langsam, während das Bild vor seinen Augen Gestalt annahm. Ja, das könnte gehen. Tetzel würde verstummen, würde verschwinden. Kein Verfahren, keine peinlichen Briefe, keine verärgerten Fürsten. Die Welt würde ihn vergessen. Besser, die Schande, dass einer der Ihren sich im Amt vergangen hatte, blieb unbekannt und unbesprochen. Details brauchte niemand zu erfahren.

Sein Atem ging unvermittelt ein wenig schneller. Er bemerkte, dass er durstig war. Doch die Schenken in der Gegend waren nicht einladend. Übers Wasser konnte er den Geruch nach schalem Bier und altem Fett riechen, der schlierig in der Abendwärme hing. Und die fernen Stimmen der Zecher, die zu ihnen beiden herüberdrangen, dünkten ihm grell. Bald würden die Leute von Tetzels Verrat erfahren. Sie würden es glauben. Trotzdem: »Man muss sorgfältig überlegen, wie man der Öffentlichkeit das Ganze präsentiert. Landesverrat«, überlegte er laut. Was tat ein Verräter?

Die beiden Räte schauten erst einander an und dann in die Gegend, als könnte die Stadt ihnen die Antwort verraten. Etwas quietschte, dass sie zusammenzuckten. Das Hallertürlein, das sie für schon geschlossen gehalten hatten, schob sich noch einmal auf, und eine Alte mit einem Handkarren kam herein. Ihr auf dem Fuße folgte ein schwarzer Hund.

Das Tor, dachten die beiden, und sie dachten es gleichzeitig, und sooft sie sich später die Szene in Erinnerung riefen, sie konnten sich nie einigen, wem von ihnen es zuerst eingefallen war: Es war ihrer beider Idee, so wie es hernach die Geschichte aller werden sollte. Das war es, was Landesverräter tun, dachten sie nämlich: Sie öffneten dem Feind Tür und Tor, ließen ihn ein wie ein Raubtier in den umwallten, geschützten Garten der Stadt. Eine Weile diskutierten sie noch, ob man es wagen könnte, das zu propagieren: dass Tetzel versucht hatte, dem Markgräfler ein Stadttor zu öffnen? Des Nachts natürlich und heimlich. Schließlich akzeptierten sie es als genial. Die Leute wollten nichts hören von Politik, von Briefen und Quittungen und den umständlichen Erklärungen dazu;

selbst Dürer hatte die Sache augenscheinlich gelangweilt. Nein, es musste handgreiflicher sein. Ihre Stimmung lebte auf, als sie den Plan zu Ende skizzierten. Am besten käme ein unbescholtener, einfacher Mensch ins Spiel, der alles entdeckte, aber keine ärmliche Alte, nein, lieber ein blonder, unschuldiger Knabe, vielleicht ein Handwerksgeselle oder ein Bäckersbursch. Mit dem handfesten Witz des Volkes begabt. Auch der Hund war zu gebrauchen, der jetzt hinter der Alten her in der Gasse verschwand, ein schwarzer, zottiger Streuner, der auf langen, dürren Beinen federte und den Schwanz hin und her pendeln ließ. Der Hund in ihrer Geschichte gehörte dem Bäckerjungen. Als der Bursche abends auf die Gasse trat, streifte sein treues Tier umher und schien verschwunden. Der Bursche suchte es und bemerkte dabei das offene Tor. So würde es erzählt werden, ja, diese Geschichte hatte Potenzial. Sie würde zur Legende werden und mit der Zeit die Wunden heilen, die die Verhaftung und Verurteilung eines der Ihren unweigerlich der Stadtseele schlug. Tucher beglückwünschte Pirckheimer und sich selbst zu diesem Einfall, der eines Literaten wahrhaft würdig war.

In der Ferne hörten sie einen Wächterruf. »Neun Uhr des Abends, und alles in bester Ordnung.«

Nürnberg durfte sich sicher fühlen hinter seinen Mauern, Türmen und Toren.

DER PROZESS

DOPPELMORD UND GRABSCHÄNDUNGEN IN NÜRNBERG 1972

Er hatte die Beine unter dem Tisch ausgestreckt, die Füße in den spitzen Schnürschuhen übereinandergeschlagen. Seine Krawatte baumelte gefährlich nah an der Müslischüssel, über die er sich gebeugt hatte, während sein Blick an dem aufgeschlagenen Buch hing, das er mit der Rechten hielt. Die Art, wie er es einhändig umblätterte, deutete auf Übung im Lesen beim Essen hin.

Seine Mutter ging vom Fenster zum Herd und warf ihm einen Seitenblick zu, der besagen sollte, dass das nicht gesund war, doch er bemerkte ihn in seiner Konzentration gar nicht. Die Linke tastete nach der Kaffeetasse, fand sie, führte sie zum Mund und schlafwandlerisch wieder zurück. So war er schon als Kind gewesen. Die Mutter strich mit den Händen über ihre Kittelschürze, wandte sich ab und nahm die nächste Kartoffel in die Hand, um sie zu schälen. »Was liest du da?«, fragte sie ohne viel Hoffnung und Interesse.

Statt einer Antwort hob er kurz den Band an. »Schwarze Magie«, schob er schließlich doch nach. »Von einem Engländer.«

»Mein Gott, Bub.«

»Das ist wissenschaftlich, Mama.«

Sie wusste nicht recht, was das sein sollte, und musste es gut sein lassen. Aber behaglich war ihr nicht. Sie schälte mit energischen Bewegungen. »Dass du mir das nicht in der Wohnung lässt.«

»Ist eh für den Prozess«, murmelte er. Als würde er ihre Befremdung spüren, schaute er auf und erklärte: »Der Täter hat das gelesen. Es ist vermutlich die Basis für seine Wahnvorstellungen.

Hochinteressant, wenn man sich in einen Verbrecher reindenken will.«

Der Täter, so viel wusste sie zumindest, das war dieser fürchterliche Mensch, über den alle redeten. Alle Zeitungen schrieben über ihn, Kuno Hofmann, den »Vampir von Nürnberg«, eben auch ihr Junge, der ein Studierter geworden ist, ein Zeitungsschreiber. Reporter, so nannte er sich selbst. Das klang so amerikanisch. Sie war sich nicht sicher, ob das etwas Gutes war. Sicher nicht, wenn es bedeutete, dass er Tag um Tag in den Gerichtssaal fuhr und sich mit so einem wie dem beschäftigte. Sie schnitt ein letztes Auge aus und warf die Kartoffel in den Topf, wo schon einige andere lagen, totenbleiche, nackte Knollen. »Der gehört doch vergast.«

Er fuhr auf. »Mama!«

Ist doch wahr, wollte sie sagen. Aber im letzten Moment biss sie sich auf die Lippen. Vom Widersprechen kam nie etwas Gutes. Und außerdem: Sie kannte das ja schon. Der Ärger in seinen Augen, das tadelnde Erstaunen und das, was ihr am meisten ausmachte, sie konnte es wahrnehmen, sie war ja nicht dumm: sein Ekel vor ihr. Das tat weh. Also antwortete sie ausweichend: »Man sagt halt so.«

Er schaute schon wieder auf sein Buch. »Dann solltest du vielleicht mal eine Sekunde darüber nachdenken, wie das gekommen ist, dass man ›so sagt‹, in Deutschland.«

Wie er klang. So streng, als wäre sie das Kind. Sie seufzte und griff nach der nächsten Kartoffel. Das hatte man davon, wenn man sie studieren ließ. Ganz fremd kamen sie wieder und kritisierten die eigenen Eltern. Schauten einen so an. Es stimmte schon, was man sagte: Kleine Kinder treten der Mutter auf die Kleider, große treten aufs Herz. Sie guckte nicht mehr zu ihm hin, um nicht sehen zu müssen, wie er die Augen verdrehte. »Aber was soll man mit so einem sonst machen«, wagte sie es dann noch einmal. »Willst du den frei rumlaufen lassen? Damit er noch mehr umbringt?«

Er antwortete nicht sofort, und sie spürte, dass sie da auf etwas gestoßen war, auf dem sie aufbauen konnte. Mit neu erwachtem Kampfesmut drehte sie sich wieder vom Herd weg. »Er wünscht sich ja selber die Todesstrafe. Steht in der Zeitung.« Das war ihr Trumpf. Gegen die Zeitung konnte der Bub nichts sagen. Er arbeitete ja selbst bei einer. »All die Mädchen«, fuhr sie fort und schüttelte den Kopf. »Und dann noch das kleine Kind.«

»Welches Kind?«, fragte er.

Sie wischte sich die Hände wieder an der Kittelschürze ab, ging zur Kücheneckbank und holte ein zusammengefaltetes Exemplar der Zeitschrift *Wochenend*, die sie abonniert hatte. »Da.« Sie legte es auf das Wachstischtuch mit dem Zitronen- und Chiantiflaschenmuster, wie in Italien. Da war sie einmal gewesen, sie hatte das Muster schön gefunden, schöner als das blaue Karo, das der Mann gewollt hatte, und sie hatte sich durchgesetzt. Jetzt war er auch schon fünf Jahre tot. Was sollte man machen. Die Kartoffeln! Sie eilte zurück an den Herd.

Ihr Sohn warf einen Blick auf das reißerische Titelblatt, das ihn regelrecht ansprang. Rot und schwarz die Schrift. Dann das Bild: ein dreijähriges Mädchen im roten Mantel, dazu ein düsterer Wald, um das böse Märchen perfekt zu machen, und die bekennerische Überschrift: »Der Vampir hat meine Mama erstochen«. Genau die Sorte Journalismus, gegen die er mit seinem Schreiben antrat. Sensationsgeil, verlogen. Dass so etwas überhaupt gelesen wurde. Er schob es von sich.

»Das ist doch Unfug. Der Mann ist auf allen deutschen Titelblättern. Er wird für so ziemlich jeden Mord im Land verantwortlich gemacht. Kein Wunder, wenn ein Kind auf die Idee kommt, das könnte auch der Mörder seiner Mutter sein. Das sagt doch gar nichts. Eine Dreijährige kann sich doch nicht erinnern.« Er schüttelte den Kopf. Leichthin sagte er: »Ich erinnere mich an nichts aus der Zeit, als ich drei war.«

Sie zuckte zusammen. So also dankte er es ihr. All die Mühe, die sie mit ihm gehabt hatte. Unter Schmerzen hatte sie ihn geboren, sich krummgelegt. Und er erinnerte sich nicht, wollte auch nichts hören; das wollte er nie. Trotzig entgegnete sie: »Eine Pschy… eine Ärztin sagt, das geht sehr wohl, dass das Kind sich erinnert. Steht auch da. Und das ist wissenschaftlich.«

»Eine Psychologin!« Sein Ton war höhnisch. »Die das Kind nie gesehen hat, den Fall nicht kennt und nur irgendwas in ein Mikro sagt, das man ihr hinhält. Schöne Psychologin. Schöne Recherche.« Jetzt war er es, der sich hineinsteigerte. Er zog das Blatt zu sich, schlug mit der Handkante darauf. »Da, schau dir das an. Die Kleine will angeblich gerufen haben: ›Vorsicht, Mama, der böse Mann will dir was tun.‹ Reden Dreijährige etwa so? Und drei Absätze vorher steht Schwarz auf Weiß, dass sie damals eine Sprachstörung hatte und als zurückgeblieben galt; sie kann also überhaupt nichts Derartiges gesagt haben.« Er schaute seine Mutter an, und die schaute weg. Hinaus in den Garten. Wo die Bohnenstangen standen.

»Und wie das aufgemacht ist«, fuhr er fort, jetzt in seinem Element. Journalismus, das war eine Berufung, eine Mission. »Das Bild mit den aufgerissenen Kulleraugen, der dezente Hinweis auf den schlechten Ruf der Mutter, das rote Mäntelchen – reine Pornografie ist das doch. Kinderpornografie!«

»Jochen!« Sie ließ den Kartoffelschäler scheppernd auf den Herd fallen. Ihre Wangen waren heiß.

Er seinerseits ließ das Thema fallen, blieb aber in Fahrt. »Dazu das Rumreiten auf den Schrecken der Tatnacht, von denen keiner etwas weiß, denn es war niemand dabei.«

»Das Kind schon, das arme Wurm …«

»… mit dem man ja angeblich sooooo ein Mitleid hat.« Er schnaubte. »Der Text trieft davon. Dabei zerrt man es in die Öffentlichkeit, mit allen Details. Die Stiefeltern, die das zulassen, gehören verklagt, wenn du mich fragst.«

»So siehst du das«, murmelte sie.

»So seh ich das. Wenn du schon Mitleid haben willst, warum dann nicht mit dem Mann selber? Der eigene Vater wollte ihn töten, als er noch ein ganz kleines Kind war, hat ihn an ein Fensterkreuz gehängt und zum Krüppel geschlagen. Später hat er ihn in einen Sack gesteckt und zu entsorgen versucht wie einen Wurf Katzen, sagt sein Anwalt. Darüber sollten sie mal schreiben.«

»Jessas Maria.« Sie bekreuzigte sich mit feuchten Fingern und schüttelte den Kopf.

»Danach kam er in ein Kinderheim, noch unter den Nazis. Dass sie ihn nicht tatsächlich vergast haben, wie du so freundlich vorgeschlagen hast, ist im Grunde ein Wunder.«

Sie hörte den Vorwurf und schwieg. Sie kannte das ja schon, immer diese Fragen, was der Vater im Krieg gemacht hatte. Dass sie da nie insistiert hatte. Dass die schwarze Uniformmütze all die Jahre draußen im Flur auf dem Garderobenschrank gelegen hatte. Irgendwann hatte der Sohn sie weggenommen, und sie hatte nichts gesagt. So war es halt damals gewesen.

»Und deshalb darf er also andere umbringen?« Sie sagte es nicht laut, aber trotzig. »Ihnen das Blut aussaugen?« Ein letztes Mal wandte sie sich um. »Mir am Ende. Der Frau Isolde oder der Frau Hümmer. Was machen wir denn, wenn der hier herumläuft?«

Er stand auf. »Die Isolde, die Frau Hümmer und du, ihr seid sicher, mach dir mal keine Sorgen.« Er lachte. Als er ihr Gesicht sah, trat er näher und drückte ihr einen Kuss auf die faltige Wange. »Sicher«, wiederholte er etwas wärmer, ehe er ging.

Sie schaute ihm nach. Sagte sich, dass das Lächeln in seinem Gesicht nicht kühl gewesen war und nicht überheblich. Sie fasste sich an die Wange, wo sie noch seine Berührung spürte. Er hatte sie geküsst. Das kam nicht alle Tage vor. Sie würde es der Isolde erzählen. Und der Frau Hümmer. Das durfte jeder wissen. Ihr gescheiter Bub. Reporter, studiert, aber ein gutes Kind. Da fiel ihr

Blick auf das Päckchen in Butterbrotpapier. Er hatte seine Vesper liegen lassen.

*

Jochen Kriener hatte noch Zeit, bis die Verhandlung begann, der er als Reporter beiwohnen sollte. Er war einfach nur so bald gegangen, weil er es wieder einmal nicht ausgehalten hatte. Immer war es dasselbe: Er bekam ein schlechtes Gewissen, dann eine Anwandlung von nostalgischer Rührung, besuchte seine Mutter und wollte nach einer Viertelstunde nichts dringender, als aus der alten Wohnung zu flüchten, in der er doch aufgewachsen war als ein Kind, das er sich jetzt nicht einmal mehr vorstellen konnte. Ein Blick auf die Armbanduhr sagte ihm, dass er noch fast drei Stunden totschlagen musste. Er steckte das Buch ein und ging zur Straßenbahn. Nur zwei Stationen zum Südfriedhof. Das war ein guter Ort zum Nachdenken. Und er konnte sich zugleich sagen, dass sein Besuch der Recherche diente. Schon der Eingang gefiel ihm, mit Mauer und Tor, wie der Zugang zu einer mittelalterlichen Stadt. Und die in das Torwerk eingelassenen Blumenläden. Er mochte den lauen Geruch nach Blüten und Schnittblumenwasser, die vage Ahnung von Weihrauch, woher auch immer, den künstlichen Geruch der Grablichter, die dort in dichten roten Reihen zum Verkauf standen. Sie erinnerten ihn an die roten Buchstaben auf dem Cover des Buches, das er die ganze schaukelnde Fahrt über unauffällig unter den Arm geklemmt gehalten hatte. Das Klingeln der Straßenbahn noch im Ohr, trat er in die grüne und bunte, stille und fast heitere Welt des Friedhofs ein. Zielstrebig steuerte er die Bank an, auf die seine Recherchen ihn hingewiesen hatten, die Bank, auf der an einem Novembermorgen 1971 der Friedhofsgärtner den Körper eines tags zuvor beerdigten jungen Mädchens gefunden hatte, neben dem aufgewühlten Grab.

Jochen Kriener blieb ein Stück entfernt stehen und setzte sich schließlich nach kurzem Zögern auf die Bank gegenüber. Es war nicht leicht in der sommerlichen Atmosphäre, sich diesen Novembermorgen vorzustellen. Oder vielleicht war es nur zu leicht. Für das Grauen gab es ja so viele vorgefertigte Bilder, im Kino, im Fernsehen. In den Texten seiner werten Kollegen von der Schundpresse. Oh ja, er konnte es vor sich sehen: die Morgennebel, den Raureif auf den Rasenflächen, das braune Laub und die gefrorenen Blüten der Grabkränze, die beiseitegeworfen worden waren. Was hatte man wohl gewählt für eine so junge Tote: zartes Rosa? Weiße Rosen? In all dem Grau das bald verblassende Leuchten der Kranzbänder. Und der weiße, tote Leib. In den Zeitungsartikeln hieß es, der erschrockene Gärtner habe zuerst geglaubt, das arme Ding wäre lebendig begraben worden und hätte sich mit eigener Kraft aus dem Boden gewühlt. Ein Verdacht, der dann ausgeräumt wurde zugunsten einer schlimmeren Gewissheit: Schändung. Jochen Kriener suchte in seinem Gedächtnis. Aber er fand keine Einzelheiten mehr. War sie ganz nackt gewesen? Der Kopf abgetrennt? Mit Schnitten übersät? Kuno Hofmann hatte in seinen Geständnissen gesagt, er habe den Leichen meist Schnitte mit einer Rasierklinge beigebracht, um an das Blut zu kommen. Er hatte viel gesagt, über dreißig Mal wollte er sich an den Leichen junger Frauen vergangen haben, indem er in Leichenhallen einbrach oder sie ausgrub. Im ganzen Bundesgebiet wollte er zugange gewesen sein. Er hatte sich selbst überboten mit grausigen Details, als er vor vier Jahren gefasst worden war: mit einem abgeschnittenen Kopf gar wollte er durch das Land gefahren sein, alle erdenklichen Untaten begangen haben, bis hin zu den Morden Anfang der Sechziger, für die Vera Brühne verurteilt worden war. Die Leute, seine Mutter eingeschlossen, hatten das gefressen wie Honig. Aber tatsächliche, handgreifliche Hinweise auf Hofmanns Tun hatte man nur hier gefunden, in Nürnberg, wo er auch lebte. Und wo er jetzt endgültig vor Gericht stand.

Hier hatte er am 5. Mai 1972 in der Nacht auf den Friedhofswächter Georg Wurm geschossen und ihn schwer verletzt, als der ihn beim Einbruch in die Leichenhalle des Westfriedhofs ertappte. Im Nürnberger Umland bei Lindelburg hatte Hofmann am Tag darauf ein im Auto schlafendes Paar vorgefunden, den vierundzwanzigjährigen Markus Adler und die achtzehnjährige Ruth Lissy, und beide erschossen. Als er dafür im August 1974 vor Gericht stand, musste die Verhandlung abgebrochen werden. Zu der Flut von Geständnissen immer groteskeren Ausmaßes waren Morddrohungen gegen den Staatsanwalt gekommen. Er hatte getobt und gewütet, hatte Jungfrauenblut gefordert, mit dem man seine Kooperation bei einer Tatnachstellung erkaufen sollte, hatte nach seiner Mutter gewinselt und nach der Todesstrafe geschrien. Bis man ihn erst einmal in psychiatrische Behandlung gab.

Jochen Kriener hatte einige der Schriftstücke zu sehen bekommen, die Hofmann damals verfasst hatte: seltsam ungrammatische, wirre Wortgewebe voll bizarrer Behauptungen und Wendungen, die den Verdacht nährten, in dem von klein auf gehörlosen Angeklagten wohne ein völlig verstörter Geist, der die Wirklichkeit nicht im Ansatz zu greifen vermochte.

Oder hatte er einfach nur simuliert, hatte den Irren nur gespielt, um vorerst einer Verurteilung und dem Gefängnis zu entkommen? Denn davor schien er sich wirklich zu fürchten. Jochen Kriener hatte da so eine Geschichte gehört. Angeblich hatte Hofmann, obwohl er als Kind in einem Heim Gehörlosensprache gelernt hatte, dem Gehörlosendolmetscher gegenüber monatelang den Dummen gespielt. Bis der, am Ende seines Lateins, eine Idee hatte und einen Schwächeanfall simulierte. Der Angeklagte soll sofort reagiert, sich um den vermeintlich Zusammengebrochenen gekümmert und Wachen gerufen haben. Danach redete er, gestete, vermutlich. Kriener hatte es nicht geschafft, einen der Dolmetscher oder Therapeuten zu einem Interview zu bewegen, weshalb die Geschichte eine unbestätigte Anekdote blieb. Und was bewies sie? Dass Hofmann den Wahnsinn nur simulierte? Dass er nicht ohne Verstand war und nicht ohne Mitgefühl? Jetzt, 1976, stand die Hauptverhandlung endgültig an. Von den Leichenschändungen würde im Prozess nicht die Rede sein, weil sie juristisch betrachtet die minderen Vergehen waren. In den Zeitungen dagegen wurde von fast nichts anderem geschrieben. Jochen Kriener fand, dass das meiste davon krimineller Unfug war. Allein schon der Name »Vampir« war völliger Blödsinn. Der Mann ernährte sich schließlich nicht von Blut, es war für ihn kein Nahrungsmittel, eher ein Medikament. Er schien aber zu denken, dass es ihm sein Gehör wiedergeben könnte. Und offenbar verband er damit auch den Wunsch, sich Frauen endlich sexuell nähern zu können.

Jochen Kriener hörte Radiomusik und bemerkte eine Schubkarre, halb voll mit Grünschnitt, darauf ein Transistorgerät, eine Jacke und nicht weit davon entfernt einen Mann mit Rechen. Der Mann trug grüne Arbeitshosen und ein Feinrippunterhemd, das ein fast perfekt runder Bierbauch ausdellte. Er hatte dicht behaarte Arme und Schultern und harkte aus Leibeskräften, wobei er laut mitsang zur Musik aus seinem Radio, immer noch mal um eine Spur lauter, wenn eine Frau auf den Kieswegen vorüberging. Die Blicke, die er dazu warf, waren glutvoll, aber vergebens. Niemand ließ sich ablenken, und er musste weiterarbeiten.

Männer auf der Balz taten so einiges, das nicht vernünftig war, dachte Jochen Kriener. Immerhin hatte Hofmann sich keiner Lebenden aufgedrängt. Und waren seine Ideen mit dem Blut so abwegig? Jochen Kriener hatte zum Thema »Kannibalismus« recherchiert und herausgefunden, dass das meiste Material dazu sich im Europa der Frühen Neuzeit finden ließ, wo es bis ins achtzehnte Jahrhundert zu den Bräuchen gehörte, sich beim Henker mit Körperteilen und -flüssigkeiten der Hingerichteten einzudecken, zu allerlei Zwecken der Beschwörung und des Heilens. Für die Gebildeteren gab es Mumienpulver als Medizinbestandteil in der Apotheke. Die Volksmedizin setzte lieber auf die letzten Samentropfen oder das Fett von Gehenkten. Aber der Gedanke war derselbe, fand Jochen Kriener. Man maß den Körperflüssigkeiten des Menschen, dem Blut voran, starke Wirkungen bei und erklärte sich das je nach Abkunft mal mit zauberischen, mal mit medizinischen Argumenten. Und »man« war das Gros der Europäer noch bis vor gut hundert Jahren. War es da so abwegig, was Kuno Hofmann dachte und erhoffte? Nein, normal war es sicher nicht. Aber Jochen Kriener wollte es scheinen, als wäre der Mann nur ein wenig verspätet auf der Welt erschienen, eine aus der Zeit gefallene Gestalt. Und diese Ausgefallenheit war durch seine Behinderung doch wohl begründbar? Zumindest nachvollziehbar, am Ende therapierbar?

Er hob die Hände an die Ohren. Doch so fest er auch zudrückte, es gelang ihm nicht, die lärmende Musik, das ferne Bimmeln der Straßenbahn, ja nicht einmal die Schritte auf dem Kies auszublenden. Er war nicht mal im Ansatz ertaubt. Alles, was geschah, war, dass er den nur leicht gedämpften Geräuschen der Umwelt das dumpfe Rauschen des eigenen Bluts und das Strömen seines Atems hinzufügte. Er konnte sogar das Kichern der jungen Mädchen hören, die an seiner Bank vorbeigingen und sich zweimal nach ihm umschauten. Vielleicht hörte er es auch nicht wirklich, nicht mit den Ohren, aber er konnte es sich lebhaft vorstellen, aus einer allzu reichen Erfahrung heraus. Mit roten Wangen nahm er die Hände wieder herunter. Bedauernd schaute er den beiden nach, gemeinsam mit dem singenden Gärtner. Vor allem der Linken, der mit den langen braunen Haaren, die am Rücken so hübsch hin und her wippten über den engen Schlaghosenjeans.

Er stand auf. Doch statt den beiden nachzugehen, wandte er sich dem Ausgang zu. Besser, er sah zu, dass er wegkam in Richtung Innenstadt, zum Gericht. Hier draußen würde er ohnehin keine Antworten auf die Frage bekommen, warum ein Mensch tat, was er tat.

*

Nur eine knappe Stunde später fühlte er sich in seiner Haltung erneut bestätigt. Kuno Hofmann saß neben seinem Anwalt, Herrn Schußmann, und war – ein Männchen, ein Mann, ein bebrillter Mensch mit Frisur und Anzug und einem beliebigen Gesicht, aus dem nichts abzulesen war. Er hätte ein netter Nachbar sein können. Er hätte jeder sein können. Dass er geschlagen und gequält worden war – vorstellbar. Dass er ein wurzelloser Hilfsarbeiter war, der fast zeit seines Lebens zwischen Anstalten und Gefängnissen hin und her gewandert war – vorstellbar. Denkbar auch, dass er der schwierige, manchmal unerwartet aufbrausende Tagträumer war, den man bei keiner Arbeit halten konnte, als den einige ihn schilderten. Denkbar aber ebenso, dass er der sensible Jüngling mit dem großen Gerechtigkeitsgefühl war, der Tariflohn für seine Arbeit forderte und nach dem ungerechten Rauswurf aus Verzweiflung auf die schiefe Bahn geriet.

Jochen Kriener konnte, wenn er das Gesicht sah, an den völlig vereinsamten Einzelgänger glauben, der sich nach Liebe sehnte. Aber auch an den schmierigen Kollegen, der im Aufenthaltsraum gern Sexfilmchen zeigte. Passte das zusammen? Widersprach es sich? Er hielt alles für gleichermaßen möglich. Dann versuchte er, sich Kuno Hofmann blutbeschmiert und grienend über einer nackten Leiche vorzustellen – und scheiterte.

Es wurde nicht besser, als der Richter, Egon Schiller, den ersten Zeugen aufrief. Georg Wurm war der angeschossene Nachtwächter des Westfriedhofs. Das Gruseligste an ihm war der Gedanke, dass sich seine Dienstwohnung über der Leichenhalle dicht neben dem Krematorium auf dem Gelände des Friedhofes befand. Er selbst war eine stämmige Gestalt in billigem Anzug mit angelernten Manieren und einem weitgehend unerschütterten Gemüt, und Jochen Kriener vermutete, dass es in Georg Wurms Wohnküche nicht anders zuging als in der seiner Mutter, dass sein Alltag sich vollzog wie der des Friedhofsgärtners, zwischen Feinripp und Routine, Radio und Bundesliga, und dass ihn der Vorfall nur kurz aus alldem herausgerissen hatte. Jetzt wirkte er wieder völlig in seinen Alltag eingetaucht.

Und die Tat hatte, wie er sie schilderte, nichts Dämonisches an sich. Schon in den Wochen davor war er immer wieder von Angehörigen darauf aufmerksam gemacht worden, dass bei der Beerdigung, bei der Verabschiedung am offenen Sarg, an manchen Toten Wertgegenstände vermisst wurden, Ringe und Ketten, die nur in der Leichenhalle abhandengekommen sein konnten. Deshalb sei er bereits vorgewarnt gewesen, aber nicht beunruhigt. Und als dann der Anruf einer Nachbarin kam, die eine Gestalt über den nächtlichen Friedhof schleichen sah, habe er sich gewappnet für die mögliche Begegnung mit einem kleinen Dieb.

Er hatte die Wohnung verlassen, auch richtig unter der Tür der Leichenhalle Licht gesehen, sich aber ins Büro zurückgezogen, weil von dort der Schlüssel für die Halle gestohlen worden sein musste. Und Wurm sagte, er habe dort gewartet, weil er davon ausging, dass der Dieb, um unerkannt zu bleiben, den Schlüssel wieder zurückhängen würde. Er bereitete sich darauf vor, ihn dort zu fassen und ihm eine mächtige Watschn zu verpassen, zur Belehrung, ehe er ihn der Polizei übergab.

Jochen Kriener konnte diese Szene sehr gut vor sich sehen. Sie beinhaltete nichts Monströses, keine tanzenden Toten auf Gräbern in nebligen Vollmondnächten, keinen Showdown in der nächtlichen Leichenhalle, keinen Mann, wie Frankenstein über einen Leichnam auf dem Alutisch geneigt, der dort die Zähne in totes Fleisch schlug, keine blutverschmierte Fratze, die sich plötzlich umdrehte und Wurm anbrüllte, kein Entsetzen auf dessen Seite. Nein, nur ein nach Linoleum riechendes Büro, kleine Diebereien und die Vorfreude auf eine schulmeisterliche Züchtigung.

Der Schreck war wohl eher aufseiten Hofmanns gewesen, umso mehr, als er den Wärter nicht kommen hörte. Und er reagierte, indem er seine tschechische Vzor 52 zog und schoss. Sein Bruder hatte ihm die Waffe besorgt. Zwei kleinkriminelle Kleinbürger, die sich gern mächtiger fühlen wollten, als sie waren, in einer Welt, die sie durchgereicht und aussortiert hatte.

Dennoch, Wurm wäre fast daran gestorben, ein Umstand, der ihn selbst in Staunen zu versetzen schien. Ohne Zorn oder andere große Emotionen setzte er sich nach seiner Aussage zurück auf seinen Platz.

Aber gleich am Tag nach der verstolperten Attacke auf Wurm waren tatsächlich zwei Menschen gestorben. Hofmann hatte sich an das Auto herangeschlichen, sie betrachtet und dann im Schlaf erschossen, erst den Mann, dann die Frau, ohne Zögern und Zaudern. Vielleicht war es das, worüber er nachdenken sollte? Dieses Was, und nicht das Warum? Und doch hing alles zusammen. Das Hofmanns krause Überzeugungen ihn so glatt zur Tat führten, dass war ja der Wahnsinn daran. Umso wahnsinniger, als es in sich logisch war.

Nein, dachte Jochen Kriener, nicht die angeblichen Blutorgien und Totentänze waren das Skandalon, und auch nicht die seltsamen Ansichten, die Kuno Hofmann sich angelesen hatte. Nicht in ihnen hatte er eine Grenze überschritten, sondern in der Umstandslosigkeit, mit der er die beiden jungen Menschen getötet hatte, um seine Ziele zu verfolgen. Was machte man mit so einem?

*

In der Pause fanden sich Jochen Kriener und seine Kollegen im Hof um einen Aschenbecher zusammen, eine Betonschale voller Sand, in der bereits viele Nervosität und Gift atmende Stummel steckten. Jochen Kriener zückte seine Roth-Händle und reichte sie Müller, einem Kollegen aus der Fotoabteilung. Die meisten anderen kannte er ebenfalls; es waren aber auch unbekannte Gesichter dabei, von überregionalen Blättern. Einen meinte er selbst schon in der Zeitung gesehen zu haben; schrieb der nicht für den *Spiegel*?

Kriener wäre gern mit ihm ins Gespräch gekommen. Aber er war noch nicht lange dabei, nicht mehr als ein Praktikant. Unwillkürlich zog er an seiner Krawatte und versuchte, ein wenig lässiger auszusehen. Hielt die Hand ans Kinn, als er die Antwort auf eine Frage suchte, wie er es bei Willy Brandt gesehen hatte. Kluger Mann, souverän. Die neue Schule, der er auch angehören wollte. Er wusste, dass er klug genug war.

»Ein Monster?«, sagte er ein wenig lauter als nötig. »Nein. Das ist doch einfach nur ein Begriff für jemanden, der etwas den anderen Unverständliches tut – und erklärt damit gar nichts. Für das, was Hofmann tat, gibt es aber Erklärungen.«

Gemurmel brandete auf unter den Anzug tragenden, nach Rasierwasser duftenden Herren mit den schwarzen Notizbüchern. »Dann wäre er also zurechnungsfähig?«, wollte einer wissen. Es war die große Frage, die alles entscheiden würde. Jedenfalls für Hofmann und sein weiteres Leben. Wurde er als zurechnungsfähig eingestuft, käme er ins Gefängnis, in den Hochsicherheitstrakt, zu den ganz schweren Jungs. Und sicher lebenslänglich. Hielt man ihn für nicht zurechnungsfähig, wäre die Psychiatrie der richtige Ort für ihn.

Aber aus Psychiatrien war er schon sein halbes Leben und mit Erfolg geflüchtet. Vor einem Kuno Hofmann in der Psychiatrie wäre die Gesellschaft nicht sicher. Jochen Kriener dachte an seine Mutter, die sich jetzt schon davor fürchtete, ihm am helllichten Tag in den Grünanlagen der Gartenstadt zu begegnen. Und damit war sie nicht allein.

»Wer so was macht, der kann doch gar nicht zurechnungsfähig sein«, meinte prompt einer.

Ein anderer widersprach: »Mit dem Argument musst du jeden Mörder laufen lassen. Mord, das ist doch immer Irrsinn.«

»Nicht, wenn einer seinen Hausdrachen erschlägt.« Sonores Gelächter. Jemand fügte aus der hinteren Reihe hinzu: »Oder Raubmord. Da versteht man auch, worum es geht, finde ich.«

»Aber es geht doch nicht um das, was wir uns vorstellen können«, versuchte es Jochen Kriener, doch niemand hörte ihm zu. Alle diskutierten lieber, ob der Umstand, dass Kuno Hofmann dem ermordeten Liebespaar Schmuck und Geld abgenommen hatte, ein Beleg für seine Zurechnungsfähigkeit war. »Wenn er einen geldwerten Vorteil erkennt, kann er so irre nicht sein.«

Ein anderer betonte, dass Hofmann, der auf seinem roten Mofa zu den Tatorten gefahren war – auch zu seinem Mord –, eine Tankattrappe für das Fahrzeug besessen hatte, die er nach seinen kriminellen Ausflügen jeweils abnahm. »Er hat sich also vorsätzlich getarnt«, meinte einer. »So etwas tut doch kein Irrer.«

»Aber darum geht es doch nicht.« Jochen Kriener wollte schier verzweifeln an diesen Argumenten. Sahen sie denn nicht, dass sie alle über das Falsche diskutierten? Zurechnungsfähigkeit war doch nicht dasselbe wie Intelligenz. Nicht darum, ob Hofmann logisch denken und handeln konnte, ging es doch, nicht darum, ob er klug genug war, sich zu tarnen oder herumliegendes Geld einzustecken. Sondern darum, ob sein Weltbild insgesamt krank oder wahnhaft war. Und war es das, dann wäre er unzurechnungsfähig, und wäre er auch so schlau wie ein Luchs. Schlau war ja auch er selbst, aber brachte es ihm irgendetwas ein? Keiner hier hörte ihm zu.

Langsam begann Jochen Kriener zu begreifen, dass es vielleicht kein Zufall war und es nicht nur aus juristischen Erwägungen geschah, wenn in dem Prozess die Leichenschändungen ausgespart wurden. Einen Mörder, einen Raubmörder zumal, konnte man ohne Zögern ins Gefängnis schicken – und die Gesellschaft war wieder ein sicherer Ort. Aber wo schickte man einen wie Kuno Hofmann hin, wenn man ihn im Ganzen betrachtete?

Ein Gutachten würde das entscheiden müssen; schon lange zeichnete sich das ab. Der Verteidiger hatte sich bereits gegen die erste Expertise eines Psychiaters ausgesprochen und eine weitere verlangt. Es würde wohl eine Expertenschlacht geben.

Man war sich nicht einig, ob das gut war für die Berichterstattung. Die eine Hälfte der Reporter fand: ja. Je mehr Gutachten, desto mehr schmutzige Wäsche wurde gewaschen. Desto mehr Details aus der Kindheit würde man zu hören bekommen. Man würde alles über das Sexualleben des Täters erfahren, und da ließ sich immer was draus machen.

Die anderen waren dagegen: Gutachten waren Papier und Psychiater gruselige Gestalten, die unterhalb der Gürtellinie herumwühlten, wo anständige Menschen und Journalisten nichts verloren hatten. Sie wollten mehr hören von der Fahndung, der Tatwaffe und der Festnahme. Sie warteten auf eine Rekonstruktion der Tat, die sich fotografieren und minutiös für die Leser beschreiben ließ. Das war der Stoff für die 8-Uhr-Nachrichten.

Jochen Kriener, der seine Kippe losgeworden und wieder zu den anderen getreten war, verfolgte angespannt den zerfasernden Gesprächsverlauf. Am liebsten hätte er sich wieder die Hände auf die Ohren gelegt, um all den Unfug nicht hören zu müssen. Aber er wusste jetzt, dass das nichts nützte. Wie Hofmann sich wohl gefühlt hatte, als er begriff, dass das mühsam besorgte Blut, das er aus den Wunden seiner Opfer geleckt hatte, ihn nicht im Mindesten wieder hörend machte?

»Was meinst du, Kriener«, wollte einer in launigem Ton wissen. »Was ist dir lieber – zum Drüberschreiben, meine ich: Sex oder Crime?«

»Die Wahrheit«, sagte er trotzig und erntete schallendes Gelächter.

In diesem Moment wurde die Fortsetzung des Prozesses verkündet.

*

Am Abend kam er noch einmal ins Büro. Er hatte es ausgeschlagen, mit den Kollegen auf eine Runde Bier und Sechs auf Kraut oder einen Hawaiitoast in die nahe gelegene Wirtschaft in der Bärenschanzstraße zu gehen. Sein Praktikantengehalt erlaubte so etwas nicht. Reumütig dachte er an das Pausenbrot, das er bei seiner Mutter hatte liegen lassen. Was für ein lächerlicher Protest gegen ihre antiquierten Ansichten. Jetzt knurrte ihm dafür der Magen.

Nach einem prüfenden Blick in die spärlich für die Nacht besetzte Runde schlich er in die Teeküche und öffnete den Kühlschrank. Kollege Müller hatte ein Wurstbrot in seiner Dose liegen, von dem man einen Streifen abschneiden konnte, ohne dass es auffiel. Und wenn – wer würde schon ihn verdächtigen?

»Na, Kriener?« Die sonore Stimme ließ ihn herumfahren. Der Chef! Er war so erschrocken, dass er das Brot in seinen Händen fest umklammert hielt. Nach einem Moment der Besinnung führte er es zum Mund und biss hinein, als wäre es sein eigenes. Flucht nach vorne, dachte er und kaute.

»Ich sehe schon, Sie waren lange bei Gericht. Und? Nimmt der Artikel Gestalt an?«

Jochen Kriener war dankbar für seinen vollen Mund, der es ihm erlaubte, einfach mit einem Nicken zu antworten.

»Irgendwas Neues?«

»Nun ja«, er kaute, schluckte. »Ich hab ein wenig über seine Kindheit recherchiert, er …«

»Bah, olle Kamellen.« Der Chef winkte ab. »Haben wir schon. ›Als Säugling fast ertränkt.‹ Das hat auf die Tränendrüse gedrückt. Aber jetzt ist es auch gut damit.«

»Ich dachte eher an seine kriminelle Jugend und die vielen Heime, die …« Es gelang ihm nicht, einen Satz zu beenden.

»Will doch keiner hören.« Der Chef sagte es, wie er alles sagte: kurz, knapp, sicher. Da gab es keinen Widerspruch, da gab es nur ein Weiter.

»Der Gutachter sagt …«

»Akademische Eierköpfe.« Ein kurzes Bellen ließ den Brustkorb des Chefs sich kurz heben. Ein Husten? Oder ein Lachen? »Haben Sie das Foto gesehen, das wir von dem haben? Als gehörte er selbst eingewiesen. Und mal ehrlich, welcher vernünftige Mann ergreift schon so einen Beruf?«

»Ich habe mir dieses Buch angesehen, das Hofmann inspiriert hat. *Die schwarze Magie* von Cavendish. Um mir sein Weltbild klarzumachen.« Er langte mit fettigen Fingern in seine Anzugjacke, um den Band hervorzuziehen.

»Hm, hm, ein Buch. Sie sind ja unser Intellektueller, wie?« Der Chef lachte freudlos.

Jochen Kriener schluckte den letzten Rest Brot. Das Buch legte er auf den Tisch. Er musste etwas sagen. »Ich kann auch anders«, sagte er. »Ich meine …« Er war sich nicht sicher, wie er es formulieren sollte.

Ein seltsames Lächeln trat ins Gesicht des Chefs. »Können Sie das?«, fragte er. »Können Sie mir einen Aufmacher liefern, für die Seite eins?« Er schaute ihm direkt in die Augen. »Können Sie das, Kriener?«

Jochen Krieners Gesicht wurde heiß. Er hoffte, dass es nicht tiefrot anlief. Er dachte an den Beginn seines nun drei Monate währenden Praktikums, an die Abende bei den Vorstandssitzungen der Taubenzüchter, Kleingärtner und Laienschauspielgruppen. Er dachte an die Kollegen, die ihn mit einem Scherzauftrag zur Polizeidirektion geschickt hatten, nichts für ungut. So ging es halt den Neuen. An das Gesicht des Bürgermeisters, als er ihm auf den Stufen des Rathauses die erste Interviewfrage zugeworfen hatte: »Und Sie sind, junger Mann?« Zähneknirschend hatte er ihm den Namen seines Blattes genannt. Aber der Bürgermeister hatte schon wieder woandershin gesehen. Er dachte an die Nächte über der Schreibmaschine, in denen er Zeilen gezählt und um Worte gefeilscht hatte. An die Überstunden, die Aufregung, wenn er das frische Blatt morgens am Kiosk sah, an die verqualmte, laute Atmosphäre des Redaktionsstammtisches, wo er eng gedrängt zwischen den anderen saß und zuhörte und träumte, während sie rauchten und tranken und erzählten von Heldentaten und Leidenschaft. »Leidenschaft, Kriener«, das brüllte vor allem der Müller gern. Der nie vor zehn in der Redaktion war und am liebsten alles von seinem Stammlokal aus bei einem Schweinebraten erledigte. Leidenschaft, hah! Jochen Kriener zitterte innerlich. Und er, den so viel mehr umtrieb, so viel größere Ideen und so viel schärfere Gedanken, er sollte sich demnächst mit einem feuchten Händedruck zufriedengeben und der Mitteilung, dass für einen Intellektuellen in der Zeitung leider kein Platz als Hauptberuflicher frei war?

Sein Name unter dem Leitartikel, direkt auf Seite eins. Dort wollte er hin. Konnte er das?

Er wagte nur zu flüstern. »Heißt das, ich hab den Job?«

Der Chef zog sich zur Tür zurück. »Das liegt bei Ihnen«, sagte er. »Zeigen Sie mir etwas. In einer Stunde.«

Er legte das Brot beiseite. Langsam wischte er sich die Hände an den Hosen ab. Dann ging er zu seinem Schreibtisch, der eigentlich nur ein Schreibmaschinentisch war, den man in eine Lücke von Müllers Büro gestellt hatte. Er setzte sich. In seinem Kopf rauschte es, alles war gleichzeitig da: die Grünfläche zwischen den Siedlungshäusern mit den Teppichstangen, die Schulflure mit dem Bohnerwachsgeruch, Pausenlärm und die Kommandos der Lehrer. Aus Ihnen kann mal was werden, Kriener! Aber was? Müller, die anderen, das Murmeln und Lachen. Die Fragen, Hofmanns Gesicht, der

Richter, der seinen Hammer fallen ließ, um für Ruhe zu sorgen, sein Vater, das kranke Gesicht säuerlich verzerrt, keuchend, »Wir hatten wenigstens Ehre im Leib«. Das und den Splitter in der Lunge, dazu die Mutter, ewig kochend, Wachstuch und Kartoffeln.

Seine Finger hatten, unbemerkt in all dem Chaos, das in seinem Hirn stattfand, bereits mit dem Tippen begonnen. Er rief sich zur Ordnung. Das hier erforderte seine ganze Konzentration. Er musste ein Monster erschaffen. Dem Hofmann, sagte er sich, tat er am Ende nur einen Gefallen. Denn Monster gehörten nicht ins Gefängnis. Sie gehörten dem Reich des Wahns an und der Fantasie. Der Hofmann konnte dankbar sein, wenn er ihm in die Psychiatrie half – und dauerhaft ins menschliche Gedächtnis. Noch einmal hörte er seine eigene Stimme: Wahrheit. Aber Wahrheitsfindung, das war die Aufgabe der Richter, nicht seine.

Überschrift: *Der Vampir schreit nach Blut.* Text: *Nürnberg. Wie ein Tier wandert er in seinem Käfig auf und ab und rüttelt an den Stäben. Kuno Hofmann, der Vampir, wird umgetrieben von den Kräften, die er nicht beherrschen kann.*

Einen Moment hielt er inne. Zumindest der letzte Teil war nicht gelogen. Hofmann war vermutlich nicht therapierbar, nicht im Rahmen dieses Systems. Er würde in den Knast gehen, weil keiner wusste, wohin sonst mit ihm, egal, wie gut einer wie Jochen Kriener seinen Wahn auch erklärte. Wenn denn einer zuhörte. Er schüttelte den Kopf. Nein, es wäre zwecklos. Lieber kümmerte er sich um sich selbst. Den Cavendish würde er auch noch unterbringen. Den hatte er schließlich gelesen. Für die intellektuelle Note. Ja, aus ihm würde was werden. Ihm fuhr durch den Kopf, dass seine Mutter vermutlich stolz auf ihn sein würde. Das schlechte Gewissen deshalb ließ ihn zusammenzucken, aber nur kurz. Dann fuhr er fort. Die Tasten klapperten in schnellem Rhythmus. Er konnte.

NACHWORT

REICHELSHOFEN 1962

Wenn man heute mit verbliebenen Zeitzeugen jenes Mordes spricht, für dessen Aufklärung man auf so brandneue Ermittlungsmethoden der Blutspurenanalyse zurückgreifen musste, dann bekommt man fast den Eindruck: Die Wahrheit zumindest geahnt hat das ganze Dorf. Eine geschlossene Welt, in der man sich kannte und eigene Urteile fällte, womöglich die richtigen. Denn der Büttnermeister, der seine Schwester im Streit mit dem Bügeleisen erschlug und das Verbrechen so lange und hartnäckig verbarg, kehrte nach Verbüßung seiner Haftstrafe in den Ort zurück und ließ sich zeitlebens nichts mehr zuschulden kommen. Was die Polizeiarbeit so fordernd machte, war nicht das Mastermind eines genialen kriminellen Gegenspielers, sondern eine Kette von Versäumnissen, unglücklichen Umständen und zuletzt der hartnäckige Trotz des Täters, der weder vor sich selbst noch vor der Welt zugeben konnte, was er getan hatte.

Das Anwesen wurde nach seinem Tod abgerissen, das Grundstück neu bebaut. Nur das verwaiste Gebäude der alten Schmiede daneben, direkt an der Kreuzung, erinnert noch an die Sechzigerjahre. Die Namen der Protagonisten wurden teils geändert, teils frei erfunden.

SCHWEINFURT 1638–1647

Auf der Webseite Schweinfurtfuehrer.de findet sich unter der Überschrift *Schweinfurter Scharfrichter und Kriminalfälle im 16. bis 18. Jahrhundert* eine Liste der Schweinfurter Henker. Sie ist lückenhaft, doch erhält man eine Reihe von Namen, Vorfällen und Anekdoten, von Preislisten für henkerische Dienstleistungen und vielen kulturhistorischen Informationen. Dort wird Hans Binder für die Jahre 1637 bis 1648 als amtierender Scharfrichter genannt. Da er kinderlos starb, empfahl seine Witwe ihren Schwager als Nachfolger. Die Fälle, in denen Hans Binder tätig zu werden hatte, sind aufgelistet, ob vollständig, ist unbekannt. Sie wurden allesamt eingebunden in eine Geschichte, die vor allem auch versucht, die Zeit des Dreißigjährigen Krieges lebendig werden zu lassen mit all der Härte, die er für die Menschen mit sich brachte. Es ist nicht bekannt, dass der Schweinfurter Henker ein kriegsbedingt verwaistes Kind aufgenommen hätte. Doch das Vorbeitreiben eines Floßes voll solcher Kinder, das vor den Augen der hilflos zusehenden Schweinfurter sank und alle in den Tod riss, ist für die Kriegszeit belegt. Die Geschichte lässt eines dieser Kinder für eine kurze Zeit an Land kommen und ein fiktives Leben leben in einem Heim, das nicht zur seelischen Heimat werden kann.

GAIGANZ 1933

Zwei junge Landarbeiter trinken bei einem Fest zu viel – fünf bis sechs Maß sind verbürgt –, geraten in Streit und prügeln sich derb. Der eine taumelt heim und denkt sich nix, der andere bleibt liegen und stirbt. Es wäre ein ganz gewöhnliches Alltagsdrama gewesen, hätte es sich nicht 1933 abgespielt, kurz nach der Machtübernahme, und wäre der Tote nicht SA-Mitglied, der Täter dagegen Mitglied der Bayerischen Volkspartei gewesen und damit Teil des ländlichen katholischen Milieus, das sich bislang so widerspenstig gegen die Gleichschaltung gezeigt hatte. Aus dem Bauerndrama wurde ein politisches und die kleine Gemeinde Gaiganz zu einem Exempel, das der NS-Staat mit aller Perfidie, Brutalität und Lautstärke statuierte. Anton Eckert, ehemaliger Leiter der Forchheimer VHS, klärt über die damaligen Vorkommnisse in Wanderführungen mit frappierender Detailkenntnis auf.

KULMBACH 1686

Er wurde am 27. April 1686 gehenkt, der Hochstapler, Trickbetrüger und selbst ernannte Alchemist Christian Wilhelm von Krohnemann. Das weiß man sicher. Schon in der Frage aber, ob der Gnadenerlass auf dem Wege gewesen wäre, ist man sich nicht mehr einig. Um die meisten Fakten in seinem Leben müsste man streiten. Von seiner selbst verfassten Lebensbeschreibung muss man naturgemäß vieles als Lüge oder Übertreibung abziehen. Nur was? Dass er der Sohn eines Generalmajors war – möglich immerhin. Dass er auf der Plassenburg nicht als Gefangener, sondern als deren Kommandant saß und dass seine Flucht an einem Seil aus dem Fenster nicht der Versuch war, dieser Haft zu entkommen, sondern vielmehr dem dringenden Wunsch entsprang, die Zuneigung seines Landesherrn, des Markgrafen von Bayreuth, gegen die Liebe Gottes und eine Klosterkarriere einzutauschen – diese Version verweist sich eher selbst ins Reich der Märchen und des Wunschdenkens. Er war ein begnadeter Lügner und Manipulator. Wie er dem ewig klammen Provinzherrscher in Bayreuth das Tafelsilber abschwatzte mit der Behauptung, er könne es zu Gold machen, und wie er jahrelang durchkam mit der Täuschung, wohlapanagiert und -gelitten, ohne jemals etwas zu liefern, indem er alle klug emotional manipulierte und im drängendsten Fall ein bisschen Taschenspielergold auftauchen ließ – das ist belegbar. Aber erklärbar? Irgendwo zwischen Faszination und Lächerlichkeit hat er sich bewegt.

Dass selbst der Kaiser für eine Weile auf ihn hereinfiel, ist zwar wieder eine Aussage von Krohnemann selbst. Aber man kann es sich vorstellen für den schillernden, emotionalen, enthusiastischen Charakter, der aus den Quellentexten ersteht. Die vorliegende Geschichte lässt Krohnemann selbst zu Wort kommen, mit seinem typischen Schwung, den Selbstmystifikationen, der Großsprecherei. Sie sortiert nicht – weil das aus der Rückschau auch kaum noch möglich wäre – zwischen den Lügen, Übertreibungen und Fakten, nicht einmal zwischen den Lügen, die er den anderen und denen, die Krohnemann sich selbst erzählt und geglaubt haben mag. Denn ob Krohnemann heißherzig und -köpfig log oder kalten Blutes, das lässt sich nachträglich am wenigsten entscheiden.

BAMBERG 1208

Mit dem Königsmord in Bamberg wurde der seit 1198 bestehende Thronstreit zwischen den Adelshäusern der Staufer und Welfen zugunsten Letzterer beendet. Doch obwohl die Tat dem Welfenkönig Otto IV. zum Thron verhalf, gilt es bis heute, allen Spekulationen – auch damaligen – zum Trotz, nicht als einwandfrei erwiesen, dass ein konspirativer Hintergrund bestand; vielmehr wird sie allein dem in seiner Ehre gekränkten Pfalzgrafen Otto VIII. von Wittelsbach zugeschrieben.

BAMBERG 1782

Der kuriose Fall um den Bamberger Domkapitular Freiherr Adolph Franz Wolfgang Eckenbert (14.11.1730–28.8.1794), der zeitlebens als schwierige Persönlichkeit galt, ist in der im Quellenverzeichnis genannten Quelle auf Grundlage der damaligen Protokolle minutiös dokumentiert. Dass E. T. A. Hoffmann während seiner Bamberger Jahre (1808–1813) Kenntnis von dem Fall erhielt, der damals schon dreißig Jahre zurücklag und sich zudem vor dem tiefgreifenden Einschnitt der Säkularisation (1802) abgespielt hatte, ist natürlich nicht verbürgt. Einzig wahr ist, dass Hoffmann eine große Vorliebe für die Oper *Don Giovanni* hatte, in deren Bamberger Aufführung er seinen Freund und Verleger Carl Friedrich Kunz mitnahm, und dass er im Briefwechsel mit Eduard Hitzig stand, Jurist wie Hoffmann selbst und einer seiner engsten Freunde.

KUGELAU 1920

Der Mord an der Bäuerin Kunigunde Adelhardt aus Kugelau bei Zeubach/Waischenfeld ging 1920 durch die örtlichen Zeitungen und blieb unaufgeklärt. Tat, Ermittlung und das ländliche Franken der Zwischenkriegszeit, all das wurde vorbildlich aufgearbeitet von Anton Adelhardt, der seine Ergebnisse als Buch herausbrachte, *Der Sonntagsmord in Kugelau*, und damit seiner Region und den Menschen ein schönes Denkmal setzte. Schon Adelhardt hat literarisch gearbeitet, in den atmosphärischen Schilderungen des bäuerlichen Lebens ebenso wie in der fiktiven Lösung, die er für den Fall erdachte: dem Geständnisbrief eines Auswanderers aus den USA. Die vorliegende Geschichte löst sich von diesem Einfall, der Adelhardt allein gehört, und wählt die unmittelbare Erlebnisperspektive von einem, der dabei gewesen ist, dem Schwiegersohn der Ermordeten. Da dieser selbst keine Zeugnisse über seine Erfahrungen hinterlassen hat, ist auch dies eine Fiktion auf der Basis der bekannten Faktenlage.

NÜRNBERG 1849

Was die Dienstmagd Maria Magdalena Christine Hilpert, geboren am 25. April 1821, auf die schiefe Bahn brachte, lässt sich heute nicht mehr nachvollziehen.

Sie war Tochter des Schuhmachermeisters Georg Hilpert aus Erlenstegen, der in späteren Jahren im Anwesen neben der Gastwirtschaft *Zum Goldenen Stern* auch eine Spezereihandlung betrieb, und soll seit ihrem zwanzigsten Lebensjahr wegen Diebstahlsdelikten polizeibekannt gewesen sein. 1848 wurde sie wegen mehrerer Betrügereien und Unterschlagungen zu eineinhalb Jahren Zuchthaus verurteilt, die sie in Würzburg abbüßte. Dort lernte sie die Raubmörderin Maria Ramstöck kennen, deren Tat ihr zum Vorbild gedient haben mag. Ramstöck, die eine Bankierswitwe in ihre Wohnung gelockt, sie dort erschlagen und ihre Leiche zerstückelt hatte, war 1843 erst zum Tode verurteilt, dann zu lebenslänglicher Kettenhaft begnadigt worden.

Zu Recht befürchtete man im Vorfeld von Christine Hilperts Hinrichtung am 14. Februar 1851 eine große Anzahl an Schaulustigen. Der Ansbacher Magistrat warnte die lokale Schulkommission zwei Tage vor dem Termin in einem Schreiben wie folgt: *»Voraussichtlich wird bei der am nächsten Freitag den 14n. d. Mts. Vormittags stattfindenden Hinrichtung der Raubmörderin Hilpert eine ungewöhnlich große Menschenmenge dahier zusammenströmen, so daß gegründete Besorgniß entsteht, es möchten im Gedränge der den Zug begleitenden Haufen hie und da körperliche Verletzungen durch Quetschungen vorkommen. Da nun insbesondere die bei derartigen Gelegenheiten immer stark vertretene Schuljugend am allermeisten solchen Verletzungen ausgesetzt sind, so dürfte es angemessen sein, in den Schulen geeignete Verwarnungen zu erlassen u. die Schulkinder namentlich darauf aufmerksam zu machen, daß sie sich wenigstens von dem Zuge nach dem Richtplatze u. von dem damit verbundenen Gedränge fernhalten.«*

Trotz aller Vorsichtsmaßnahmen wurde jedoch im Massentumult ein Mensch erdrückt, laut damaliger Zeitungsmeldung ein zwanzigjähriger Bauernbursche namens Franz Friedrich.

KLEINOCHSENFURT 1336

Arnold III. von Uissigheim, geboren um 1298, hingerichtet am 14.11.1336, hat zwei Nachleben. Eines als Anführer eines Aufrührerhaufens, der Pogrome entfesselte, deren Zweck es war, die eigenen Schulden bei jüdischen Geldverleihern zu »löschen«. Von Uissigheim, ohnehin verbannt wegen Raubrittertums, wurde von Truppen unter dem Befehl des Würzburger Erzbischofs besiegt, abgeurteilt und hingerichtet. Sein zweites Nachleben feierte er als örtlicher Heiliger und Wundertäter. Dabei wird die reale Vita verdreht bis ins Gegenteil. Aus dem Massenmörder wird in der

Legende das Opfer eines jüdischen Mordanschlags; sogar sein Grabstein stellt das so dar. Bis ins letzte Jahrhundert hinein gab es Prozessionen zu seinem Grab, das als wundertätig galt, nicht in Sachen Schulden und Religion, sondern die Viehheilung betreffend. Wie vermittelt man zwischen zwei so gegenläufigen Geschichtsbildern? Die Erzählung versucht, die wenigen gesicherten Fakten sowie das komplexe sozialhistorische Umfeld der fränkischen Judenverfolgungen im Rahmen einer – fiktiven – Dokumentarfilmplanung darzustellen, die zugleich die Unzulänglichkeit solcher Unterhaltungsformate gegenüber dem menschlich betroffen machenden Stoff zeigt.

VOLKACH 1504

Man kann ihn sehen, den grünen Mantel. Im Volkacher Salbuch, einer illustrierten Zusammenfassung des Volkacher Stadtrechts von 1504. Dort liegt er als Beweisstück auf dem Boden der gezimmerten Gerichtstribüne, zu Füßen der Ratsherren, die über einen Fall von Weindiebstahl beraten. Offenbar hat der Dieb ihn am Tatort zurückgelassen und sich damit eindeutig verraten. Gemalt hat ihn der Stadtschreiber von Volkach, Niklas Brobst von Effelt. Mit seinem Werk, in dem er sich bemüht hat, das gewachsene Durch- und Nebeneinander der komplizierten Rechtsvorschriften in der Stadt einmal klar und verbindlich zusammenzufassen, hat er ein Kunstwerk geschaffen, das heute zu den hundert Heimatschätzen Bayerns zählt. Besichtigen kann man es im Museum Barockscheune der Stadt.

Gerhard Egert hat in den *Volkacher Heften Band 17* verdienstvoll zusammengetragen, was sich über das Leben Niklas Brobst von Effelts und das seines Sohnes herausfinden ließ. Die Bruchstücke lassen hinter den biografischen Fakten eine spannungsreiche Beziehung erahnen zwischen dem Vater, dem es zum bürgerlichen Erfolg ausschlug, dass er einst aus dem Kloster fortlief – und seinem

Sohn, den er zum Geistlichen bestimmte und der es ihm nachtat und die Klostermauern floh, dem aber die weltliche Karriere nicht gelang. Wir wissen nicht, wie der Vater es sich erklärt hat, dass der Sohn nicht ebenso glücklich fuhr wie er selbst. Er mag die aufziehende wirtschaftliche Krise verantwortlich gemacht haben, den Charakter des Jungen – oder darin eine göttliche Strafe für das eigene Vergehen gesehen haben. Ob er so weit gegangen wäre, seinem Sohn ein Verbrechen zuzutrauen? Hier setzt die Fiktion der Erzählung ein.

NÜRNBERG 1514

2016 wurde bei einer archäologischen Grabung im sächsischen Annaberg die Leiche eines Mannes gefunden, der an einer Hiebwunde am Kopf gestorben war. 2019 erschien die ausführliche und gründlich recherchierte Darstellung des Falls durch Ivonne Burghardt und Silvio Bock in den *Mitteilungen des Vereins für Geschichte der Stadt Nürnberg*. 2020 fand die Nachricht, dass der Nürnberger Rat einen politisch motivierten Mord in Auftrag gegeben hat, mit gut fünfhundert Jahren Verspätung ihren Weg in die Zeitung.

Die historischen und politischen Hintergründe der Tat sind komplex. Im Wesentlichen ging es darum, dass der Ermordete und sein »Vorgesetzter«, der Nürnberger Patrizier Anton Tetzel, die Loyalität gegenüber der Stadt verletzt hatten. Auch von finanzieller Bereicherung ist die Rede, doch wird das in den Quellen nicht mit letzter Konkretheit greifbar. Hier hat die Erzählung ein wenig hinzuerfunden, ebenso wie bei der bekannten Legende um Anton Tetzels Verrat und Schicksal, die sich vermutlich erst viel später entwickelt hat und keine ad hoc kreierten Fake News waren – obwohl sie alle Züge einer perfekt gemachten populistischen Verschwörungstheorie trägt.

NÜRNBERG 1972

Kuno Hofmanns Fall gehört zu den »prominenten« Mordfällen der bundesdeutschen Geschichte. Er hat Anfang der Siebziger – und noch einmal, als Hofmann 2004 nach über sechsundzwanzig Jahren Haft wieder aus dem Gefängnis freikam – die Zeitungen und Gazetten schwer beschäftigt und bereits mehrmals Eingang in die True-Crime-Literatur gefunden. Daran sind die blutigen Details und das groteske Element seiner Taten schuld, da der gehörlose Hofmann aussagte, er glaube, das Blut von Frauen könne ihn von seiner Behinderung heilen. Er grub zuerst frische Tote aus, verwundete dann einen Friedhofswärter schwer, der ihn bei seinem Tun überraschte, und steigerte sich unvermutet zum Doppelmord an einem schlafenden Paar. Für diese beiden letzten, juristisch greifbarsten Taten wurde er 1976 auch verurteilt.

Das Gericht tat sich schwer mit der Einschätzung von Hofmanns Zurechnungsfähigkeit, wollte dann aber nur einen Aberglauben und keinen Wahn am Werk sehen und entschied sich für Gefängnis statt Psychiatrie, nicht ohne ihn »einen armen Menschen« zu nennen. Trotz der Faktenfülle gibt es von Kuno Hofmann vor allem die medial vermittelten, schamlos grellen Bilder als Bestie, Blutsäufer und Monster, dem eine Weile fast jedes Verbrechen in der Republik angedichtet wurde. Ihnen gegenüber stehen die Überlieferungen von Hofmann als schwerst misshandeltem Kind, das vom eigenen Vater beinahe getötet wurde, in NS-Waisenhäusern aufwuchs und lebenslang als völliger Außenseiter haltlos zwischen Psychiatrie- und Gefängnisaufenthalten hin- und hertaumelte. Vermutlich liegt hier der viel größere, eigentliche Horror seines Leben. Aber eine verlässliche Innenschau gibt es nicht. 1972 nannte der renommierte Gerichtsreporter Gerhard Mauz deshalb seinen *Spiegel*-Beitrag zu dem Fall *Mutmaßungen über Kuno.* Der für die vorliegende Geschichte erfundene Reporter Jochen Kriener schafft es leider nicht, zu einer so reifen Position zu gelangen.

QUELLENVERZEICHNIS

Adelhardt, Anton: *Der Sonntagsmord in Kugelau. Von einem ungeklärten Kriminalfall aus dem Jahr 1920*. BoD, 2016.

Beer, Helmut: *Nürnberger Wirtshausgrüße. Nürnberger Wirtschaften und Lokale um 1900. Eine kleine Kulturgeschichte in Ansichtskarten*. Nürnberg 1996.

Bürger, Udo: *Historische Kriminalfälle in Franken und Schwaben von 1815 bis 1936*, Regenstauf 2018.

Burghardt, Ivonne und Silvio Bock: »Aus Anlaitung der von Nuremberg unpillicher weiss entleybt. Die Ermordung des Nürnberger Ratsamtmannes Johann Wegenmair in Annaberg (Erzgebirge) im Jahr 1514«. In: *Mitteilungen des Vereins für Geschichte der Stadt Nürnberg. Band 106/2019*, S. 65–98

Daucher, Emmeram: *Mord. Berufserlebnisse aus dreißig Jahren*; aufgeschrieben von Herbert Ebner. Heroldsberg 1982

Die Raubmörderin Christine Hilpert von Erlenstegen. Ansbach 1851. (ohne Verfasserangabe)

Egert, Gerhard: »Niklas und Sebastian Brobst, Stadtschreiber und Notare 1504«. In: Ute Feuerbach (Hg.), *Unsere Mainschleife. Beiträge zu Kunst und Geschichte der Volkacher Mainschleife Januar 1993–Dezember 2007. Volkacher Hefte 17*, Volkach 2008

Filmmaterial über die Gedenksteinenthüllung in Gaiganz 1934 auf der Webseite »Agentur Karl Höffkes – Film- und Fotoarchiv«, http://www.archiv-akh.de/filme/1392#1

Fränkischer Kurier, 23.5.1933 »SA-Mann ermordet«, 26.5.1933 »Die Beerdigung des SA-Mannes in Gaiganz«

Grimmler, Benedikt: *Fränkische Verbrecher. Die spannendsten Kriminalfälle 1450–1975*. Erfurt 2015

Heinz, Annette von: *Königsmord in Bamberg*. Gütersloh 1993

Hinckeldey, Christoph (Hg.): *Justiz in alter Zeit.* Band VI c der Schriftenreihe des mittelalterlichen Kriminalmuseums Rothenburg o. d. T., 1989

Mark, Robert: »Der Blutsauger von Nürnberg«, Artikelserie aus der Zeitschrift *Wochenend*, 1976

Nguyen, Ngoc: »Der Tote in Grab Nummer 20«. In: *Nürnberger Nachrichten*, 24.8.2020

Ohm, Barbara: *Fürth – Geschichte der Stadt.* Fürth 2007.

Reister, Helmut: »Der Vampir von Nürnberg«, Artikelserie aus der Nürnberger *Abendzeitung*, Januar 2004

Ruppenstein, Thomas: »Entleibung, abscheuliche Unzucht und eine unerwünschte Generation. Der Fall des Domkapitulars von Dalberg vor den herrschaftlichen Instanzen des Hochstifts Bamberg gegen Ende des 18. Jahrhunderts«. In: Mark Häberlein (Hg.), *Bamberg im Zeitalter der Aufklärung und der Koalitionskriege.* Bamberg 2014, S. 217 ff.

Rusam, Dr. Hermann: »Die Raubmörderin Christine Hilpert aus Erlenstegen und ihre öffentliche Hinrichtung mit dem Schwert am 14. Februar 1851 in Ansbach«. In: *Altnürnberger Landschaft e. V., Mitteilungen I/2001*, S. 559 ff.

Thorwald, Jürgen: *Die Stunde der Detektive. Band I: Blutiges Geheimnis.* Zürich 1966.

Volkacher Salbuch. Teil-Faksimile in Einzelblättern mit einem Geleitwort von Ute Feuerbach. Hg. von der Stadt Volkach anlässlich 500 Jahre Volkacher Salbuch. Archiv-Verlag Braunschweig

Wir danken unseren Gesprächspartnern Anton Adelhardt (München), Johann Dürr (Reichelshofen), Anton Eckert (Ebermannstadt), Barbara Ohm (Fürth) sowie Martina Kothe (Archiv Nürnberger Zeitung), Dr. Walter Bauernfeind (Stadtarchiv Nürnberg) und dem *Landwehr-Bräu* Reichelshofen für die freundliche Rechercheunterstützung.

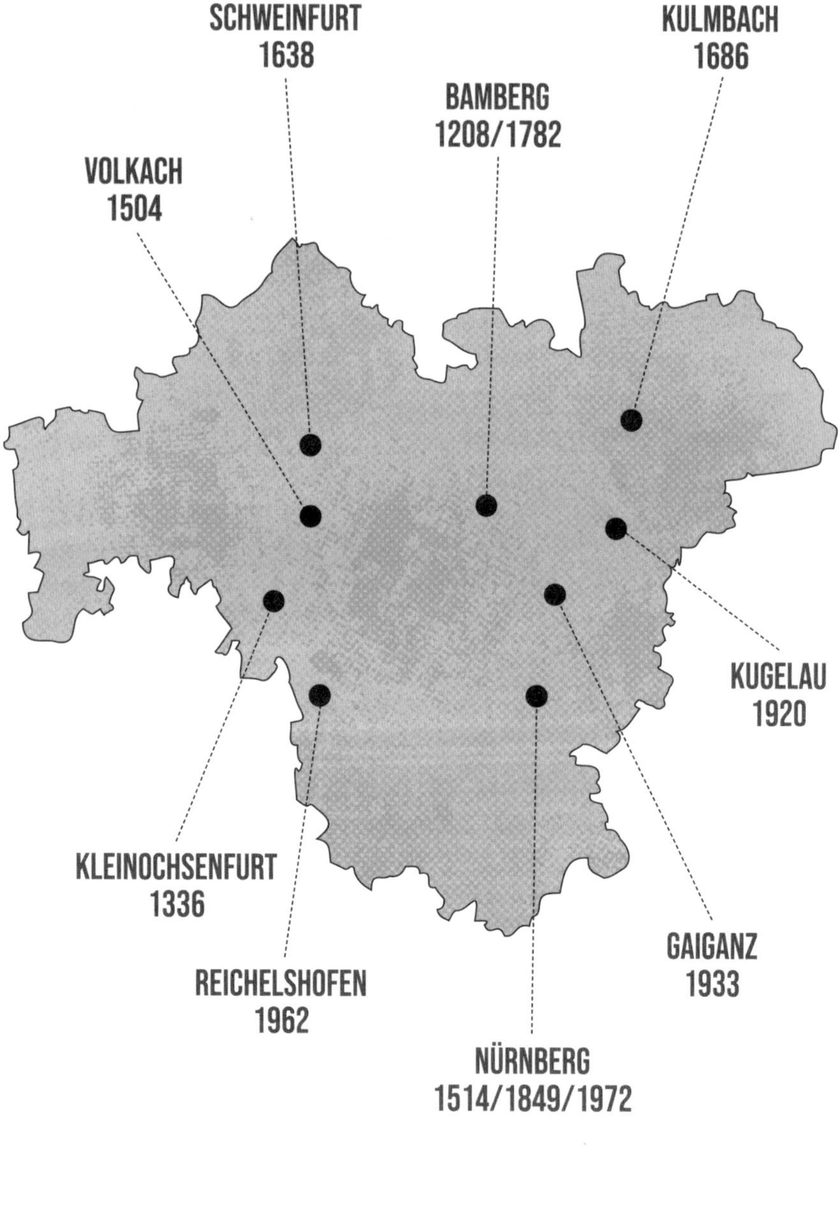
SCHWEINFURT
1638
KULMBACH
1686
BAMBERG
1208/1782
VOLKACH
1504
KUGELAU
1920
KLEINOCHSENFURT
1336
GAIGANZ
1933
REICHELSHOFEN
1962
NÜRNBERG
1514/1849/1972